UN ENFANT À SOI

Clare Brown est née à Liverpool. À la fin de ses études de lettres, elle a travaillé pendant sept ans pour les théâtres de Londres et de Leicester avant d'être nommée directrice de la Poetry Book Society, de 1996 à 2003. Elle se consacre depuis à l'écriture. *Un enfant à soi* est son troisième roman et le premier à être traduit en français.

CLARE BROWN

Un enfant à soi

TRADUIT DE L'ANGLAIS PAR SYLVIE SCHNEITER

BELFOND

Titre original :
MOTHERS' DAY

ISBN : 978-2-253-16446-3

« J'ai pris l'enfant parce qu'il pleurait. L'endroit où il se trouve à présent n'a pas d'importance. Pour vous, en tout cas. Je ne suis pas ici pour en parler. »

Les paroles de Jennifer ricochent sur les murs d'un vert hôpital avant d'être absorbées. Sa voix lui semble déformée, à contretemps du mouvement de ses lèvres. Elle ne s'entend pas respirer.

La femme qui lui fait face se carre dans son siège, les mains jointes, le menton en équilibre sur ses index. Les baisserait-elle à quarante-cinq degrés de son visage qu'on aurait l'illusion qu'il s'agit d'un de ces pistolets que les enfants braquent sur des ennemis imaginaires. Elle se contente de les incliner vers le bureau. Elle cligne des yeux pendant plus d'une seconde avant de les ouvrir. Ils sont noirs et brillants.

« De quoi voulez-vous parler, mademoiselle Kendall ?

— Jennifer. Si je dois vous appeler Stephanie, vous devez m'appeler Jennifer. Je veux vous raconter toute l'histoire. Pour que vous compreniez.

— Elle m'intéresse, Jennifer, mais c'est le petit garçon qui me préoccupe pour l'instant.

— Arthur.

— Oui, Arthur. J'aimerais avoir de ses nouvelles.

— Vous en aurez. Sauf qu'il ne s'agit pas que de lui, même s'il est un élément essentiel de l'histoire. Voilà ce que je tentais de dire à votre collègue. L'homme en colère. Ce… Ce n'est pas de l'obstruction de ma part, j'ai besoin de tout expliquer tant que c'est encore frais dans ma tête, tant que je m'en souviens. »

L'homme en colère n'avait pas crié sur-le-champ. Il l'avait d'abord soumise calmement, quoique avec insistance, à un feu roulant de questions, les répétant si souvent que les mots s'étaient vidés de leur sens. Lorsqu'il était sorti de la pièce pour prendre un coup de fil, son collègue l'avait fixée du regard, sans broncher. À peine la porte s'était-elle rouverte brutalement que les cris avaient commencé. Les cent pas aussi. Il n'avait cessé d'arpenter la pièce, passant derrière la chaise de Jennifer, s'avançant pour taper du poing après chaque vocifération. « Tu as envie de parler à quelqu'un d'AUTRE ? » Vlan. « Je suis trop BRUYANT ? » Vlan. « Et POURQUOI, à ton avis ? » Vlan. Comme elle gardait les yeux rivés sur ses mains, muette, il avait approché son visage du sien, à le frôler, et chuchoté : « D'accord, on va faire ce que tu veux, on va essayer la douceur, c'est bien ça ? » Un ricanement avait accompagné cette proposition, suivi par le grognement sarcastique de l'autre policier, toujours silencieux. « Mais d'abord, dis-moi, avait-il poursuivi, c'est quoi, le pire : passer deux minutes avec un loup ou trois heures avec un vautour ? » Jennifer avait répondu : « Ça dépend si on m'interroge ou si on m'éventre. » Sur quoi, il avait abattu son poing avec une telle brutalité sur la table que celle-ci avait tremblé : « Rien ne cloche chez toi, mademoiselle Kendall. » Il avait prononcé « mademoiselle » en pinçant les lèvres, comme s'il se forçait à garder un truc répugnant dans la bouche. « Je ne suis pas dupe. Tu sais exactement de quoi il retourne. Sauf ce qui est dans ton intérêt. »

On l'avait laissée seule vingt minutes avant de la transférer dans cette pièce. L'homme avait été davantage ours que loup. Quant à la femme, elle a beau ne pas avoir l'air d'un vautour, Jennifer ne compte pas trop sur sa douceur.

« Écoute, nous savons que tu as enlevé l'enfant, tu l'as reconnu, alors pourquoi ne pas nous dire où il est ? Après, toi et moi, nous pourrons parler de ce dont tu as envie. Qu'en penses-tu, Jennifer ? insiste la psychologue, qui est passée au tutoiement.

— Je sais que vous savez que je l'ai emmené, et aussi qui vous l'a dit.

— Vraiment ?

— Ne vous moquez pas de moi. Je sais ce que vous savez et comment vous le savez. Je me suis livrée à la police, non ?

— Nous allions t'interpeller.

— Ça n'a pas été la peine : je suis venue. De mon plein gré. À cause des informations que vous détenez, mais surtout à cause de celles que vous n'avez pas encore et que je veux vous donner. C'est la raison de ma présence ici. »

Jennifer a du mal à analyser le regard de la psychologue. Si elle s'était sentie mieux, elle se serait peut-être risquée à l'empathie, se mettant à la place de cette femme afin de se regarder par ses yeux. De temps à autre, ça lui arrive. C'est impossible dans cette pièce, elle suffoque et ne voit que ce qui est visible pour elles deux. Les mains de la psychologue posées sur le bois jaune du bureau. Peau lisse, longs doigts fuselés, phalanges blanches, ongles courts laqués d'un vernis incolore. Elle perd contenance, un sanglot rauque lui échappe.

« Ses menottes qui s'accrochaient à moi. Sa figure cramoisie. Je ne comprenais rien. J'en aurais été tout bonnement incapable, pas vrai, pas vrai ?

— Où est-il, Jennifer ? Où est Arthur ? » martèle la femme, se penchant en avant.

Jennifer tire un autre Kleenex de la boîte posée sur le bureau, elle se mouche bruyamment. « Quoi ? » lance-t-elle, un peu perdue.

Elle se cure les ongles, d'où elle extrait un amas de crasse qu'elle frotte sur le dos de ses mains, légèrement tremblantes. « Des mains de musicienne, précise-t-elle comme si la femme avait posé la question. Je suis violoncelliste, je dois en prendre soin. »

Stephanie jette un coup d'œil au policier en faction devant la porte. L'espace d'un instant, ils ont la même expression – sourcils levés, mâchoires contractées, soupirs bruyants –, une manière de signifier qu'ils ne sont pas au bout de leurs peines.

« Une nouvelle fois, est-ce que tu veux un avocat ? Tu y as droit.

— Non, je l'ai déjà dit. En aucun cas, sa présence est déjà assez pénible, ajoute Jennifer, désignant la porte du doigt.

— Très bien, si tu en es sûre. »

Stephanie se ressaisit avec un imperceptible mouvement d'épaules, étouffant un nouveau soupir. Elle gratifie Jennifer d'un sourire plutôt bienveillant, qui ne trouve pas le chemin de ses yeux. Elle allume le magnétophone placé sur la table, expose les grandes lignes de l'affaire au micro et déclare : « D'accord, Jennifer. Raconte toute l'histoire. »

Avant

Debout les uns à côté des autres, trois violonistes de dix ans arrachaient une polka languissante à leurs instruments. Pour Jennifer, les sons qu'ils produisaient semblaient avoir été conçus à sa seule intention dans un laboratoire démoniaque. Ils résonnaient derrière ses yeux au point que même la note la plus basse était une aiguille qui lui vrillait le crâne, d'une tempe à l'autre. Elle leva la main.

« Assez, ça suffit. »

Les archets lâchèrent les cordes avec d'affreux glissandos ; les enfants la regardèrent. « C'est une polka. Un air de danse entraînant, pas une mélopée funèbre ! » Les deux garçons pouffèrent tandis que la petite fille, déconcertée, fronçait les sourcils. « Le toucher de l'archet doit être à la fois beaucoup plus léger et plus rapide. Comme ça. » Prenant le violon trois-quarts du garçon le plus proche d'elle, Jennifer joua le morceau en entier tout en les observant. De tels moments lui fournissaient l'occasion de deviner si ses élèves avaient du talent. Faute de sensibilité musicale, le prodige le plus appliqué n'arriverait à rien. De toute évidence, aucun de ces trois-là n'en avait, du moins pas encore – l'un des garçons pourrait en avoir. Elle perçut que la danse joyeuse le faisait vibrer lorsqu'il leva le menton en écoutant le flot de notes rapides et mélodieuses. Hélas, son ami lui donna un coup de coude, chuchotant un commentaire idiot à son oreille. Et il n'eut pas la force de caractère de le rembarrer. La petite fille, elle, gardait son visage renfrogné.

S'ils s'étaient contentés de ne pas aimer jouer, Jennifer n'y aurait pas attaché d'importance – peu d'élèves auraient les aptitudes nécessaires pour en vivre –, mais ils n'étaient même pas capables d'écouter… Si seulement la gamine pouvait être insolente ou insupportable, si seulement elle pouvait oublier son violon trois semaines d'affilée ! Ces écarts de conduite l'auraient privée de cours de musique… Malheureusement, elle s'accrocherait et massacrerait, semaine après semaine, tous les morceaux avec l'air de rendre un service à contrecœur. Jennifer en était persuadée.

Dix ans auparavant, au début de sa carrière d'enseignante, elle se serait donné du mal pour le garçon. Une demi-douzaine de fois, elle s'était occupée d'élèves prometteurs, les avait encouragés et, à une ou deux reprises, cela en avait valu la peine. Mais, en fin de compte, tout dépendait des parents – la façon dont ils surveillaient les exercices, conduisaient leurs petits chéris aux leçons, répétitions et concerts, déboursaient de quoi payer de meilleurs instruments et matériel. À en juger par l'apparence du garçon – son uniforme et ses tennis minables, généralement crasseux – et par l'argot qui lui servait de mode d'expression, ses parents ne l'aidaient pas. En plus, les services d'éducation de la région se gardaient de toute intervention. Quand Jennifer avait interrogé le coordinateur de l'enseignement musical sur les mesures à prendre pour les élèves doués que leurs familles ne soutenaient pas, il avait répondu en riant :

« Nous ne sommes pas ici pour repérer les talents, Jennifer. Pour ça, il faut travailler dans le privé, dans un beau collège doté d'une chapelle où trône un orgue et d'un chef de chœur. Contentez-vous d'obtenir leur réussite à un maximum d'examens, si possible, et ne perdez pas votre temps à quoi que ce soit d'autre. Personne ne vous en remerciera. »

De toute façon, son travail de professeur vacataire l'empêchait de forger une véritable relation avec ses élèves. Hormis sa ronde de cours hebdomadaires auxquels s'ajoutaient des concerts pendant les vacances et des orchestres d'été pour d'autres enfants, elle s'attardait rarement dans les écoles. Une distanciation qui avait été un des attraits du travail : elle lui épargnait l'implication dans la politique interne des établissements et, surtout, toute responsabilité envers ses élèves. Son année de formation pédagogique lui avait amplement prouvé que ce rôle ne lui convenait pas. Chaque jour passé dans une salle de classe avait été précédé et suivi par des migraines nerveuses, elle n'était jamais parvenue à se détendre, même dans la salle des professeurs.

C'était l'année qui avait suivi celle où elle avait décroché son diplôme de musique avec mention bien. L'année où elle n'avait pas obtenu la mention très bien. L'année où elle avait renoncé à tout : à sa place dans un excellent orchestre, à son ambition de jouer professionnellement, à ses rêves de succès. À l'espoir.

« Tiens. » Elle rendit le violon au gamin. « C'est une danse, tu comprends ? Imagine une salle de bal de village pleine de monde, un tourbillon d'activité, des éclats de rire, un martèlement de talons au rythme de la musique… » L'imagination, ce mot avait-il un sens pour ces enfants ? « Tu n'as qu'à penser à des gens qui dansent, non pas à des gens qui pataugent dans la boue, d'accord ? »

Un sourire goguenard aux lèvres, les enfants ajustèrent leurs coussins d'épaule. Ils recommencèrent à jouer, avec plus de rapidité, plus de grincements, moins de justesse. L'aiguille entre les tempes de Jennifer rougeoya jusqu'à l'incandescence.

En rentrant chez elle, Jennifer vit à nouveau le petit garçon. À présent, elle regardait systématiquement dans cette direction en passant devant la cité. Au lieu de presser le pas, la tête basse, elle ralentissait et jetait des regards en coin à la troisième tour, celle du milieu, celle où il habitait. D'ordinaire, en semaine, elle le manquait. Comme elle était en avance ce jour-là, elle l'aperçut dans le jardin devant les immeubles – un bout de pelouse mal entretenue qui longeait le muret et une haie à peine taillée au coin de la rue –, où il profitait des dernières lueurs du jour. Le garçonnet poursuivait un papillon, il faisait pourtant trop froid pour les papillons ; ses jambes, vacillantes la première fois qu'elle l'avait repéré six mois plus tôt, s'étaient affermies. Il gardait son équilibre et virait rapidement dès que l'insecte changeait de direction en battant des ailes. Elle constata d'autres changements : il avait grandi, ses cheveux châtains, nettement plus épais, tombaient sur ses yeux quand il bougeait. Il n'était plus un bébé, il se trouvait au seuil de l'enfance. Le soleil déclinant éclairait son visage levé tandis qu'il gambadait, s'approchant de plus en plus du trottoir – et de Jennifer. Il était une symphonie. Délicate, joyeuse, audacieuse, on aurait dit l'accompagnement d'une publicité pour le sourire.

« Hé ! » cria sa mère, assise, le dos contre l'arbre le plus proche de l'immeuble, une bière dans une main, un mégot dans l'autre, en compagnie de sa bande habituelle. Si elle avait été entourée de jeunes femmes, même en train de picoler, cela n'aurait pas été aussi déprimant, mais celles qui étaient là avaient au moins soixante ans. Les hommes, eux, Jennifer ne les avait jamais vus avec des enfants. Le garçonnet jouait toujours seul. « Hé, reviens ici ! » Si l'enfant l'entendit, il ne le montra pas. Sa mère jura, passa sa cigarette à un homme tatoué et se lança à sa poursuite en titubant. Son pantalon de jogging flottait autour de ses jambes dont la maigreur suffisait à expliquer sa démarche chancelante. Elle était à ce stade de l'ivresse où la rage le dispute au manque de coordination, avant les vomissements et le sommeil comateux. Elle avait eu la nausée à force de regarder courir et sauter son fils, dont les mains se tendaient pour attraper le papillon se détachant à contre-jour sur le ciel diapré. À peine sa mère lui eut-elle saisi les poignets que la lumière s'évanouit. « Écoute, quand je te parle. Putain de merde, tu dois venir quand on t'appelle, tu m'entends ? » Il tenta de se dérober à l'haleine fétide de sa mère qui vociférait. Après l'avoir obligé à se retourner, elle le poussa brutalement devant elle, vers les arbres. « Le petit con », dit-elle sans conviction à ses amis.

Et ce n'était pas grand-chose. Jennifer l'avait déjà vue taper l'enfant, sur les jambes, sur les fesses et, une fois, le gifler avant de le traîner par le bras, ses orteils raclant le sol jusqu'à la cage d'escalier noyée d'ombre. Elle ne cessait de l'invectiver – apparemment, aucun membre de sa bande n'était capable de parler sans jurer –, ou de se moquer de lui avec un rire hoquetant, sans joie, parce qu'il tombait, parce qu'il n'arrivait pas à la suivre, parce que le goût de la gorgée de bière qu'un des hommes le forçait à boire lui arrachait une grimace.

Des bambins s'agglutinaient sur la minuscule aire de jeux située à l'autre bout de la pelouse, tandis que leurs mères, adossées aux barreaux à côté des poussettes, bavardaient et fumaient. De temps à autre, un cri de douleur ou d'effroi déchirait le vacarme d'enfants en train de jouer, et une mère se précipitait dans l'enclos, soignait une égratignure d'un baiser, remettait son fils ou sa fille en haut du toboggan ou le ramenait au bac à sable avant de rejoindre ses amies. Le garçonnet repéré par Jennifer n'allait jamais dans l'aire de jeux ; sa mère était constamment avec la même bande de marginaux. Savait-il que d'autres enfants jouaient à proximité ? Avait-il envie de les rejoindre ?

Au moment où sa mère s'approcha d'elle, Jennifer recula et, appuyée contre le mur devant l'entrée de la cité, elle feignit de regarder son plan. Elle distingua toutefois le visage du petit garçon avant qu'il ne se détourne. Son expression était indéchiffrable, il supportait l'agression sans se plaindre. À même pas deux ans, il avait appris ce que Jennifer avait mis presque trente ans à assimiler : le stoïcisme.

Maintenant

« Le lien entre le violoncelle et le sexe, c'est n'importe quoi », déclare Jennifer, de but en blanc.

La psychologue se redresse.

« De quoi parles-tu ?

— Vous savez bien, les idioties que raconte sir Thomas Beecham[1], comme quoi la violoncelliste doit contrôler l'animal entre ses cuisses. »

Stephanie a beau avoir l'air de ne pas comprendre, Jennifer continue :

« C'est sensuel, oui. La plupart des instruments avec lesquels on joue sont des objets très… très physiques. Il ne s'agit pas seulement de pincer la corde là où il faut ou d'appuyer sur les arrêts, je veux dire, on en met certains dans sa bouche – les cuivres, les bois – et ça, c'est intime, le souffle donne la vie.

— Comme une réanimation ?

— Peut-être. Sauf que cela suggère une absence de signes de vie dans les intervalles où on ne joue pas, alors que ça me fait plutôt penser au monstre de

1. (1879-1961), célèbre chef d'orchestre britannique. *(Toutes les notes sont de la traductrice.)*

Frankenstein– de l'air soufflé dans les poumons d'un nouvel être qu'on recrée chaque fois.

— L'enfantement de quelque chose procure un sentiment de puissance ?

— Sans doute. Mais cela ne me concerne pas, je suis violoncelliste, moi.

— Ce n'est donc pas pareil.

— Effectivement. On peut par exemple comparer la contrebasse à une amie. Les contrebassistes, des hommes pour la plupart, passent leur temps à entourer du bras les épaules de leur copine. À lui céder la place dans le train. À lui donner un coup de pouce. À se suspendre à son cou, une bière à la main. Comme s'ils étaient les meilleurs potes.

— Ton violoncelle est ton ami ?

— Non, ça non, ce n'est pas le cas du violoncelle. Et puis il y a les violons et les altos. Bon, tout dépend de son jeu mais, dans l'ensemble, ce sont des animaux de compagnie. Un chat ou un chien qui se transforme en fonction des morceaux, avec lequel on s'amuse, qu'on chatouille sous le menton, qu'on grattouille, qu'on caresse.

— Tu as un animal de compagnie, Jennifer ?

— Les violoncelles, c'est encore différent. On les serre contre soi. Je m'assieds et j'ouvre mes bras pour l'accueillir. Il se blottit entre mes cuisses, au centre de mon corps. Mes genoux effleurent ses éclisses. Son manche est niché dans ma main gauche. Ses notes vibrent dans mon ventre, le long de ma colonne vertébrale, jusqu'au bout de mes doigts, jusqu'à la plante de mes pieds. Ma tête résonne. Il me rend tout, inconditionnellement. Une femme tient son violoncelle comme si elle venait de lui donner le jour, comme si elle chantait une première berceuse à son bébé.

— Parle-moi de ta mère, dit Stephanie, d'un ton calme, avant que Jennifer ne fonde à nouveau en larmes. Tu as grandi dans le coin, n'est-ce pas ? Vous vous entendiez bien ?

— J'en arriverai à elle suffisamment tôt, mais vous en savez déjà beaucoup, hein ? Toute l'histoire, rien que l'histoire, vous vous rappelez ? »

Jennifer laisse échapper un rire sarcastique puis prend un air contrit.

« J'ai compris que seuls les faits vous intéressent. Un, deux, trois, au revoir et merci. N'empêche que vous devez me croire sur parole, c'est important – vraiment – que quelqu'un, vous, m'écoute jusqu'au bout. Il n'y aura pas d'autre occasion. Les faits, un, deux, trois, ce n'est pas assez, ils ne racontent rien. »

Elle se passe la main dans les cheveux, qu'elle sent mous et gras. Elle allait les laver, ce matin.

« Puis-je donner un coup de fil ? Je viens de me souvenir que j'avais un déjeuner à l'extérieur. Je dois l'annuler. »

Stephanie demande un téléphone.

« Qui vas-tu appeler ?

— Gregory, mon petit ami. »

Jennifer compose le numéro, attend et soupire en entendant le déclic du répondeur : « Salut, Greg, c'est moi. Désolée, je ne peux pas déjeuner avec toi. Je suis un peu coincée, je t'expliquerai plus tard. Désolée, mon cœur. Désolée. »

Dès qu'elle a terminé, le policier reprend l'appareil et se précipite vers la porte.

« C'est le numéro que vous voulez ? lance Jennifer. Celui de Greg, son adresse, je vous les filerai. Quant aux autres, aux infos que vous n'avez pas encore, il vous suffit de demander. »

Le policier hausse les épaules lorsque Stephanie pousse un stylo et un papier vers Jennifer, qui note les renseignements en cursives très nettes.

« Tu as une écriture d'institutrice, constate la psychologue. Pourquoi ne pas avoir fourni ces informations à l'inspecteur ? Il t'a demandé les coordonnées de tous ceux qui te connaissent dans ton rôle de mère du garçon, non ? Amis, petit copain, ta mère…

— Vous avez déjà celles de ma mère. Vous êtes au courant pour ses vacances. »

Stephanie la scrute.

« Maintenant, oui. Nous l'avons ratée à la gare de Saint-Pancras, mais nous la joindrons à Paris où elle débarquera dans quelques heures. Puisque tu savais que nous allions tout découvrir d'un instant à l'autre, pourquoi refuser de nous donner cette information ? »

Jennifer jette un regard à la pendule murale et se livre à un petit calcul. Il reste du temps avant l'arrivée du train.

« L'homme en colère ne cessait de me poser des questions sans attendre mes réponses. Il m'empêchait de réfléchir. Je ne m'entendais pas penser, il continuait sans s'arrêter…

— Tu comprends tout de même ce qu'il veut savoir, n'est-ce pas, Jennifer ? Tu comprends à quel point c'est important qu'un enfant soit sain et sauf, à quel point c'est vital ?

— Ne commencez pas. Personne ne le comprend mieux que moi. C'est pour ça que je suis ici. Je n'étais pas obligée de me livrer, je pourrais être à des kilomètres d'ici. Vous devez m'accorder le bénéfice du doute.

— Depuis combien de temps vois-tu Gregory ?

— Nous n'y sommes pas encore. Loin de là. Je vous parlais de mon boulot, de la musique et de ma rencontre avec Arthur, non ?

— Ce n'est pas son véritable prénom, tu le sais, Jennifer ?

— Vous vous adressez à moi comme si j'étais une imbécile. »

Étonnée par cette remarque, Stephanie murmure des excuses.

« Quant au terme "véritable", je le conteste, cela reviendrait à dire que je ne suis pas sa véritable mère. Si nous devons parler ainsi, nous pourrions utiliser les mots "maintenant" et "avant".

— Son prénom d'avant.

— Voilà. Je savais évidemment qu'il portait un autre prénom avant, mais j'ignorais lequel jusqu'à ce que je l'entende à la télé. L'autre – sa mère d'avant, qui ne mérite pas qu'on la considère comme telle – ne l'employait jamais. Elle lui donnait des tas de noms, jamais le sien. »

Avant

Une fois chez elle, Jennifer découvrit un message de Neil sur son répondeur.

« Salut Jen, c'est moi. Écoute, j'ai oublié qu'il y avait un pot d'adieu pour un collègue, ça t'ennuie qu'on remette le cinéma à un autre jour ? Appelle-moi sur mon portable. On va sans doute atterrir dans un pub du centre-ville, il y a donc des chances pour que je saute dans le métro ensuite et débarque chez toi. Peut-être à tout à l'heure. »

Pourquoi continuait-il à justifier les lapins qu'il lui posait régulièrement ? C'était un mystère pour Jennifer, qui ne protestait jamais, ne posait jamais de questions. Neil se soûlerait probablement avec ses collègues ; de toute façon, la vie qu'il menait sans elle l'intéressait si peu que les détails qu'il lui fournissait de plein gré semblaient sujets à caution. Et puis, vu l'absence de terrain d'entente en matière de films, les faux bonds de Neil la soulageaient. D'ordinaire, elle alternait entre la semaine où elle se sentait coupable de l'avoir emmené voir un film de son choix et l'autre où elle était accablée d'en avoir vu un qu'il aimait. Neil, lui, oscillait entre l'exaspération – provoquée par le manque d'enthousiasme de Jennifer pour les films d'action ou d'horreur – et un ennui sans bornes pour « les conneries que tu qualifies d'art ». La culpabilité ne figurait pas au registre de Neil.

Le message effacé, elle se rendit dans la cuisine. Son deux-pièces au premier étage d'une maison victorienne réaménagée en appartements, dont une veuve polonaise de soixante-dix ans occupait le rez-de-chaussée, aurait pu appartenir à un homme. À n'importe qui. Lorsqu'elle avait emménagé dans ce quartier du nord de Londres quatre ans auparavant, Jennifer avait décidé que la situation de la maison, entre les immeubles proches de la station de métro, surnommés le Coupe-Gorge, et la North Circular Road, compenserait la prime qu'elle payait pour l'« authenticité ». Elle s'était offert les services d'un décorateur pour arracher le papier peint, les moulures, les lambris (gardant cependant les extravagantes cheminées carrelées), replâtrer les murs et le plafond, tendre du papier d'apprêt. Elle avait privilégié les teintes neutres : blanc mat pour les plinthes et moquette beige rosé. Simples, les meubles de la chambre étaient en bois, hormis le lit en métal. « On dirait un lit d'hôpital ! » s'était exclamé Neil, observant les barreaux avec intérêt. Dans le salon, la cheminée était flanquée d'un côté par le violoncelle posé sur son support, de l'autre par une petite télévision. Le violon, qu'elle se sentait obligée de garder pour des raisons professionnelles même si elle en jouait rarement, était rangé sous la table basse. Cette pièce était aussi meublée d'un canapé en cuir noir, d'une chaise à haut dossier pour jouer du violoncelle, d'une grande chaîne hi-fi et d'un fauteuil inclinable, où, armée de la télécommande, Jennifer s'installait pour écouter la musique diffusée par huit haut-parleurs. « Du super choix, avait constaté Neil. Comment peux-tu te payer ça, chou ?

— Je n'achète rien d'autre, pas vrai ? avait-elle répondu. D'ailleurs, ce n'est pas encore à moi, c'est à crédit. Comme tout le reste, y compris l'appartement. » L'emprunt et les factures avaient beau la laisser presque sans un sou à la fin du mois, cela ne la gênait pas trop. D'une part elle était frugale de nature, de l'autre la vie commune lui faisait horreur. Pour Neil, qui avait dix ans de plus qu'elle et des revenus nettement supérieurs, c'était la preuve de son extraordinaire maturité.

« T'es tirée d'affaire, mon chou, hein ? avait-il lancé la première fois qu'il avait dormi chez elle.

— Est-ce que tu comptes me parler en permanence avec cet accent artificiel ? Tu n'es même pas londonien ! » s'était-elle exclamée, énervée.

Neil avait ri aux éclats.

Ils se voyaient depuis presque trois ans et avaient établi une routine : le cinéma le mercredi et la plupart des week-ends ensemble. Neil possédait une maison à Streatham en copropriété avec deux amis de fac. Au début, Jennifer avait trouvé touchant que ces quadragénaires ne se soient pas pliés aux conventions sociales : acheter son propre logement, se mettre en ménage, se ranger. Mais ce sentiment n'avait pas tardé à s'estomper car elle s'était rendu compte qu'ils menaient une existence d'éternels étudiants. En dehors du fait qu'ils se levaient tôt et allaient travailler en costume-cravate – ils étaient informaticiens –, ils avaient à peine changé de vie, se débrouillant pour profiter des plaisirs des restaurants indiens, des cuites à la bière et des aventures sans lendemain pendant deux décennies. Même leur coupe de cheveux – certes, leur front se dégarnissait – était identique. Jennifer, la seule « petite amie » officielle, avait fini par exiger que Neil passe des nuits dans son appartement à elle, où les draps étaient changés régulièrement, les sols aspirés, et où elle ne trébuchait pas sur des consoles de jeux et des boîtes de pizza.

Un jour, elle avait fait le ménage. Malgré le plaisir que lui avait procuré leur reconnaissance, leur insistance pour qu'elle marque une pause, la bière qu'ils lui avaient offerte, elle avait eu l'impression qu'ils la manipulaient. On aurait dit de gros bébés accrochés à ses jupes, réclamant qu'elle s'occupe d'eux sans rien céder en échange, persuadés que leurs sourires empotés et leurs cabrioles pataudes l'attendriraient. Aussi avait-elle cessé d'aller dans la maison de crainte que le mépris à leur égard ne l'envahît et ne voyait-elle plus Neil qu'en tête à tête. Les choses étaient plus faciles à gérer de la sorte.

Tout aurait été plus simple s'ils avaient pu prendre des repas ensemble. Au restaurant ou chez elle, pour remplacer les séances de cinéma tendues ou les disputes sur le choix des sorties du samedi. Mais Neil aimait les plats tout prêts, refusait de toucher au moindre légume tandis que Jennifer avait du mal à avaler quoi que ce soit. Bien qu'il ne lui ait jamais posé de questions à ce sujet – l'indifférence était réciproque –, il devait se douter que sa maigreur n'avait rien d'anodin.

Ce soir-là, libre de tout engagement, Jennifer en profita pour jouer du violoncelle pendant deux heures avant de préparer une salade. Elle hacha un petit cœur de romaine qu'elle disposa sur une assiette, elle pela une moitié d'avocat, le mit sur la salade entre de fines rondelles de tomate, qu'elle agrémenta de quatre boulettes de mozzarella. Elle ajouta du sel, du poivre et un filet de vinaigrette allégée. Une fois son assiette posée sur la table à côté d'un petit pain complet, elle se servit un verre de vin d'une bouteille ouverte sortie du frigo. Elle s'assit, étala une serviette en lin sur ses genoux et mangea lentement, savourant chaque bouchée. « À toi », dit-elle, portant un toast pour accompagner sa première gorgée de vin. Ensuite, elle vida d'un trait un verre d'eau.

Chaque repas terminé était une victoire. La cuisine avait beau ne pas l'intéresser, elle avait appris quelques recettes simples à base de pâtes et savait préparer des salades composées. Elle ne mangeait ni viande ni poisson. Elle évitait les ragoûts nageant dans une sauce épaisse même s'ils étaient végétariens. Tous les soirs, elle prévoyait un plat dont elle était sûre de venir à bout, se rappelant à quel point c'était vital. Il lui suffisait de devoir ressortir pour ne rien manger. Elle était incapable d'avaler un sandwich en cours de route comme n'importe qui ; même le chocolat, qu'elle adorait, ne pouvait être englouti dans le métro ni grignoté dans la rue. Le rituel devait être respecté, faute de quoi les aliments lui resteraient en travers de la gorge, faute de quoi elle se verrait par les yeux de sa mère, elle se regarderait préparer chaque bouchée, elle en observerait le trajet jusqu'à ses lèvres, elle aurait des hoquets nerveux lorsqu'elle mastiquerait et avalerait. S'asseoir pour manger une salade ou un plat tous les soirs, une prouesse qui lui avait coûté des années d'efforts, était un acte désormais intégré à sa vie, au même titre que la pesée hebdomadaire – pour s'assurer qu'elle ne maigrissait plus. Elle parvenait même à regarder Neil sans vomir tandis qu'il faisait cuire ses œufs au bacon et ses saucisses, le dimanche matin. Autant de petites victoires.

Elle avait songé à suggérer à Neil qu'ils ne se voient que le week-end. Sa présence ne lui pesait pas, mais elle aimait prendre ses repas dans le calme si bien que, lorsqu'il retournait à Streatham, elle retrouvait avec bonheur la tranquillité de son appartement. Le dimanche soir, elle passait une heure à nettoyer le moindre signe de son passage, récurant la salle de bains, époussetant la télévision, aspirant les tapis.

Son repas terminé, elle alla chercher un carton rempli de matériel pour travaux manuels. Au cours de sa formation sur le terrain, elle avait nettement préféré cette activité à la transcription phonétique si compliquée, à la conduite des chants ou à la chasse aux insectes. Mais les activités manuelles avec les enfants la rebutaient : ils étaient trop désordonnés et les résultats correspondaient rarement à ses exigences, si méticuleuse qu'ait été sa préparation. En revanche, elle éprouvait un grand plaisir à mettre en scène leurs créations ou à en recouvrir un panneau en liège en se servant de colle, de papier et d'une agrafeuse. Les professeurs lui demandaient souvent un coup de main pour concevoir leurs panneaux. Un service qu'elle rendait volontiers, car elle les considérait comme les prémices de relations amicales qu'elle était capable d'entretenir.

Après avoir choisi ce dont elle avait besoin, rangé la vaisselle dans la machine, elle s'attela à la tâche. Carton noir pour le corps. Papier de soie aux couleurs chatoyantes pour les ailes. Paillettes pour la décoration. Fil de fer pour les antennes. Un cure-pipe bleu clair en guise d'armature afin qu'il puisse « voler » presque sans soutien. Le papillon, plutôt féminin, ne plairait sans doute pas au petit garçon, à moins qu'il ne soit trop jeune pour y attacher de l'importance. De toute façon, comment parviendrait-elle à le lui donner sans que sa mère s'en aperçoive ? Il ne l'aurait jamais. Quelle idiote de l'avoir cru ! Elle n'en contempla pas moins l'œuvre créée pour lui, qu'elle posa ensuite sur le radiateur de la cuisine pour que la colle sèche. Elle prit un long bain avant de se coucher avec un magazine et une tasse de camomille.

L'infusion fut tellement efficace qu'elle s'endormit une demi-heure après avoir éteint, mais elle fut réveillée à une heure du matin par Neil qui traversait en trébuchant le salon pour se rendre dans la cuisine. À l'évidence, il allait se préparer du thé sucré et engloutir presque toutes les céréales qu'elle gardait à son intention. Décidant de ne pas le rejoindre, elle ne réussit pas à retrouver le sommeil. Il finit par débouler dans la chambre, lança un « Ça va, chou », jeta ses vêtements par terre et s'écroula sur le lit. « Fais-nous un peu de place, mon cœur », réclama-t-il, l'enlaçant avant de l'embrasser. Son haleine était chargée : bière, fumée, céréales.

« Ouste ! Va te brosser les dents », exigea Jennifer. Il fila dans la salle de bains en grognant. Il se contenterait de se frotter la bouche avec un peu de pâte dentifrice, cela suffirait à ce qu'elle accepte d'autres baisers.

Seuls les rapports sexuels les rendaient compatibles. Quelle que soit son ivresse, Neil était toujours d'attaque et la simplicité de son approche plaisait à Jennifer. « Mmmm, tu sens bon, dit-il, son visage dans le cou de la jeune femme. Et si tu te retournais, bébé ? » Elle s'exécuta volontiers tandis qu'il prenait les commandes. Lorsqu'elle adoptait une des positions qu'il lui ordonnait, il lui semblait parfois qu'il la dirigeait pour une vidéo amateur. De quoi lui donner envie de bien jouer, de faire bonne impression. Et puis elle aimait l'acte ainsi que la sensation qu'il en était comme l'inventeur. Pendant l'amour, un mot lui venait à l'esprit : catharsis ; dans ces moments-là, il n'y en avait pas d'autres, son corps fonctionnait sans qu'elle soit obligée d'y penser ou de le cacher – l'accélération de ses battements de cœur, la sécrétion de sueur et autres fluides, la synchronisation de ses réactions en étaient les signes. De même que l'épuisement insouciant qui le suivait ou que la fatigue musculaire du lendemain. Ses autres amants avaient été trop prévenants ou trop désireux qu'elle les guide. Neil, lui, ne demandait rien, aussi ne se sentait-elle soumise à aucune pression. Son égoïsme était un cadeau qu'il lui offrait.

Il partit travailler tôt. Encore une capacité de jeune homme qu'il n'avait pas perdue, celle de sortir du lit, de se doucher, de s'habiller, de prendre son petit déjeuner et d'être ponctuel, gueule de bois sévère ou pas. Jennifer se leva à sept heures trente. Avant de se laver, elle alla voir l'état dans lequel il avait laissé la cuisine. Céréales éparpillées par terre, lait renversé sur la table, porte du frigo entrebâillée… Comme toujours il avait oublié de la fermer. Et, sous le radiateur, froissé et portant une empreinte de soulier poussiéreux : le papillon.

Il était irrécupérable, Jennifer le jeta. Elle rangea la cuisine puis grignota une pomme et une banane accompagnées de thé à la menthe. Comme elle ne devait partir pour prendre son métro que vingt minutes plus tard, elle s'assit avec son violoncelle. Peine perdue, elle était trop tendue pour travailler. Cela lui arrivait fréquemment, surtout après une longue séance d'exercices comme celle de la veille au soir. Alors elle s'allongea dans le fauteuil inclinable : la *Passion selon saint Marc* emplit la pièce. L'amour qu'elle éprouvait pour cet oratorio, sa répugnance à écouter d'autres musiques, notamment les œuvres contemporaines auxquelles ses études lui avaient donné accès, lui faisaient presque honte. Écouter du violoncelle était douloureux, elle préférait la musique chorale. Pas l'opéra. Bach à l'ordinaire. Beethoven parfois. Schubert si elle était dans l'humeur. Ou même ce vieux cabotin de Haendel. Les voix de centaines d'inconnus la rassérénaient davantage que n'importe quelle conversation.

Maintenant

« Tu es restée en contact avec Neil ? demande Stephanie.

— Bien sûr que non. Absolument pas.

— Vous êtes sortis ensemble pendant trois ans ; des tas de gens restent en contact à la fin d'une liaison. Vous étiez amis avant de devenir amants ?

— Non. Nous nous sommes rencontrés quand il est venu résoudre un problème d'informatique au bureau. J'y passais très rarement, quelques sauts par semaine pour confirmer les horaires de mes cours dans les écoles. Un pur hasard. Nous avons bavardé. Nous sommes sortis plusieurs fois et puis…

— Vous êtes restés à la maison ?

— Exactement.

— Tu n'as jamais eu envie de le revoir après la séparation, il ne t'a jamais manqué ?

— Non, il n'y avait pas grand-chose à part le sexe. Sauf qu'il sonnait juste, c'était facile de… »

Jennifer s'interrompt. Les narines dilatées, Stephanie insiste :

« Ah bon, c'était un musicien, lui aussi ?

— Non, non, je veux dire… »

Pourquoi cette allusion ? Elle n'a parlé des sons à personne. Et si elle faisait machine arrière ? Non, ça embrouillerait les choses. Elle soupire avant d'expliquer :

« Chaque personne émet un son qui lui est propre. Une musique que j'entends si je prête l'oreille. Ça me… ça me permet de décider si je peux rester avec des gens. Dans le même espace, la même pièce. Tout le monde se livre à ce genre de conjecture, non ? Au sujet de la compatibilité, de la possibilité de s'entendre avec quelqu'un. La différence, c'est que je ne me fonde ni sur le langage corporel, ni sur la conversation, ni sur les vêtements, mais sur ce que j'entends d'une personne. Pas ses mots, sa musique. »

Stephanie s'est légèrement renversée sur son siège. Les yeux rivés sur Jennifer, elle se mordille la lèvre inférieure, gardant le silence.

« Le son ne correspond pas toujours à l'aspect, à la voix ou à quoi que ce soit de ce genre, reprend Jennifer. Neil n'était pas le type d'homme susceptible de me plaire. Il est pas mal – un Anglais moyen aux yeux bleus et cheveux blond-roux –, mais il a un côté puéril, gamin, et je ne me sens pas à l'aise avec les gamins. En revanche, le son qu'il émettait – la musique que j'entendais – était facile à écouter.

— Peux-tu la décrire ?

— Ça vous semblera cinglé. »

Stephanie lève le sourcil gauche.

« Bon, je vais essayer. D'habitude, j'entends un instrument précis, de temps à autre de la musique : Neil était une sorte de jazz apaisant, une douceur sereine, une flânerie souterraine. Des trombones surtout. C'était presque consolant, sans aucune agressivité. Les trombones sont d'une brutalité exaspérante, je ne raffole pas des cuivres, mais il atteignait rarement cette tonalité, ce volume. Ce n'était pas envahissant… Je la supportais… à petites doses.

— Alors tu entends la musique de tout le monde ?

— De presque tout le monde. De la plupart des gens avec qui je passe plus de quelques minutes. Je dois me concentrer, ça ne dépend pas que de moi ; je ne peux pas la déclencher.

— Quelle était la musique d'Arthur ? Est-ce que les enfants en ont une ?

— Certains d'entre eux. Lui, il en avait une depuis le début, avant que je le connaisse vraiment. Je l'ai entendue dès que je l'ai vu – c'était parfait. Un orchestre de tous mes instruments préférés ; un son d'un naturel absolu, sans rien d'affecté, le plus joyeux du monde… »

Habitée par le souvenir, elle se tait. Stephanie plisse les yeux et lance :

« Qu'est-ce que tu entends venant de moi ?

— Vous n'émettez rien encore. Mais cette pièce est déplaisante – mortifère, ce qui rend les choses plus difficiles.

— Tu me préviendras quand tu commenceras à l'entendre, d'accord ? »

Stephanie s'efforce d'avoir l'air amusée, en vain, sa voix trahit une tension. Jennifer, qui tend l'oreille, capte quelques notes d'une trop grande subtilité et puis elle souhaite clore le sujet.

« Peut-être », répond-elle, d'un ton qui signifie non.

Stephanie semble déçue. En revanche, bizarrement, elle devient plus audible. La musique est bien là, sans forme néanmoins. Puis elle s'évanouit abruptement lorsque la psychologue reprend la parole :

« Ce que tu m'as dit à propos de la nourriture, de ta relation avec la nourriture, m'intéresse. »

Elle est revenue à la méthode de la dissection. Il faut quelques minutes à Jennifer pour se concentrer de nouveau sur l'interrogatoire.

« Mon comportement vis-à-vis de la nourriture ? rectifie-t-elle.

— Si tu veux. Tu peux développer ?

— Je vous l'ai dit, ma mère a toujours été bizarre à propos de la nourriture. Elle a toujours été mince. À l'époque – jusqu'à récemment –, j'en concluais qu'elle accordait une telle importance à la minceur qu'elle ne voulait pas que je grossisse. Tout simplement.

— T'observer en train de manger, ça va plus loin, à tel point que tu es devenue anorexique, non ?

— Vous croyez que j'exagère. Elle le faisait pourtant chaque fois qu'elle le pouvait. J'étais à peine capable d'avaler sous son regard. D'autant que c'était mauvais – elle avait une obsession avec la soupe, les légumes étaient systématiquement trop cuits. Encore maintenant, je n'arrive pas à manger des trucs craquants, une carotte crue ou une branche de céleri. » Jennifer a presque un haut-le-cœur à cette pensée ; elle respire lentement pour contrôler le réflexe avant de poursuivre : « Il m'était interdit de toucher aux repas de l'école, sous prétexte que tout était infect, alors elle me préparait de minuscules sandwichs sans croûte, un yaourt et une banane pour le déjeuner – ça allait, je parvenais à les manger, même quand on me regardait. À la maison, au contraire, j'emportais mon assiette dans ma chambre dès que c'était possible. Ou j'essayais d'aller chez des amies, ce qui n'était pas facile parce qu'elles n'avaient pas le droit de venir chez moi.

— Ah bon ?

— Maman détestait qu'il y ait des gens à la maison.

— Même ton père ?

— Non, les autres. Elle voulait qu'on reste tous les trois. Et j'avais l'impression qu'elle aurait préféré que je ne sois pas là.

— Et ses amis ?

— Elle n'en avait pas, ayant fait ce qu'il fallait pour ça.

— C'est-à-dire ?

— Elle en avait eu. D'après mon père, elle organisait des cafés le matin avec d'autres mères. Mais à l'époque où j'étais assez grande pour avoir des souvenirs, elle avait coupé tous les ponts. Elle refusait que qui que ce soit passe et si on téléphonait – par exemple la mère d'une fille de ma classe à l'école primaire pour m'inviter à goûter –, elle trouvait toujours des excuses pour la décourager. Je n'allais jouer chez personne.

— Revenons à la nourriture. Tu as dit avoir eu l'impression jusqu'à *récemment* que ta mère se préoccupait de ton poids.

— Voilà, vous recommencez.

— Quoi ?

— À essayer de prendre le contrôle pour que je parle sans respecter l'ordre. Ce n'est pas encore le moment, j'y viendrai. À présent, c'est au tour d'Arthur, il vous intéresse, non ? Vous devriez être contente. »

Fête des Mères nº 1

La maternité à l'honneur. Ce dimanche-là, Neil n'oubliait pas d'aller à Swindon, comme un fils attentionné, apportant un bouquet de fleurs acheté en cours de route et une boîte de chocolats qu'il ouvrait et dévorait après le rôti que sa mère lui avait préparé. Jennifer l'avait accompagné la première année de leur liaison. Neil appelait rarement sa mère, lui rendait visite moins souvent encore, et quand il le faisait, le peu de valeur de ses cadeaux était manifeste même lorsqu'il n'oubliait pas d'ôter l'étiquette du prix, d'un jaune criard. À la vue des petits soins dont cette femme entourait Neil, de ses réactions admiratives aux récits qu'il lui balançait sur son boulot, ses activités, les lieux où il était allé, Jennifer ne parvenait pas à décider si l'adoration qu'elle vouait à son fils unique était sincère au point de lui permettre d'oublier ses innombrables défaillances ou si elle jouait un rôle. L'une ou l'autre possibilité était tellement déprimante que Jennifer savait qu'elle avait raison d'éviter les mères des autres autant que la sienne.

Elle achetait cependant systématiquement une carte. Généralement la veille de la fête des Mères, la choisissant comme si leur entente était réelle. Parfois drôle, une photo en noir et blanc d'une famille des années cinquante, où figuraient des bulles faisant allusion à des blagues que sa mère et elle n'avaient jamais partagées ; la plupart du temps quelque chose d'artistique, rien de trop abstrait : aquarelles représentant des lis ou des reproductions de tableaux. L'an dernier, c'était un Klimt, *Les Trois Âges de la femme**[1], la mère et l'enfant endormis parmi les fleurs. Elle aimait que rien ou presque rien ne soit écrit à l'intérieur, tout au plus « Bonne fête, maman », surtout pas des vers insipides.

Malgré son intention de ne pas respecter la tradition cette année, l'envie d'acheter une carte en ce dimanche matin de solitude fut irrésistible. Se moquant d'elle-même tout en ceinturant son imperméable, Jennifer fourra son porte-monnaie et ses clés dans sa poche et sortit.

Elle aperçut le garçon dès qu'elle tourna au coin de la rue. Assis au bord du trottoir, près du carrefour, devant l'entrée de la cité, les pieds dans le caniveau.

Le trajet de cinquante mètres jusqu'à l'enfant lui parut comparable à la fin d'une course de vélos lors d'une compétition scolaire conçue pour donner aux gosses qui ne sont pas sportifs le sentiment d'accomplir un exploit ; il faut avancer mais le plus lentement possible et le dernier à franchir le poteau remporte la victoire. Bien entendu le vainqueur est en général celui qui a aussi gagné les autres courses grâce à son talent et à sa maîtrise, tandis que les pieds plats et les balourds appuient sur les pédales à l'approche de

---

1. Les expressions en italique suivies d'un astérisque sont en français dans le texte.

l'arrivée car la tentation de laisser, pour une fois, un concurrent à la traîne est irrésistible.

Il lui sembla que si elle pressait le pas tout le monde en ferait autant. Si elle pressait le pas, la mère du garçonnet se précipiterait pour l'emmener. Si elle pressait le pas, un bus passerait à toute allure et le déroberait à sa vue. Si elle pressait le pas, il risquerait de prendre peur et de se sauver.

Alors elle marcha tranquillement, elle flâna, c'est tout juste si elle ne sifflota pas. À dix mètres de lui, elle s'autorisa un regard. Le dos très droit, il baissait le visage, des larmes coulaient sur ses genoux. Il pleurait ouvertement, sans se recroqueviller en position défensive ou réconfortante, sans se cacher la figure sous l'effet de la honte. Même à cet instant-là, dans son désespoir, sa musique était juste. Si minuscule et triste qu'il fût, ses notes avaient un accent de vérité. Malgré ses yeux embués, Jennifer avait les idées claires et, à cinq mètres de lui, sa décision fut prise. Elle regarda alentour, il y avait peu de signes de vie dans la cité. Peu de gens se levaient aussi tôt ; elle n'avait jamais vu la mère du garçon sortir avant midi. Quelques enfants s'amusaient sur l'aire de jeux, mais ils se trouvaient à une certaine distance et étaient absorbés dans leurs activités. Un clochard poussant un Caddie rempli de journaux s'avançait dans sa direction tandis que, sur l'autre trottoir, deux adolescents s'éloignaient d'elle. Jennifer ne remarqua pas le visage qui regardait par une fenêtre, en face, au-dessus du marchand de journaux.

Les bras tendus, elle fondit sur le garçonnet, le souleva et le serra contre elle, la tête sur son épaule. Stupéfait, il cessa de pleurer mais ne se débattit pas.

Lançant un nouveau regard circulaire, elle s'imagina en train de se diriger vers sa mère susceptible d'émerger d'un instant à l'autre de l'immeuble. « C'est le vôtre ? Il était tout seul dans la rue. Je m'apprêtais à chercher où il habitait… » Il n'y avait pas âme qui vive. Jennifer fit demi-tour et prit le chemin de son appartement sans cesser de parler au petit. Que lui avait-elle dit ? Elle n'en avait aucun souvenir. Peut-être avait-elle chanté, composant un air paisible pour lui assurer qu'il était en sécurité. Sauvé.

Elle s'efforça d'adopter une allure nonchalante. L'idée de tomber sur une connaissance l'affola jusqu'à ce qu'elle se rappelle qu'elle n'en avait aucune. Elle ignorait le prénom de sa voisine du rez-de-chaussée, dont seul le nom de famille imprononçable lui était familier parce qu'elle l'avait vu sur du courrier. Ceux qui la croiseraient seraient des inconnus. Personne ne se méfierait d'une femme portant un enfant. De toute façon, c'était un pur hasard si elle connaissait le garçonnet et son adresse. L'immeuble uniquement, pas le numéro de son appartement. L'emmener chez elle et signaler la découverte d'un enfant apparemment perdu et abandonné prouverait son sens des responsabilités. Encore que le fait de ne pas s'être renseignée dans les magasins du quartier risquât de paraître étrange. Porter secours à un petit garçon livré à lui-même sur le trottoir n'avait rien d'illégal ni de répréhensible, si ?

Qu'aurait-elle fait s'il s'était agi d'un inconnu ? Se serait-elle mise en quête du lieu où il habitait, de sa mère, ou aurait-elle continué son chemin, le laissant à la merci du prochain passant ou de la conscience de celui ou celle censé s'occuper de lui ?

Quand elle l'avait soulevé, elle l'avait trouvé aussi léger qu'un oisillon. Ses bras commencèrent malgré tout à se fatiguer avant qu'elle n'arrive dans sa rue. Pourtant, elle portait son violoncelle pendant des kilomètres sans en sentir le poids, changeant de côté quand c'était nécessaire ; ce ballot infiniment plus petit, blotti contre sa poitrine, les jambes autour de sa taille, était plus solide qu'il n'y paraissait. Un véritable garçon, pensa-t-elle.

Une fois à l'étage, elle le posa par terre. Dès qu'il fut entré dans l'appartement, il regarda Jennifer, qui lui sourit.

« Salut, toi. Comment tu t'appelles ? »

Le visage de l'enfant se décomposa.

« Mama ! » Il fondit en larmes. « Mama ! »

Jennifer alla chercher un Kleenex dans la chambre et lui essuya les yeux ainsi que le nez. Il ne lui opposa aucune résistance. Ce geste parut naturel à la jeune femme, étonnée de n'éprouver aucun dégoût.

« Ne t'inquiète pas, mon cœur. Tu as faim ? Tu as envie de manger quelque chose ? »

Toujours en larmes, il n'avait pas l'air de la comprendre. Peut-être ne connaissait-il que ce mot : mama. À moins qu'il ne s'agît d'une onomatopée.

« Mama, répéta-t-elle gaiement, lui prenant la main. Oui, mamamama, c'est ça. » Grâce à son ton ou à ses paroles, il cessa de pleurer.

Lorsqu'il fut assis à table, le menton posé dessus, Jennifer fut aux anges de voir sa petite tête qui dépassait tout juste. Quelle belle photo cela ferait ! Après avoir glissé un coussin sur la chaise, elle versa du lait – entier, merci, Neil – dans un verre, qu'elle approcha des lèvres du garçon. Il n'avait manifestement pas l'habitude de boire ainsi. Elle le posa devant lui, le temps de chercher de quoi le nourrir dans le frigo. Boum ! Elle se retourna : le verre était couché sur la table, le lait répandu sur le sol. Le garçon se cachait le visage. « Ne t'en fais pas, mon chéri, je n'aurais pas dû te donner un verre aussi lourd, pas vrai ? Regarde, ce n'est pas grave. Je vais nettoyer. » Il leva lentement la tête, la regardant par la fente entre ses avant-bras et son front. Elle remplit de nouveau le verre, le lui tendit, et il but sans la quitter des yeux. Son désir de lui caresser la joue fut presque irrésistible, à lui donner la chair de poule, comme si des aimants l'attiraient vers lui. Ne voulant surtout pas l'effrayer, elle se contenta de le féliciter en souriant : « Bravo. Ne bouge pas pendant que j'éponge. » Et Jennifer de chantonner au rythme de ses mouvements à la manière d'un présentateur télé monté sur ressorts ; lorsque sa pantomime arracha un sourire au garçon, la fierté qui la submergea faillit la faire fondre en larmes.

Elle disposa de petits bols de nourriture devant lui. Raisins secs. Quartiers de pomme. Un œuf à la coque. Bouts de pain beurré, certains avec un peu de pâte à tartiner. Elle s'apprêtait à ajouter les céréales de Neil, puis elle se ravisa. Autant l'habituer à une alimentation saine dès le début.

« Arthur, déclara-t-elle. Tiens, Arthur, même si c'est un peu tôt, voici ton déjeuner. »

Maintenant

« Je l'ai emmené parce qu'il pleurait. Pour lui donner ce que tous les enfants devraient recevoir – du temps, des soins, de l'amour, son prénom prononcé avec douceur.

— As-tu cru le sauver ?

— Sur le moment, je n'ai pensé à rien sauf : je t'emmène loin d'ici. J'imagine que c'est un sauvetage. Oui, je l'ai bien sauvé.

— Tu estimes que ton acte avait quelque chose d'héroïque ?

— Vous vous moquez de moi ?

— Non, mais "sauver" est un terme dramatique.

— C'est le vôtre. Que signifie "héroïque" ? Courir des risques pour sauver quelqu'un ? Même s'il n'a pas fallu fuir un bâtiment en flammes, j'en ai pris, vous ne pouvez pas prétendre le contraire. Il était évident pour moi, pour tout le monde d'ailleurs, qu'il était en danger.

— De quoi ?

— De négligence. Peut-être de violence ou d'autres formes de sévices, mais surtout de négligence. De n'être entouré d'aucun amour pendant son enfance. De grandir auprès d'une femme incapable d'aimer ou d'être aimée.

— Cela te rappelle quelqu'un ? »

N'obtenant pas de réponse, Stephanie change de cap :

« Pourquoi ne pas l'avoir signalé ? Tu viens de te livrer à la police, pourquoi ne pas être allée voir les autorités ? »

L'amusement de Jennifer n'est pas feint.

« Les autorités ? Elles ont fait quoi pour lui alors qu'il était ignoré ? Elles n'étaient même pas au courant de sa disparition. Qui croirait qu'elles se seraient occupées de lui ? Écoutez, je vous le répète, j'ai emmené l'enfant parce qu'il pleurait. Quoi qu'elle lui ait infligé avant, si souvent qu'elle l'ait bousculé, tapé, engueulé, il semblait toujours le supporter. Sauf que ces larmes… »

À ce souvenir, elle frissonne :

« C'est pour ça que j'ai décidé de l'emmener.

— Pourquoi Arthur ?

— Je ne sais pas trop. C'est un joli prénom, mais je n'y avais pas réfléchi à l'avance. Ce n'était pas prémédité, je veux dire, ce n'était pas un projet de longue date. En revanche, j'ai effectivement pris une décision juste avant d'arriver à sa hauteur. J'étais sûre que c'était la bonne.

— Tu avais imaginé faire quelque chose comme ça auparavant, enlever un enfant ?

— Non ! Je n'ai pas emmené un enfant, je l'ai emmené, lui. Je n'étais pas ménopausée, je n'essayais pas d'être enceinte depuis des années, je n'avais… aucune des raisons qu'on évoque dans les journaux à propos de femmes qui enlèvent des mômes. Je n'ai pas pris un enfant, je l'ai pris, lui. »

Stephanie marque une pause tandis que ses mains se joignent de nouveau. Elle a un visage anguleux, un nez et un menton pointus. Ses cheveux tirant sur le brun ont une nuance de henné. Âgée d'un peu plus de quarante ans, elle était adolescente dans les années quatre-vingt ; sans doute se séchait-elle les cheveux tête en bas pour en augmenter le volume, une habitude à laquelle elle n'a pas renoncé. Ils nimbent son petit visage d'un halo auburn démesuré qui frémit dès qu'elle bouge la tête. On dirait un furet, songe Jennifer.

« Peut-être as-tu pensé donner ce prénom à ton enfant ?

— Comment… Qu'est-ce que vous voulez dire ? »

On l'a prise au dépourvu. Ça ne fait pas partie de l'histoire qu'elle est en train de raconter et personne n'a pu découvrir quoi que ce soit à ce sujet. N'empêche que Stephanie a flairé quelque chose.

« Tu as perdu un bébé, Jennifer ?

— Je n'en ai jamais eu.

— Les femmes qui font une fausse couche ont souvent l'impression d'avoir perdu un bébé, même en début de grossesse.

— Je n'ai pas fait de fausse couche.

— Alors ? »

Une fois de plus, Jennifer a fondu en larmes. Dans la voix de Stephanie, qui parle avec douceur, la menace est à peine perceptible.

« Alors, Jennifer ? Contrairement à ce que tu prétends, tu ne dis pas tout. Nous tentons de parcourir la moitié du chemin ; je m'efforce de te comprendre, tandis que toi, tu sembles faire de l'obstruction. Si tu refuses de coopérer, peut-être serai-je obligée de te confier de nouveau à mes deux collègues qui ne demandent qu'à te poser d'autres questions. À leur manière. Tu comprends, Jennifer ? » Celle-ci acquiesce. « Eh bien, prends tout ton temps.

— Je ne cherchais pas à mentir. Mais ça ne fait pas partie de l'histoire, ça va vous désarçonner… embrouiller les choses.

— Je suis sûre que tu peux les expliquer. Bon, pourquoi ne pas me parler de la perte de ton bébé ? Essaie. »

Après avoir reniflé, s'être essuyé les yeux, Jennifer obtempère :

« C'est bizarre, l'emploi du mot “perte”, non ? Ç'a l'air tellement négligent. “J'ai perdu mon bébé”, se lamentent les femmes. “Oh, ma pauvre !” s'exclament les gens, au lieu de : “Idiote, où l'as-tu laissé ?” Ces femmes ne veulent pas dire qu'elles ont égaré leur bébé, elles veulent dire qu'elles en ont été privées. Et si on le perd volontairement, si on s'en prive, c'est une perte ?

— Une interruption de grossesse, c'est ça ?

— Je me suis fait avorter, il y a deux ans.

— Tu as eu une sensation de perte ?

— Vous n'écoutez pas. Je ne l'ai pas perdu, j'ai décidé de m'en débarrasser.

— Tu le regrettes, maintenant ?

— Bien sûr. Pas sur le moment. Ni à l'époque où j'ai emmené Arthur. Maintenant, si. Vu qu'il est parti et que c'est fichu pour moi. De toute façon, que serait devenue ma vie, si j'avais eu ce bébé ? Je n'aurais pas pris Arthur, n'est-ce pas ? C'est comme si vous me demandiez de choisir entre lui et un bébé inconnu. Qui n'est jamais né.

— Pourquoi avoir opté pour l'interruption de grossesse ?

— Je me suis fait avorter parce que c'était inconcevable que Neil et moi soyons des parents. Malsain. En plus, je n'aurais jamais dû tomber enceinte : je venais de changer de pilule. À cause de l'anorexie, je n'ai pas eu mes règles pendant des années, puis j'ai pris des contraceptifs, si bien que je ne connaissais pas mon cycle. Il aurait sûrement été anormal ; je prenais la nouvelle pilule quand je me suis rendu compte que j'étais enceinte de trois mois. Il m'a fallu agir vite, immédiatement.

— Quelle a été la réaction de Neil ? Vous avez pris la décision ensemble ?

— Non, ça ne s'y prêtait pas. Je lui ai annoncé ma grossesse et, dans la foulée, ma décision d'avorter. Il a été d'accord.

— Et si ça n'avait pas été le cas ? Si Neil avait souhaité que tu gardes le bébé ?

— Et si la terre était plate ? Ce genre de question ne rime à rien, il ne serait jamais venu à l'idée de Neil d'être père.

— Tu lui as posé la question ?

— Pourquoi le lui demander ? Pourquoi lui balancer : "Neil, je me fais avorter, t'as envie d'être papa ?" Tiens, encore une bizarrerie terminologique : l'engendrement. Engendrer un enfant, c'est fournir la graine ; un homme peut engendrer des centaines de gosses sans en voir un. La paternité consiste en un acte unique, la maternité au contraire est un… processus. Chaque enfant qu'on élève est précieux. Ça absorbe une vie entière, ce n'est pas du tout le même engagement.

— Tu n'as pas beaucoup évoqué ton père. S'est-il occupé de toi ainsi, sans s'impliquer ? Il t'a déçue ? »

À présent la psychologue laisse sortir d'elle davantage de notes et Jennifer ne doit pas donner l'impression de les écouter. Elle se compose une expression pensive, comme si elle préparait une réponse. Si étrange que cela paraisse, Stephanie laisse entendre des cordes. Ce n'est pas du violoncelle, c'est plus grave, de l'alto peut-être. Pizzicato ? Et il y a une mélodie. Il est difficile de se concentrer sur la conversation, comme toujours lorsque les sons sont mieux formés. Jennifer ne songe qu'à tendre l'oreille car c'est ainsi qu'elle comprendra, mais elle doit parler.

« J'avais l'impression de le décevoir. Il passait le plus clair de son temps à jouer le rôle d'intermédiaire entre maman et moi. Quand il est parti – ils ont divorcé et il s'est remarié –, j'ai cru que c'était parce que je lui avais rendu la vie impossible auprès de nous, même s'il m'a assuré que ce n'était pas vrai. N'empêche qu'il devait en avoir marre. En tant que chauffeur de bus, son emploi du temps changeait constamment, il faisait des heures supplémentaires dès qu'il pouvait pour ne pas rentrer à la maison. Il avait toujours l'air au bout du rouleau. Au moment où j'ai pris Arthur, je ne voyais plus maman depuis cinq ans, depuis le jour où je lui avais rendu visite après l'enterrement de papa, auquel elle n'était pas allée, comme si papa avait été notre seul trait d'union pendant toutes ces années.

— Tu es donc restée proche de lui après le divorce ?

— Pas vraiment. J'espérais qu'il cesserait de prendre toujours la défense de maman, qu'il arriverait à parler des problèmes sans se sentir déloyal, mais il n'était plus que l'ombre de lui-même. Il avait tout refoulé pendant si longtemps qu'il en était incapable.

— Que refoulait-il ?

— J'étais persuadée qu'il me cachait quelque chose d'important. Par exemple, que j'avais été adoptée ou que maman avait été enfermée dans un asile. Je m'imaginais plein de trucs qui auraient expliqué – du moins permis d'expliquer – le comportement de ma mère.

— Tu as tenté d'aborder le sujet avec lui ?

— Quelquefois. Environ un an après son départ, il m'a paru un peu plus détendu, apaisé, content. Même s'il me demandait à tout bout de champ pardon de m'avoir abandonnée, il était plus heureux loin de nous. Un dimanche, il m'a emmenée manger une pizza pour me parler de quelque chose de très important. J'ai cru que c'était le moment dont je rêvais depuis toujours : le mystère allait enfin être levé. En fait, c'était pour m'annoncer son mariage avec une collègue qui travaillait au dépôt.

— Que pensais-tu d'elle ?

— Elle n'était pas trop mal. Ce qui me frappait surtout, c'était son rire idiot ; la moindre bêtise la faisait rire, et il l'accompagnait. C'était une flûte, mal jouée, vous comprenez. » Stephanie sourit comme si cela avait du sens pour elle. « Je les trouvais… à côté de la plaque. Gênants. Si bien que je n'allais pas souvent chez eux ; à mon avis, il était simplement soulagé de vivre dans la gaieté après de si longues années de tristesse. Il s'est jeté à corps perdu dans ces éclats de rire à propos de tout et de rien. Il avait envie que j'y participe, mais c'était au-dessus de mes forces.

— Il a eu d'autres enfants ?

— Non. Elle était un peu plus âgée que lui, ni l'un ni l'autre n'en voulait.

— On dirait que tu as quand même le sentiment qu'il t'a abandonnée.

— Au bout du compte, il m'a déçue. Il n'a pas vraiment essayé. Je crois qu'il était incapable de trouver quoi dire ou comment le formuler, alors il s'est efforcé de tout oublier. J'étais la vérité qui dérange. Peut-être ai-je fini par l'embarrasser moi aussi.

— L'opinion que tu as de ton père n'a donc pas influencé celle, plutôt mauvaise, que tu avais de Neil comme futur père ?

— Exactement. Neil n'a jamais grandi, il ne pouvait pas être père.

— Bien, tu as pris ta décision, tu as interrompu ta grossesse. Et puis quoi ?

— Une semaine de larmes dans les toilettes au travail avec le sentiment d'être sur une autre planète, voilà tout. Plusieurs mois de tests de grossesse, par paranoïa, sans savoir si je devais me réjouir ou me désoler de l'absence de trait bleu. Quelques cauchemars. Rien de plus.

— Jusqu'à Arthur.

— Non, jusqu'à aujourd'hui.

— C'est vraiment la première fois que tu y penses depuis que c'est arrivé ?

— Que je creuse un peu le sujet ? Oui. Arthur m'accaparait trop pour que le passé m'obsède. L'idée me traversait parfois l'esprit qu'il valait mieux avorter que maltraiter un enfant, comme sa mère le faisait. C'est beaucoup moins cruel. »

Stephanie joint de nouveau les mains.

« Tu estimes que la mort est préférable pour certains enfants ?

— Bien sûr. En tout cas, ceux qui sont torturés ou brutalisés, ceux qui vivent avec des adultes qui les exploitent, les ignorent ou ne s'occupent pas d'eux. Et s'il n'y a aucun espoir que leur sort s'améliore très vite.

— À ton avis, pour Arthur, il aurait mieux valu qu'il meure avant que tu ne l'enlèves ?

— Je l'ai pris avant que la situation ne devienne irréversible. Avant qu'il ne soit assez grand pour s'en souvenir ou en être traumatisé. Même au début, c'était un rayon de soleil, un petit garçon très heureux. Je l'avais vu quelques jours plus tôt supporter la brutalité de sa mère. Il n'a jamais perdu son aptitude au bonheur. Il m'émerveillait.

— Si tu ne t'étais pas occupée de lui, il aurait mieux valu qu'il meure, c'est ça que tu pensais ?

— Question piège. Ça dépend, peut-être, si l'autre devait remettre la main sur lui.

— Comment t'y serais-tu opposée ? Qu'aurais-tu fait si tu avais cru que sa mère pouvait le récupérer, Jennifer ? »

L'absence de réponse incite Stephanie à reculer dans l'impasse.

« Tu l'aimais beaucoup ?

— Oui. Infiniment. Il était – il sera toujours – mon petit amour. »

Avant

Qu'était-on censé faire avec un enfant ? Après avoir chipoté le contenu de tous les bols, en avoir terminé quelques-uns, Arthur descendit de sa chaise et se mit à explorer l'appartement, s'arrêtant pour toucher ou prendre tout ce qui tombait sous ses yeux. Jennifer, qui le suivait, balaya l'appartement d'un regard différent, à l'affût de dangers potentiels. Si elle le laissa enlever tous les coussins du canapé, elle ne lui permit pas de s'emparer du vase de fleurs sèches de la cheminée ; si les fleurs étaient sans danger, elle ne voulait pas qu'il les dispose autrement. Il eut le droit de courir sur le linoléum de la cuisine, pas celui de s'approcher de l'angle pointu du manteau en marbre de la cheminée. Il eut le droit de sortir les casseroles des placards les plus bas et de taper leurs couvercles, pas celui de coller ses doigts poisseux sur les murs.

Au travail, une femme enceinte de son premier bébé avait parlé de « neutraliser » sa maison. Comment s'y prendre ? À moins de capitonner les murs et de tout recouvrir de plastique, rien n'offrait une garantie à cent pour cent contre les blessures et la destruction.

Au bout d'une demi-heure passée sur les talons du garçon à essayer de l'intéresser à des objets appropriés

– cuillères en bois, spatules, clés, rouleaux de carton récupérés dans la poubelle de recyclage –, Jennifer détecta une odeur nauséabonde. Les couches ! Elle n'y avait pas pensé, elle n'avait pensé à rien. Le petit avait beau ne pas sembler mal à l'aise, l'idée qu'il déambule ou s'asseye dans ses excréments était insupportable. Après avoir découpé une vieille serviette, elle l'étendit sur le sol de la salle de bains, retint son souffle et s'en occupa. On aurait dit des déjections d'adulte ! C'était incroyable, il aurait dû en être à l'apprentissage de la propreté, non ? N'ayant aucune habitude du postérieur et des organes génitaux répugnants d'un enfant, elle hésita. Hors de question de faire la dégoûtée, ce n'était pas le moment. Elle le nettoya avec du coton et de l'eau, le sécha et, sous le coup d'une inspiration, appliqua la vaseline qu'elle gardait pour ses mains. Puis elle l'emmaillota dans la serviette, qu'elle attacha avec du ruban adhésif, et remonta son jean à élastique, heureusement trop petit pour lui, si bien qu'il maintint le tout en place. Elle se récura les mains avec du savon exfoliant et une brosse à ongles avant de les enduire de vaseline, un rituel qu'elle observait au moins trois fois par jour. Rien ne conservait mieux la souplesse de sa peau, rien n'adoucissait mieux les cals des doigts de sa main gauche. C'était sa mère qui l'avait dissuadée d'acheter les crèmes hors de prix dont l'efficacité ne serait jamais comparable.

Ensuite, alors qu'Arthur, assis par terre, déchirait des cartons, Jennifer alluma son ordinateur pour chercher un mode d'emploi, en quelque sorte. Les informations ne manquaient pas, il y en avait même trop ; tout le monde – des fabricants de pots de chambre aux psychologues pour enfants – offrait des conseils, parfois contradictoires, sur la propreté. Jennifer venait de décider que les couches en coton lavables étaient les plus appropriées à long terme, jusqu'à ce qu'il ait environ deux ans et demi, âge auquel elle commencerait l'apprentissage de la propreté, mais que, pour l'heure, elle achèterait des jetables, lorsqu'elle se rendit compte qu'elle n'avait ni vu ni entendu Arthur depuis au moins vingt minutes. Affolée, elle se précipita d'abord dans la cuisine puis dans la chambre, où elle le trouva endormi, pelotonné sur son lit.

Se jurant que ce serait la première et la dernière fois qu'elle le laisserait seul, Jennifer en profita pour se ruer au supermarché, situé à l'opposé du Coupe-Gorge. Après avoir vérifié l'âge et le poids figurant sur les paquets de couches, elle choisit les plus chères. Elle acheta des lingettes sans parfum, des sacs à couches, du gel bain pour bébés, des aliments bio : mini-gâteaux de riz, gressins, céréales, quelques pots de purées de légumes et de compotes de fruits, et du lait. Un bol en plastique à couvercle pourvu d'une petite cuillère et une tasse à deux anses, dont le bec avait une forme qui lui permettrait de ne pas avoir à trop le sucer – sinon cela lui abîmerait les dents de devant, avait-elle appris sur Internet. S'apercevant alors qu'elle n'avait rien avalé de la journée, elle se prit un bol de salade composée.

Enfin, elle s'occupa des vêtements : un paquet de cinq brassières blanches (il n'en avait pas sur lui), dix paires de chaussettes en coton, quatre tee-shirts à manches longues, un autre jean et deux pantalons. Pas de manteau, ils étaient de mauvaise qualité. Du coup, elle racheta la même veste en laine polaire, plus épaisse toutefois, que celle qu'il portait, et un imperméable léger qu'on pouvait replier et enfoncer dans une des poches, idéal pour les giboulées de printemps. Les choses simples étaient pratiquement introuvables : des personnages de dessins animés ou des inscriptions figuraient sur la plupart des habits, même ceux pour garçons de dix-huit mois, l'âge d'Arthur d'après elle. En tout cas, elle ne l'habillerait plus au supermarché. Elle lui ferait essayer de bonnes chaussures et lui offrirait un beau manteau, bien chaud, dès que possible.

Il dormait toujours quand elle franchit la porte, hors d'haleine tant elle avait peu l'habitude de courir. Elle écrivit un mail à son coordinateur pédagogique pour donner sa démission à compter de lundi, invoquant le stress. Elle bourra sa valise et son nécessaire de voyage indispensables pour eux deux. À peine eut-elle terminé qu'elle dressa une liste de choses à faire.

Ses idées étaient d'une extraordinaire clarté. Cela ne lui était arrivé qu'une fois, le jour de son départ pour Londres, où elle allait faire ses études. Aux yeux de sa mère, elle s'organisait en vue d'une transition provisoire du foyer familial à l'université. Elle n'aurait rien d'autre que ce qu'elle emporterait dans le train ; elle avait décliné la proposition de son père de l'emmener à la gare. Son violoncelle ne lui permettrait que de traîner une valise d'une main, de prendre un sac à dos et une sacoche en bandoulière. Le reste serait livré au hasard. Et à sa mère. L'abandon de tous les livres et vêtements, achetés pour la plupart grâce à ses petits boulots du week-end au supermarché, l'effrayait et la libérait. Sa capacité à fonctionner simultanément sur deux niveaux – l'un excitant à en avoir le vertige, l'autre pragmatique – la plongeait dans une exaltation que seule la musique lui procurait d'ordinaire. La même sensation, très exactement, l'envahit tandis qu'elle arpentait l'appartement, le sourire aux lèvres, un calepin et un crayon à la main.

Lorsque Arthur se réveilla de sa sieste, il eut l'air perdu l'espace d'un instant avant de se précipiter dans le salon, où il s'empara de la télécommande. Jennifer appuya sur les boutons et lui trouva un dessin animé. « Je ne devrais pas te le permettre, il n'est pas question que les yeux te sortent de la tête, hein ? Enfin, pour cette fois seulement. »

Plus tard, ils prirent un en-cas. Jennifer essaya de faire goûter à Arthur un curry de légumes à la noix de coco en pot, mais ses trésors de persuasion ne réussirent pas à lui faire ouvrir la bouche. Il eut droit à des toasts, à des mouillettes, qu'il mangea seul, ainsi qu'à un autre œuf à la coque pour lequel il eut besoin d'un coup de main, suivis par une compote d'abricots qu'il savoura en faisant des saletés. Tout en le nourrissant, elle avala des bouchées de sa salade et la termina sans s'en rendre compte. Ils partagèrent une banane.

D'autres dessins animés, d'autres grignotages et, à dix-neuf heures, des bâillements.

« Regarde ce que nous avons là ! s'exclama Jennifer. Un pyjama avec des dinosaures ! Et si on te préparait à aller te coucher ? »

Pour Jennifer, le bain fut le point de non-retour. N'importe quelle assistante maternelle aurait su le nourrir, le changer, jouer avec lui, en revanche le laver et le mettre au lit était un pas supplémentaire. Il lui sembla que cette dernière demi-heure de leur première journée serait, pour l'un et l'autre, le moment où elle était devenue sa mère.

*

La musique empêchait Samantha de réfléchir. De la musique de danse, mais personne ne dansait. Assise par terre, elle était adossée au canapé de sa pièce de séjour. Ces derniers temps, elle s'appuyait toujours contre quelque chose. Depuis quand ne se servait-elle plus de sièges ? Daz était passé. À l'odeur qui se dégagea d'elle lorsqu'elle se rendit aux toilettes, Samantha devina qu'ils s'étaient envoyés en l'air, et qu'il lui avait laissé quelque chose. Comme toujours. « Moi, j'aime que mes poules aient tout ce qu'il faut », disait-il. Dans sa bouche, ça signifiait la baise et la came, en échange de quoi ses copains pouvaient débouler. Certains étaient d'ailleurs là, en ce moment : Barry, au visage et au cou couverts de tatouages faits maison ; Bridget, « toujours le cœur au ventre et toujours au tapin, hein », la taquinait Daz. Elle l'envoyait se faire mettre mais rigolait. Le jeune type, dont le prénom lui échappait, qui se vantait d'avoir buté un mec simplement parce qu'il avait été dans l'armée. Une autre qu'elle ne connaissait pas. Sympa. Des potes fumant des clopes ensemble. Ce fut Barry qui lui demanda en lui tendant une bière : « Où il est, le môme ? »

C'est alors que Samantha se rappela s'être posé la question plus tôt quand elle était sortie dans le jardin avec un sac de bonbons et qu'elle était rentrée, le sac toujours à la main, un peu désorientée.

« Il va bien », répondit-elle, d'un ton hésitant, mais Barry ne l'écoutait plus.

Daz débarqua plus tard. Elle pensa qu'il était peut-être au courant.

« Son père l'a emmené, non ? Il le voulait, pas vrai ? Il t'a encore localisée, chérie ? » lâcha-t-il.

Samantha avait déjà déménagé deux fois parce que Mark ne cessait de la retrouver et de la tanner pour la garde. « Putain, il me piste, il refuse de nous foutre la paix », râlait-elle Des assistantes sociales étaient venues la voir : « S'il vous menace, vous ou votre fils, nous pouvons vous installer ailleurs, ça vous aiderait ? » Elle avait hoché la tête, veillant à les remercier, ça leur faisait plaisir et ça lui permettait d'obtenir des clés en moins de temps qu'il n'en fallait pour remplir les formulaires.

Comment les avait-il retrouvés, les deux autres fois ? Mystère. Sa fouineuse de mère s'en était sans doute mêlée. Rita. Une vieille peau. Une radoteuse : « Pense à l'enfant. Tu as une énorme responsabilité, maintenant. Au début, ça sera difficile. » Les nuits devant la télé quand le bébé était dans son berceau là-haut et que Mark bossait au restaurant. Les perpétuels feuilletons à l'eau de rose ou les émissions de téléachat – comme si c'était possible pour eux. Puis tout à coup, après qu'une infirmière avait suggéré que Samantha devrait consulter quelqu'un parce qu'elle souffrait peut-être de dépression post-partum, elle avait changé de couplet : « Pourquoi tu sors pas avec des amis ? Ça me fait plaisir de garder le bébé. À ton âge, tu devrais t'amuser. »

Samantha avait refusé tant d'invitations qu'on ne l'appelait plus. Son univers était devenu tellement différent qu'elle n'avait envie de voir personne, même pas ses meilleures copines de classe.

Daz l'avait remarquée au centre commercial, un lundi à l'heure du déjeuner ; elle était assise, la poussette devant elle. Il l'avait abordée : « Pourquoi une jolie fille comme toi a l'air aussi malheureuse ? » Et ils avaient bavardé, assez longtemps pour qu'elle révise son jugement négatif à propos de ses vêtements, de son chapeau, de ses bijoux. De près, il était beau. En plus, il s'intéressait vraiment à elle. Depuis des mois, quasiment depuis la naissance du bébé, Mark et elle s'étaient rarement réveillés en même temps. Leur unique sujet de conversation, c'était l'avenir : pour une raison quelconque, Mark et sa vieille s'imaginaient que son boulot de merde dans la restauration l'améliorerait comme par magie. Aux yeux de Samantha, l'avenir se résumait aux mêmes corvées, qui se répéteraient jour après jour.

Lorsqu'elle revit Daz au centre, il offrit des chocolats au bébé, lui donna des cigarettes et l'invita à une fête chez un de ses potes le soir même, c'était un vendredi. Elle dut s'acheter un nouveau haut parce que, même au bout de six mois, elle n'entrait toujours pas dans ses anciennes fringues, et se fit une beauté, la première fois depuis longtemps avant la naissance. Pourtant, elle avait adoré se maquiller, ou maquiller et coiffer ses amies. C'était ce qu'elle voulait faire, une formation d'esthéticienne. D'après Mark, ce n'était pas trop tard; sa mère l'aiderait pour le bébé. Ce serait bon pour elle, pour eux. Depuis sa grossesse, il se tenait à carreau. Il disait que ça donnait du sens à son travail. Mais rien n'était plus éloigné des pensées de Samantha que l'idée d'être esthéticienne ou de retourner à l'école – c'était de ça qu'il s'agissait, même si ça s'appelait autrement – avec une flopée de filles qui ne savaient rien de la vie.

Une fois qu'elle fut prête et le bébé couché, elle descendit, excitée malgré elle.

« Tourne sur toi-même », lança Rita. Elle s'exécuta. « Oh, mais c'est que t'es jolie comme un cœur ! Bon, file et amuse-toi, chérie. »

La maison était un trou à rats, en revanche Samantha n'avait jamais vu de fête aussi géniale. À côté des filles maigres aux lèvres rouges, elle se sentit d'abord boulotte, moche, mais Daz lui donna une vodka et un truc pour l'aider à se relaxer. Puis on lui proposa un joint qu'elle accepta et, contrairement aux autres fois, ça lui plut. Après, elle regarda Daz tripoter des couteaux, des plaquettes de verre, des feuilles de papier, du tabac et de la came provenant de paquets entortillés ou de sachets à zip, incapable de discerner ce qui se passait tant ses doigts bougeaient avec la rapidité de ceux d'un magicien. « Écrans de fumée », pensa-t-elle, sans se rendre compte qu'elle l'avait formulé à haute voix. Daz battit un petit jeu de cartes de crédit ; assise par terre à côté de lui, elle crut un instant qu'il s'apprêtait à faire un tour. « Tu vas dealer ? » demanda-t-elle, contente de sa question qu'elle trouvait astucieuse. Il lui lança un clin d'œil : « Pas folle, la guêpe, hein ? Évidemment, chou, y a pas de meilleur dealer que moi. Laisse-moi faire, et je revends tout. » Blanche, cristal meth, alcools purs, rêves éblouissants réfléchis par les miroirs, dents et lèvres humides de tous ces gens heureux, envie de rire aux éclats à tout ce qu'ils disaient, sentiment d'être à sa place parmi eux, avec cette musique, ces lumières, cet amour omniprésent.

Daz la ramena tout de même chez elle. Elle s'écroula, soulagée que Mark soit déjà mort au monde. Elle se leva après le déjeuner le lendemain, après qu'il fut parti travailler. Sa mère lui tendit le bébé : « T'es pas très fraîche, hein, mon cœur ? Contente que tu te sois bien amusée, ça fait de mal à personne de temps en temps, pas vrai ? » La semaine suivante, Daz et Samantha planifièrent sa fuite ; ça marcha presque comme sur des roulettes, sauf que la putain de mère de Mark rentra plus tôt de son boulot à cause d'une migraine et les surprit. En larmes, elle n'arrêtait pas de répéter : « Laisse-le ici, mon cœur. Jusqu'à ce que tu sois installée. » Comme le bébé pleurait aussi, pour ne pas changer, Samantha fut tentée, mais Daz protesta : « Tu vas obéir à cette vieille peau de vache ? C'est à qui, le môme ? » Elle lui fut reconnaissante de prendre sa défense, tout en se sentant coupable d'avoir ne serait-ce que songé à abandonner son enfant.

Daz continua à être gentil. Il la laissa crécher chez lui un petit moment, lui achetant boissons et came. Il lui expliqua comment postuler pour un logement et veilla à ce qu'elle mentionne l'eczéma et les allergies du bébé, qu'elle avait oubliés. Daz lui certifia qu'elle lui en avait parlé, il lui montra des taches rouges sur les bras du bébé, traces de son eczéma sans doute. Il fit tout ça à cause de ses sentiments pour elle. Il s'occupait bien d'elle, indiscutablement.

Elle ne retourna jamais dans la maison où il y avait eu la fête, malgré son insistance. « Non, disait Daz, on doit laisser la place à d'autres. On ne peut pas profiter de la situation. On doit passer à autre chose, on doit t'installer dans un nouveau logement. C'est ça, évoluer pour toi. »

Il l'aida à emménager dans son premier appartement, lui trouva des meubles et tout ce qu'il fallait. Elle oubliait parfois le bébé qui était toujours là. Aucun des autres n'en avait. Cela devint plus dur quand il se mit à ramper, puis à marcher, à refuser de rester tranquille et d'obéir. Tantôt, elle était furieuse de devoir penser sans cesse à lui. Tantôt, elle regrettait de ne pas l'avoir laissé à la mère de Mark, le plus souvent parce que ça lui aurait facilité la vie, quelquefois parce qu'elle pensait tout de même que le bébé y aurait été mieux. Il n'était pas bruyant, même quand Daz l'enfermait dans sa chambre pendant une éternité.

Daz l'approvisionnait, elle, en canettes. Elle avait beau n'avoir jamais vraiment bu, à part des vodka-tonics, elle découvrit qu'elle aimait la bière, comme il le lui avait assuré. Ça lui permettait de tuer le temps jusqu'au soir, jusqu'à la fête du soir.

Elle ne se souciait plus de maquillage, en revanche elle maigrissait.

*

Pour Jennifer, déshabiller le petit garçon fut une sorte de cérémonial. Elle tenait déjà tellement à lui. Elle procéda d'une main hésitante, craignant de trouver des brûlures de cigarette ou d'autres cicatrices, mais, hormis quelques bleus ici et là, sa peau était intacte et cireuse comme s'il n'avait jamais mis le nez dehors. Quand elle le souleva pour le plonger dans le bain, elle eut de nouveau l'impression qu'il ne pesait rien. Cela l'inquiéta qu'il n'ait pas un gramme de chair superflue ; il avait malgré tout l'air vigoureux. Et puis elle détestait les rondeurs. Elle le lava avec tendresse.

« J'ai oublié de te prendre des jouets, mon bébé », se désola-t-elle. Une bouteille de shampooing vide parut l'enchanter, et il rit lorsque Jennifer lui éclaboussa le ventre. « J'ai aussi oublié tes dents, ajouta-t-elle. Enfin, j'ai choisi un bol conçu pour ne pas les abîmer, mais pas ce qu'il faut pour les brosser. Quelle idiote ! On n'a qu'à presser une noisette de ma pâte dentifrice là-dedans, d'accord ? » Lorsqu'elle lui frotta les dents avec un doigt, il fronça le nez, n'aimant pas le goût de menthe, et protesta par un gros crachat. « Navrée, mon poussin, c'était un peu fort pour toi ? Tiens, bois un peu d'eau pour chasser le goût. »

Elle l'essuya rapidement avec sa serviette la plus moelleuse puis, trop timide pour le regarder longtemps, elle s'empressa de lui mettre une nouvelle couche et son pyjama. Il émit un bruit, un rugissement de dinosaure, et elle l'imita, ce qui le fit rire. L'instant d'après elle l'étreignit, pour la première fois depuis qu'elle l'avait emmené, et la peur l'envahit, même si elle ne redoutait plus qu'on la surprenne. C'était naturel, c'était très important : ses bras qui le portaient, et lui, si léger, qui enlaçait sa taille et son cou. Le corps de Jennifer réagit aussitôt à cette promiscuité inhabituelle ; une douleur fusa dans ses seins, elle fut affolée d'être en proie à une excitation aussi violente que le désir. Elle ne devait pas trop le serrer.

Il sentait le bain moussant. Elle posa la tête sur son cou, qu'elle embrassa. « Mon adorable Arthur, mon petit poussin. » Il se tortilla, les baisers le chatouillaient. Dans la chambre, elle lui prépara un petit nid et l'étendit sur le couvre-lit en coton dont elle l'enveloppa. Se débattant, il se releva aussitôt. « C'est l'heure de dormir », insista-t-elle. Peine perdue, il repoussa les couvertures et se mit debout.

« Mama ? » réclama-t-il, sans tristesse. Elle n'avait pas le choix : « Mama est là, Arthur. Viens voir mama. » Elle le reprit dans ses bras et marcha dans la pièce en chantonnant, mais l'enfant, qui semblait si fatigué après son bain, était à présent plein de vivacité. Berceuses, histoires, cajoleries, rien ne marcha pour le convaincre de se coucher, si bien que, de guerre lasse, Jennifer lui permit de se rendre dans le salon, où il se dirigea sur-le-champ vers le violoncelle. « Tu as envie de l'entendre ? Alors, assieds-toi là. »

Il la regarda jouer plus qu'il ne l'écouta ; cloué sur place l'espace de quelques instants, il ne tarda pas à vouloir essayer. Touchée, elle le laissa pincer les cordes, allant jusqu'à le prendre sur ses genoux pour l'aider à tenir l'archet. Neil n'avait jamais eu le droit d'approcher le violoncelle d'aussi près, malgré le nombre de fois où il avait demandé de « tenter le coup ». Elle empoigna l'archet avec la main de l'enfant, qui cria de joie lorsqu'il associa leurs mouvements aux sons qui lui parvenaient. Comme ils jouaient des versions anarchiques de comptines, elle sentit son dos se détendre. Après avoir continué un moment, elle se leva péniblement, le garçon au creux d'un bras, et parvint à reposer le violoncelle sur son support. Elle retourna Arthur, le coinçant sur son épaule ; il s'était endormi quand elle entra dans sa chambre. Elle l'allongea sur le couvre-lit, l'en enveloppa et l'embrassa sur la joue : « Bonne nuit, mon poussin. »

Jennifer, qui avait ignoré le téléphone jusque-là, écouta un message de Neil.

« Salut, c'est moi. De retour de Swindon ensoleillé, bourré de Yorkshire pudding et de crumble aux pommes. La vieille dame était en forme. Elle aimerait qu'on lui rende visite, cet été. Appelle-moi pour me donner le titre du film que tu as envie de voir cette semaine, d'accord ? Hum... j'espère que tu ne regrettes pas d'avoir passé la fête des Mères toute seule. À bientôt. »

Lorsqu'elle rappela Neil et lui annonça qu'elle voulait mettre un terme à leur liaison, il n'eut pas l'air très étonné.

« J'ai dit ou fait quelque chose qui t'a déplu ? s'enquit-il.

— Non.

— Ce n'est pas moi, c'est toi, c'est ça que tu veux dire ?

— Non, nous. Tu ne crois pas ? »

Il en convint plus ou moins.

« Ce n'est pas une question d'engagement, hein ? reprit-il comme s'il avait une liste. J'avais l'impression de m'en tirer. Tu sais que je ne suis sorti avec personne d'autre, ou rien de ce genre, n'est-ce pas ? Je croyais avoir pigé le truc.

— Non, ç'a plus un rapport avec un mot qui commence par un p…

— Lequel ?

— Progrès.

— Genre, ça ne va nulle part, c'est ça ?

— J'imagine. En fait, c'est plutôt lié à évolution, maturation.

— D'ac. » Il marqua une pause avant d'ajouter : « Est-ce que c'est… à cause du gosse ? »

Jennifer, sous le choc, mit un moment à comprendre l'allusion.

« Sans doute, répondit-elle avec une certaine honnêteté. Non pas en raison de ce que tu as fait ou pas – c'est dans ma tête, là où j'en suis dans ma tête avec ça. » Ce genre de phrase aurait du sens pour lui, même si cela n'en avait pas pour elle.

« D'ac. Est-ce que tu me passeras un coup de fil quand tu seras plus au point dans ta tête ?

— Je ne crois pas, Neil.

— D'ac. Bon, ben, désolé, je…

— Tu n'as pas à l'être, je ne te reproche rien. Et je te souhaite beaucoup de bonheur. Sincèrement.

— Ouais, de même. Prends soin de toi, Jen.

— Au revoir, Neil. »

Les choses s'étaient déroulées plus facilement qu'escompté, sauf qu'elle n'avait pas prévu qu'il lui ferait de la peine. Il n'avait rien à prendre dans son appartement, où il ne laissait qu'une brosse à dents, et il ne défoncerait pas la porte pour la récupérer.

Elle envoya le mail à son patron, boucla ses valises et alla se coucher, prêtant l'oreille au souffle léger d'Arthur.

*

Au moment où les gens commencèrent à rentrer chez eux ou à s'endormir par terre, Samantha n'en doutait plus : « Mon ex s'est taillé avec lui, sanglota-t-elle. Il a piqué mon petit garçon. Je fais quoi, moi, maintenant, hein ? Je vais faire quoi sans lui ?

— Le salaud ! Il a pas le droit de te le prendre, pas ton môme ! » lui répondirent les autres en chœur.

Étreintes maladroites et accolades solidaires la réconfortèrent. Voilà des gens qui comprenaient. Quoi ? Elle l'avait oublié, mais elle savait que c'étaient ses potes. Ils étaient réglo.

Cette nuit-là, elle se réveilla avant l'aube. Daz n'était pas là, comme très souvent la nuit. Tandis qu'elle se redressait, une partie de la vérité s'imposa à sa conscience. Ce rêve, elle l'avait déjà fait. Elle était couchée sous un arbre, après une averse. Des gouttelettes perlaient sur les feuilles, tandis que l'herbe, sèche, était chaude. Elle attendait que l'eau, ne serait-ce qu'une goutte, tombe sur sa langue. Cela prenait un temps fou, mais elle restait là, la bouche ouverte comme si elle chantait, dans une expectative presque insoutenable. L'envie la tenaillait de secouer l'arbre, de se lever d'un bond, de frapper les feuilles, sauf que ça gâcherait tout. Il fallait attendre que cette goutte glisse le long de la nervure centrale d'une feuille, qu'elle vacille au bout avant de s'écraser sur sa langue, alors elle trouverait ce qu'elle cherchait, ce qu'elle avait peut-être trouvé auparavant.

Hélas, quelque chose l'empêchait de se concentrer. Les gouttes de pluie s'évaporaient, même si le soleil ne brillait pas, ou une pierre lui entrait dans le dos, l'obligeant à bouger, ou elle s'endormait dans son rêve ; à un moment donné, elle devinait que la gouttelette ne parviendrait pas jusqu'à elle. Cette fois-là elle était tombée, Samantha s'en souvenait, mais elle avait détourné la tête à la dernière seconde et la goutte tiède avait roulé sur sa joue. L'arbre s'était volatilisé. Elle n'était plus allongée dans l'herbe sèche. Les écrans de fumée étaient réapparus, néfastes à présent, et elle n'avait qu'une vérité en tête, sa peur du noir qui l'envahit quand elle sombra de nouveau dans le sommeil.

Au matin, la vérité avait battu en retraite. Elle était convaincue que son salopard de père avait enlevé le bébé. Par-dessus le marché, elle ne pouvait pas en parler aux assistantes sociales, elle n'adressait plus la parole à qui que ce soit du monde extérieur depuis des mois. Daz refusait qu'elle reçoive ces femmes : ils devaient faire profil bas.

Il arriva un truc bizarre, un jour qu'elle se marrait en buvant une bière avec ses potes. Une vieille franchit le portail de la cité et se dirigea vers eux. Elle était tellement courbée qu'on aurait dit qu'elle essayait de ramasser quelque chose par terre, en fait, c'était sa façon de marcher. Elle flageolait. Ses mains et même sa tête tremblaient. Sa voix chevrotait. Elle avait l'air de grelotter, pourtant il ne faisait pas tellement froid.

« Le bedit, commença-t-elle prudemment, les yeux rivés sur Samantha, z'ai vu le bedit… »

Bridget agita le doigt dans sa direction : « Qu'est-ce tu racontes, pauvre conne, on te comprend pas. »

Les yeux de la femme se remplirent de larmes, elle refit une tentative : « Z'ai vu la fille, z'ai pensé que ze devais vous le dire… »

Bridget ne la laissa pas terminer : « Le garçon, pas la fille. Son père l'a emmené. Maintenant, taille-toi, t'entends. Fous-nous la paix. »

Samantha trouva que la vieille femme ressemblait à une sorcière de dessin animé. Elle tourna les talons et émit un bruit pour exprimer de l'impatience ou du désespoir. Dès qu'elle fut sortie du jardin, d'un pas chancelant, Barry lança :

« Putain, c'est quoi, ce bordel ? Qui c'est ?

— J'en sais foutre rien, répondit Bridget. Quelle sale conne de venir perturber notre Sammy comme ça !

— Merci, Bridget, dit Samantha. Tu prends soin de moi, hein ?

— Chérie, t'es la fille que je n'ai jamais eue, vrai de vrai. »

Et elles se mirent à pleurer, tant et si bien que Barry approcha la canette de son visage pour cacher une larme.

Daz emporta toutes les affaires du bébé de la chambre du fond. Il fourra le petit matelas et le sac de couchage dans un grand sac, les jouets et les vêtements dans un autre. Au bout du compte, ça se résumait à très peu de chose.

« La pièce pourra servir, ma jolie, expliqua-t-il. Je vais peut-être amener un de mes potes, il a besoin d'une piaule pour quelques mois et ce serait pratique de l'avoir à l'œil. Qu'est-ce que t'en penses ?

— Ouais, d'accord », acquiesça Samantha. L'instant d'après, une idée lui vint à l'esprit : « Faudra que je baise avec lui ?

— Tu dois baiser qu'avec moi, princesse. Qu'est-ce que je t'ai dit ? T'es ma nana préférée, pas vrai ? »

Mark l'appelait aussi comme ça. Pendant un certain temps, elle avait eu la sensation de l'être.

*

Après avoir habillé Arthur et rangé la vaisselle de son petit déjeuner, Jennifer téléphona à l'agent immobilier qui lui avait vendu l'appartement quatre ans auparavant. Il se souvenait bien d'elle car elle avait été exigeante. Curieusement, ses conditions pour la vente étaient beaucoup moins draconiennes. Il ne demanda pas mieux que de s'en occuper. Jennifer mit les clés dans une enveloppe et les envoya par la poste.

Elle écrivit un petit mot à Mme Z du rez-de-chaussée pour l'informer de son déménagement et de la venue prochaine d'agents immobiliers qui feraient visiter son appartement.

Voilà, c'était tout. Pas de livraison de lait à annuler ni d'abonnements de journaux à résilier. Pas d'amis à appeler ni de collègues à prévenir pour un pot d'adieu. Pas de mailles d'un filet à travers lesquelles se glisser. Ce ne serait sûrement pas pareil pour Arthur, aussi avait-elle prévu de s'éloigner une à deux semaines et d'évaluer la situation ailleurs. La police ferait sûrement du porte-à-porte. Or, si mince que soit la probabilité qu'on songe à l'interroger, un lien entre elle et… le rapt du garçon était de l'ordre du possible. Le terme ne s'était pas imposé à elle jusqu'à présent, il n'était pas question de l'utiliser à nouveau.

Le taxi klaxonna. Arthur et Jennifer se retrouvèrent devant la porte, avec les bagages. Le violoncelle était resté là-haut dans son étui, il aurait trop attiré l'attention. À n'importe quel autre moment, en être séparée l'aurait perturbée, lui aurait donné un sentiment d'incomplétude – elle se déplaçait rarement sans lui. Ce matin-là, elle l'avait tapoté avant de le saluer d'un signe de main, imitée par Arthur. Comme elle s'apprêtait à glisser son petit mot sous la porte de sa voisine, Mme Z l'ouvrit. Elle devait la guetter. Cela agaça Jennifer, qui espérait partir en douce : « Je file, tout est dans mon petit mot, au revoir, lança-t-elle en souriant.

— Et qui z'est ? » Le visage de Mme Z s'éclaira à la vue du petit garçon. « Bonzour, mon chou. » Elle lui caressa la joue. Jennifer refréna son envie de l'en empêcher : les vieilles dames se comportaient ainsi avec les enfants. Cela se reproduirait.

« Mon neveu. Il faut qu'on y aille, au revoir, claironna-t-elle.

— Ah, au revoir, mon amie. » Souriante, malgré sa perplexité, Mme Z rentra chez elle en lisant la carte de Jennifer.

Celle-ci installa l'enfant dans le taxi tandis que le chauffeur chargeait les valises. Il les conduisit à la gare Victoria : « Vous allez dans une belle région, ma p'tite dame ? demanda-t-il, sacrifiant à l'usage.

— Juste une pause pour voir ma famille, mentit-elle, sans autre raison qu'un souci de vraisemblance. En France.

— Vous voyagez avec peu de bagages !

— Nous avons tout ce qu'il nous faut. »

Maintenant

« À quoi pensais-tu quand tu es partie ? C'était très risqué, non ?

— Pas autant que de traîner à quelques rues de son immeuble. Pour moi, tout dépendait des nouvelles qui seraient diffusées au cours de la semaine. Soit l'enquête resterait circonscrite à Londres, soit elle donnerait lieu à une de ces chasses nationales à l'enfant. J'avais beau être persuadée que rien ne le liait à moi en théorie, il était indispensable d'éviter de se faire remarquer si on le cherchait.

— Tu ne t'es jamais dit, ne serait-ce qu'une fois, que tu avais commis un acte criminel, et que tu continuais sur ta lancée ? Un rapt et une séquestration ? »

À cette question, Jennifer secoue la tête.

« Je savais que ce n'était pas… régulier. Et j'avais l'impression d'être dans la clandestinité, pas dans la criminalité.

— Je ne t'ai pas demandé ce que tu éprouvais.

— D'accord, je savais que c'était un délit. Oui, j'en avais conscience.

— Ça ne t'a pas fait changer d'avis ?

— La loi n'englobe pas tout. Le rapt et la séquestration ne sont pas les termes justes, ils sont déplaisants. Je ne faisais pas quelque chose de mal, même si j'enfreignais la loi.

— Et pendant ce temps, comment allait Arthur ? Il avait l'air angoissé ou perturbé ?

— Non. Il réclamait toujours sa maman, surtout à l'heure du coucher. Au début, il se réveillait en pleine nuit et l'appelait. Sauf qu'au bout d'un moment, eh bien, maman, c'était devenu moi. Au cours des deux premières semaines, il a appris de nouveaux mots, il a commencé à communiquer. Bien sûr, comme je croyais qu'il avait dix-huit mois, il était toujours en haut des courbes. »

Stephanie relève vivement la tête, ses cheveux frémissent. Nez en l'air, chien de chasse à l'affût.

« Comment ça ?

— Des tas de courbes précisent ce que les bébés doivent être capables de faire en fonction de leur âge. Il y en avait à la fin des livres que j'ai achetés. On y indique les moments où ils doivent prononcer des mots d'une syllabe, ceux où ils doivent formuler des phrases de deux mots ou distinguer les couleurs, ce genre de trucs. Si j'avais connu l'âge d'Arthur, je me serais sans doute inquiétée de la lenteur de son développement. Mais comme il avait l'air plus jeune, comme il était petit pour son âge, il paraissait très… en avance.

— Comment aurais-tu réagi si tu avais su qu'il avait six mois de plus que tu ne le croyais ?

— J'espère que j'aurais été patiente et rassurante.

— Mais…

— Ses progrès étaient encourageants. Ils me prouvaient que je m'occupais bien de lui, qu'il avait une bonne relation avec moi.

— Tu ne l'attribuais pas à celle qu'il avait eue avec sa véritable... avec sa mère d'avant ? Au fait qu'il n'avait pas souffert de sa vie avec elle.

— Pour moi, c'était un petit garçon intelligent qui surmontait l'adversité. Et je l'y aidais. »

Stephanie ne semble pas convaincue ; sans attendre sa réaction, Jennifer ajoute : « Vous avez des enfants ? » Quand la psychologue lui demande qui est censé poser les questions, elle enchaîne : « Parce que, si vous en aviez – si vous en avez –, vous comprendriez. Rien n'est plus exaltant que d'assister au développement d'un esprit. C'est extraordinaire de regarder un enfant écouter, apprendre et s'émerveiller de tout. Bien sûr que cela me donnait de grandes satisfactions, mais avant tout parce qu'il était heureux, parce qu'il progressait avec moi.

— Continuons. Tu es allée sur la côte Sud où tu as loué un cottage. Faisais-tu profil bas ? Restais-tu enfermée ?

— Pas du tout. Nous étions au bord de la mer, fin mars, avant les congés de Pâques, alors il y avait peu de monde. Il faisait beau. On jouait sur les galets, on barbotait dans l'eau, on mangeait des glaces. C'étaient des vacances, se terrer à l'intérieur aurait été de la paranoïa.

— Deux semaines en compagnie d'un petit qui ne vous connaît ni d'Ève ni d'Adam, voilà qui a dû être éprouvant !

— Nous faisions connaissance. N'empêche que cela pouvait être très ennuyeux. »

N'en croyant pas ses oreilles, Stephanie la coupe : « Ennuyeux ?

— Oh oui. Si on ne trouve pas d'occupations. Si on ne ralentit pas pour évoluer au rythme de l'enfant.

Au début je me débarrassais des tâches ménagères – la vaisselle, le ménage, la lessive – pour aller à la plage le plus vite possible. Là, on jouait à tous les jeux que je pouvais imaginer et, à dix heures, bien avant le déjeuner, j'étais déjà à court d'idées. Il faut savoir prendre son temps pour que les minutes et les heures s'étirent, même si ça se résume à le laisser vous aider à laver une assiette, à beurrer sa tartine… Il y a aussi les déplacements, en bus ça dure parfois une éternité, si bien que le temps s'écoule très joyeusement. Sauf que ce serait assommant de faire ça toute la journée, alors il faut introduire une activité plus… vivante. En fait, c'est extrêmement musical. Il s'agit de régler la cadence, d'exploiter les sautes d'humeur, les rythmes…

— Revenons à Arthur, et à ta discrétion. »

Jennifer accepte la remontrance.

« À ce moment-là, j'avais coupé les cheveux d'Arthur, ça le changeait beaucoup.

— Tu n'as pas essayé de modifier ton apparence ?

— Ils allaient chercher Arthur, pas moi.

— Ne t'es-tu pas rendu compte des points communs – enfin il y a des différences, mais tout de même – que tu as avec sa mère ?

— N'importe quoi ! On ne se ressemble en rien. Elle est accro au crack, elle a un teint épouvantable, elle ne prend aucun soin d'elle.

— Vous êtes toutes les deux très frêles. Maigres, en fait. Pâles. Des yeux bleus. Le même genre de cheveux blond foncé. N'était-ce pas une des raisons pour lesquelles Arthur se sentait si bien avec toi ? Tu lui rappelais sa véritable – pardon, sa mère d'avant…

— Non ! Il savait que je n'étais pas elle. Les enfants ne sont pas débiles, même un nourrisson reconnaît sa mère. À son odeur. À sa voix. Je n'essayais pas de l'imiter. Parfois, je pense qu'il devait m'avoir vue – vous savez, quand je le cherchais du regard. Peut-être savait-il que j'étais là. Peut-être est-ce pour ça qu'il m'a laissée le prendre dans mes bras sans protester.

— Tu prétends qu'il était complice, qu'il voulait que tu l'enlèves ?

— Bien sûr que non. Simplement que je ne lui étais pas complètement inconnue.

— Et non une femme qui ressemblait à sa mère ? »

Jennifer exhala très lentement.

« Vous voulez m'énerver, j'imagine. S'il existe une personne avec qui Arthur ne peut être détendu, c'est sa mère. Et c'est la dernière à qui je lui aurais fait penser. Je n'ai jamais crié après lui. Je ne l'ai jamais tapé ni traîné brutalement. Je l'ai toujours surveillé.

— Excepté la fois où tu l'as laissé pour aller acheter des couches.

— Je n'avais pas le choix ; de toute façon il dormait et il ne s'est pas réveillé. Ça m'aurait bouleversée de le retrouver en larmes ou affolé d'être seul.

— Abandonner un enfant dans un appartement est de toute évidence dangereux.

— Présentez les choses ainsi si ça vous chante, mais c'est injuste, parce que ce n'était pas vraiment irresponsable, même si ça l'était un peu. Et ça ne s'est jamais reproduit.

— Tu l'as toujours gardé sous tes yeux ?

— Sauf quand j'étais sûre qu'il était en sécurité… avec ma mère.

— Il s'est passé quelque chose lorsque tu ne le surveillais pas ? Vas-tu me dire ce qui est arrivé à Arthur, Jennifer ?

— Oui, si vous m'en donnez la possibilité. Un peu de patience, s'il vous plaît. Je m'embrouille dans la chronologie. Nous sommes au bord de la mer. Il a des cheveux courts. Nous sommes heureux. J'achète le journal tous les jours et je rentre le lire au cottage : jamais une allusion à Arthur. J'allume la télé pour regarder les informations jusqu'au bout, terrifiée d'entendre parler de lui. » Elle a un rire dur. « En réalité, ce n'était pas tant la crainte d'être découverte qui me taraudait que celle de connaître son véritable prénom.

— Tu le connais, maintenant, non ?

— Nous n'en sommes pas encore là. Attendez. Pendant deux semaines, aucune nouvelle n'a filtré. Et quand j'y réfléchissais, je n'étais pas étonnée que l'autre n'ait rien signalé. Elle était tellement paumée, tellement délirante vingt-quatre heures sur vingt-quatre qu'elle était incapable de se rendre compte du… du rapt de son fils.

— D'après elle, ce n'est pas le cas, mais elle a tiré de mauvaises conclusions.

— C'est une excuse ?

— Non, une rectification des faits.

— L'un ou l'autre, ça m'est égal. Qu'elle ait remarqué sa disparition ou non, qu'elle en ait été perturbée ou non, elle n'est pas allée voir la police. L'assistante sociale a cru que son père l'avait enlevé, c'était ce qu'on lui avait raconté. Elle a parcouru ses notes où tout semblait concorder, alors elle n'a pas bougé. On a fait une croix sur lui. Aucun des copains – ceux avec qui elle passait son temps à picoler et à fumer – ne s'est suffisamment inquiété ou n'a été suffisamment sain d'esprit pour donner l'alerte. Ça n'a donc pas d'importance. C'est une preuve supplémentaire qu'elle ne le méritait pas, que j'avais fait ce qu'il fallait.

— Tu sembles en être bien convaincue, Jennifer. Tu le méritais, à ton avis ?

— Oui, en fin de compte. Ce droit, cet honneur, je les ai gagnés. Je me suis efforcée d'être la mère à laquelle il avait droit, il faut que vous le sachiez.

— C'est une grande responsabilité de s'occuper d'un enfant, non ? Estimes-tu l'avoir correctement assumée ? Tu es sûre que ce petit garçon était heureux avec toi, loin de tout ce qu'il connaissait ? Qu'est-ce qui te rend capable de pourvoir aux besoins d'un enfant alors que tu ne l'as jamais fait ? Que sais-tu des petits garçons ? »

Jennifer perd son sang-froid. Sa voix se mue en un gémissement tandis qu'elle recommence à se frotter les mains. « Ce n'était pas ma faute, ne comprenez-vous pas qu'on ne peut pas me mettre ça sur le dos ? Comment aurais-je pu prévoir les conséquences de ce que j'ai avoué à ma mère ? Ce n'est pas ma faute. »

Stephanie et ses collègues échangent à nouveau un regard. Ils la méprisent sans aucun doute. Ses effondrements, ses larmes et ses protestations d'innocence la desservent. Du coup, c'est difficile de continuer. Fermement décidée à terminer, elle se ressaisit néanmoins : « Lorsque j'ai compris que l'histoire ne serait pas divulguée, je me suis un peu détendue. Et j'ai cru que, lui et moi, on pouvait former une vraie famille, ce qui m'aiderait à être une meilleure fille ainsi qu'une meilleure mère. J'ai eu envie qu'Arthur ait une grand-mère. Vous voyez, il passait avant tout. J'aurais pu le garder pour moi, me réfugier dans un lieu où personne ne nous connaissait, où on ne nous aurait jamais retrouvés. Mais je voulais…

— Te servir de lui.

— Non ! je voulais lui montrer… une famille. Réparer les choses. Évidemment, c'est égoïste en un sens. N'empêche que je pensais aussi à lui. Et à elle. Au bout de deux semaines avec Arthur, l'idée d'une brouille entre nous, l'idée que je pourrais passer une fête des Mères, dans trente ans, sans carte sur le manteau de la cheminée était atroce. Insupportable. Alors, juste avant le week-end de Pâques, j'ai fait nos bagages et nous sommes retournés à la gare où, cette fois, j'ai pris des billets pour chez moi, pour chez ma mère. Le changement à la gare de Saint-Pancras a été terrifiant : j'étais persuadée qu'on serait sur toutes les caméras vidéo. Et si on annonçait la nouvelle à ce moment précis ? En fait, nous ne courions aucun danger. Il me semblait qu'aller nous cacher au centre du pays était la solution la plus sûre, comme si je demandais asile. »

Avant

Jennifer avait beau envisager plusieurs lieux où s'installer avec Arthur, ses pensées empruntaient toujours un chemin qui la ramenait à Nottingham, la ville de son enfance, assez vaste pour qu'elle s'y réinsère sans se faire remarquer, d'une familiarité rassurante. Si séduisante que soit, de prime abord, la perspective de découvrir un endroit nouveau, nouveauté rimait avec inconnu, ce qu'elle tenait à éviter. À Nottingham, elle pourrait reprendre l'accent de l'est des Midlands que Neil qualifiait de « ni d'ici ni d'ailleurs », retrouver les itinéraires des bus ou la direction de la gare. La campagne environnante serait idéale pour initier un enfant aux joies de la nature et du plein air. Il était sage de conserver un semblant de vérité ; elle ne souhaitait pas prétendre être une autre et vivre dans la crainte d'être trahie par un faux numéro de Sécurité sociale, par un faux permis de conduire. D'une part la clandestinité serait pénible, de l'autre elle voulait que, étant donné les circonstances, sa relation avec le petit garçon fût le plus honnête possible.

Du moins étaient-ce les raisons qu'elle invoquait.

Arthur lui avait déjà apporté tant de bonheur, une telle paix de l'âme. Leur séjour au bord de la mer avait été merveilleux. Au fil des jours, les médias ne parlant pas de sa disparition, elle se détendait et était plus heureuse qu'elle ne se rappelait l'avoir jamais été. Au point qu'elle leur avait acheté une portion de *fish and chips* à partager sur la promenade, et avait réussi à en manger avec plaisir plus de la moitié. Tant pis si elle grossissait un peu, du moment que ça lui donnait de la force pour être une partenaire plus rapide et plus agile pour Arthur quand ils jouaient au foot, ou pour faire ricocher des galets, ou lors de leurs après-midi dans des terrains de jeux.

Après avoir mangé les frites, il lui avait pris la main, la traînant jusqu'à une flaque laissée par la marée. « Regarde ! Regarde ! » s'était-il écrié. Chavirée par le naturel avec lequel il l'avait cherchée pour lui montrer une de ses petites découvertes, elle s'était réjouie que le vent qui balayait la plage ait séché ses larmes.

Peut-être serait-il l'artisan de la réconciliation avec sa mère. La perspective de frapper à la porte maternelle ne la terrorisait plus, Arthur lui donnait du courage.

Elle n'en eut pas moins la bouche sèche lorsqu'elle sonna et entendit les pas de sa mère. Venue de la gare en taxi, elle portait toujours le plus gros de ses bagages, qu'elle posa pour prendre l'enfant dans ses bras. Elle était incapable d'affronter le face-à-face sans l'avoir contre elle. La porte s'ouvrit.

« Bonjour, maman. Je te présente Arthur. On peut entrer ? »

Cinq ans n'avaient pas beaucoup modifié l'apparence de Doreen, qui ne s'était toujours pas teint les cheveux– elle n'avait pas succombé à la tentation –, de toute façon, ils étaient à peine striés de gris. « Le seul avantage des cheveux châtains, avait-elle dit à Jennifer bien des années auparavant, une des rares remarques empreintes d'ironie qu'elle lâchait sans rime ni raison, c'est qu'ils grisonnent moins vite. » Jennifer avait, elle aussi, refusé toutes les propositions de mèches ou teintures des coiffeurs, probablement à cause de la résistance de sa mère. Malgré leur mésentente chronique, elle avait eu très peu de gestes de révolte, même pendant son adolescence. Cela ne l'avait pas empêchée d'être une fille décevante. Pourquoi ? Elle avait du mal à le comprendre.

Dans le vestibule aux murs revêtus de la même peinture blanc cassé teinté de verdâtre qui, d'après son père, s'appelait « vert gui » flottait une odeur de poisson bouilli à peine masquée par l'âcre senteur de vanille d'un désodorisant. Jennifer avança, forçant sa mère à reculer pour les laisser passer, planta un bécot sur la joue de celle-ci avant de tourner sa hanche sur laquelle était calé Arthur.

« Tu ne fais pas un bisou à ta grand-mère pour lui dire bonjour, Arthur ? » Il aimait les baisers : il en envoyait à Jennifer et n'oubliait jamais d'en couvrir ses peluches quand il se couchait. Après avoir dévisagé l'inconnue d'un air dubitatif, il se pencha en émettant le bruit requis, puis enfouit sa tête dans le cou de Jennifer. « C'est bien, le félicita-t-elle. Ma parole, serais-tu devenu timide tout à coup, mon chéri ? » Lançant un regard malicieux à sa mère, elle la vit s'empourprer et eut même l'impression que ses yeux s'embuaient. Doreen se contenta toutefois de ces mots :

« Jennifer. Et Arthur. Pour une surprise, c'en est une ! Entrez. »

La mère et la fille se tournèrent autour pendant des jours.

Dans l'ancienne chambre de Jennifer, Doreen fit le lit à une place, à côté duquel elles installèrent un lit de camp destiné à Arthur. C'était la première fois que Jenny mettait les pieds dans cette pièce depuis son départ pour l'université. Avant leur longue séparation, ses visites à sa mère se caractérisaient tant par leur rareté que par leur brièveté, et elle ne montait à l'étage que pour aller aux toilettes. Comme le reste de la maison, le décor n'avait pas changé depuis son enfance, à ceci près que le mauve spectaculaire des murs qu'elle avait peints quinze ans auparavant avait pris la teinte violacée de cernes sous les yeux. Elle ouvrit l'armoire en pin, et ses ours et autres peluches tombèrent à ses pieds. Arthur se jeta au milieu d'eux avec joie. Derrière, elle découvrit les vêtements qu'elle avait abandonnés, sa vieille platine laser, ses cartons de livres – ainsi, elle n'avait pas été complètement bannie de la maison. Une fois ses affaires déballées, elle descendit, suivie par Arthur qui tenait un singe en peluche vêtu d'un tee-shirt rayé et d'un pantalon rouge ; son visage, ses mains et ses pieds étaient en plastique ; ses paupières se levaient et s'abaissaient dès que le petit garçon le secouait. « Punky le gorille ! s'exclama Doreen. C'était ton préféré, tu te rappelles ? »

Aussi grotesque que soit le jouet, aussi agaçant que soit le cliquetis des paupières, Jennifer fut émue que Doreen ait conservé un souvenir de son enfance.

« Maman, peux-tu nous héberger jusqu'à ce que je loue quelque chose ? Si ça te dérange, dis-le, je suis sûre que nous trouverons une chambre d'hôte ou autre chose.

— Restez aussi longtemps que vous voudrez, j'ai toute la place », répondit spontanément Doreen.

Il n'avait jamais été facile pour elle de comprendre sa mère ; Jennifer analysa chacune de ses paroles sans réussir à en décrypter le sens exact. Était-elle vraiment contente de voir sa fille ? Arthur l'intéressait-il ? Cette décision qu'elle avait prise était-elle la meilleure pour le bien de l'enfant ou la pire ?

Doreen observait subrepticement Arthur. De temps à autre sa physionomie, d'ordinaire calme et impénétrable, trahissait sa tendresse à l'égard de l'enfant. S'il tombait, ses sourcils se haussaient et elle se précipitait instinctivement vers lui avant de reculer aussitôt pour laisser Jennifer s'en occuper. Sa bouche se relevait en un demi-sourire quand Arthur jouait à *Coucou* avec Jennifer. Une fois, elle le regarda, tandis qu'il se concentrait sur le petit train mécanique qu'il faisait rouler, avec une expression proche de l'émerveillement.

Jennifer était fière du comportement du garçon, obéissant et curieux. Il accepta rapidement Doreen et sa maison comme faisant partie de sa nouvelle vie, indifférent à son attitude peu accueillante. Il la prenait par la main et l'emmenait dans ses expéditions au cours desquelles il s'emparait d'objets.

« Z'est quoi za et za ? » demandait-il, s'efforçant de répéter les mots après elle. Tous les jours, il apprenait de nouveaux termes, de nouvelles phrases, que Jennifer notait dans le journal qu'elle tenait pour décrire ses exploits. À mesure que Doreen et l'enfant s'apprivoisaient, Jennifer ressentait parfois un pincement de jalousie lorsqu'il donnait spontanément un baiser à sa grand-mère ou la choisissait pour le bain ou l'histoire du soir. Témoin de la naissance de leur relation, elle était très sensible à l'affection que Doreen exprimait naturellement par une caresse sur la main d'Arthur quand elle lui racontait une histoire ou dans ses cheveux quand elle lui disait bonne nuit. Ainsi, elle était capable d'avoir des gestes de mère, de grand-mère, peut-être avait-il fallu le passage des années pour qu'elle les fasse avec aisance. Et Jennifer se surprenait à envier Arthur, qui avait gagné la tendresse de sa mère en l'espace de quelques semaines alors que, à trente-deux ans, elle n'en avait toujours pas reçu. Il ne s'agissait que de rares défaillances, la plupart du temps leur plaisir à être ensemble l'enchantait. Sans compter son soulagement : si sa propre mère n'avait aucun soupçon, qui en aurait ? Et si Arthur et Doreen arrivaient à s'entendre si vite, cela ne signifiait-il pas qu'il était à sa place ici, qu'en fin de compte Jennifer et lui devaient vivre ensemble ?

Quand les questions surgirent, elle était prête.

« Alors, vas-tu me parler du père d'Arthur ? » demanda Doreen, un soir où le petit garçon était couché et où elles lisaient en buvant du thé.

Exaspérée par la formulation, Jennifer fut tentée de l'envoyer promener. L'heure n'étant pas aux petits jeux d'autrefois, elle répondit :

« Bien sûr. Que souhaites-tu savoir ? »

C'était tellement direct que Doreen hésita :

« Ma foi, tout ce que tu… enfin, votre rencontre, ce qui s'est passé… ce qu'il est devenu. Tout ce que tu peux me dire. » Ce fut plus fort qu'elle, il fallut qu'elle précise : « Dans la mesure où tu sais où il est, bien sûr. »

Jennifer ne put s'empêcher de rétorquer avec un petit rire :

« Tu ajouterais la liberté sexuelle à la liste de mes défauts ? C'est un reproche que tu ne m'as encore jamais fait. Ça te semble plausible ?

— Désolée, se reprit Doreen. C'était injuste, ç'a dépassé ma pensée. Je voulais simplement... »

Jamais sa mère ne s'était excusée pour quoi que ce soit. Triomphante, Jennifer se sentit l'instant d'après d'humeur conciliante. Elle raconta l'histoire qu'elle avait préparée, qui contenait juste assez de vérité pour éviter qu'elle ne se trompe au cas où elles en reparleraient.

« Je suis sortie avec un homme, Neil, pendant environ un an, et je suis tombée enceinte. Nous nous sommes séparés avant la naissance d'Arthur. Il a refusé de s'impliquer.

— Il ne devrait pas contribuer d'une manière ou d'une autre ?

— Je n'ai pas eu envie de m'embarquer là-dedans. J'ai été payée pendant mon congé de maternité, on s'en est sortis jusqu'à présent.

— C'est sa responsabilité de père, tout de même, de verser quelque chose pour l'entretien de son fils.

— Maman, il voulait que je me débarrasse du bébé. »

Voilà qui réduisit Doreen au silence.

« D'où notre rupture. Alors, tu comprends que je ne supporte pas l'idée d'être en contact avec lui, même par la voie officielle, ni qu'il ait un rapport quelconque avec Arthur. »

Jennifer ne s'était pas trompée sur la réaction qu'aurait sa mère. Elle fut véhémente :

« Tu as bien raison, il ne mérite pas de voir ce petit garçon. Il s'est mal conduit !

— En tout cas, il s'est révélé sous son véritable jour. J'avais beau me douter que ça ne l'enchanterait pas, j'étais persuadée qu'il finirait par changer d'avis. Ç'a été un choc, évidemment.

— Pourquoi ne pas être venue ici ou ne pas m'avoir appelée pour me mettre au courant ? J'aurais pu t'aider, Jennifer. Je regrette que tu ne l'aies pas fait.

— Nous étions brouillées, tu t'en souviens ? Je n'avais aucun moyen de savoir ce que tu aurais dit ou fait, c'était déjà assez difficile, je n'avais pas envie que les choses empirent. »

Doreen déglutit avant d'enchaîner :

« Je comprends, Jennifer. Cela a dû être horrible pour toi. Je suis contente, très contente que tu sois là. Tu me crois ? Je suis ravie que tu sois à la maison. »

Une mère et une fille normales s'étreindraient maintenant, pensa Jennifer. Mais nous ne nous touchons plus de cette façon depuis des années, peut-être que ça ne nous est jamais arrivé. Elle fut incapable de bouger de son siège, d'ailleurs Doreen ne s'y attendait pas.

« Je te crois. Ça va, maman. Ne t'inquiète pas. »

Doreen tapota ses yeux avec un Kleenex. Et les deux femmes burent leur thé.

Maintenant

« Tu éprouves un sentiment de culpabilité d'avoir fait pleurer ta mère en lui débitant un tissu de mensonges ? demande Stephanie.

— Ça m'a déplu de mentir, et j'ai été un peu désolée pour elle. Ses larmes m'ont gênée. En revanche, je ne me suis pas sentie coupable, elle m'en devait bien quelques-unes.

— Qu'entends-tu par là ?

— J'en ai versé suffisamment dans mon enfance à cause d'elle – ça se passait tellement mal entre nous –, mais elle, jamais. Je n'étais pas la cause des siennes, Dieu sait pourtant qu'il y en avait, des torrents.

— D'où te vient cette certitude ?

— J'interrogeais papa. Quand je me réfugiais auprès de lui pour qu'il me console ou pour me plaindre de ce qu'elle m'avait dit, il m'assurait que je n'y étais pour rien – ce n'était pas ma faute, je ne pouvais rien y faire. Quand on vous assène ce genre de commentaire et que vous ne vous êtes jamais sentie responsable, vous concluez le contraire, sinon pourquoi est-ce qu'il aurait dit ça, vous n'êtes pas d'accord ? »

Stephanie acquiesce.

« En fait, je me sentais à la fois responsable et pas responsable. Et lorsque je geignais trop, il répétait : “Écoute, ma chérie, tu ne connais pas toute la vérité. Ne juge pas trop sévèrement ta mère, elle a beaucoup souffert, vraiment beaucoup. Même si c'est difficile pour toi, essaie de ne pas le prendre trop à cœur.”

— De quoi avait-elle tellement souffert ? Tu le sais, Jennifer ?

— C'est resté un mystère dans mon enfance, puis j'ai découvert la vérité. Et maintenant… Vous verrez. Pour l'instant, il suffit que vous compreniez comment ça se passait pour moi à cette époque-là. Il régnait un tel silence à la maison ! »

La voilà, à six ans, au retour de l'école – son père n'est pas encore rentré –, plantée dans le vestibule de la maison de sa mère, étreinte par la terreur du néant. Un néant délibéré, soigneusement entretenu. Encore trois ans ainsi, avant qu'on lui donne un violon et qu'elle apprenne à remplir le vide à son gré. Comment a-t-elle tenu le coup ? La peur, l'ennui, l'égarement, autant d'émotions qui assiègent tous les enfants. Mais pas avec la même force. Pas avec cette intensité dénuée de contrastes ou de répits. Comment sa mère parvenait-elle à l'imposer si aisément ?

Jennifer insiste :

« Il est essentiel que vous ayez une idée de mon enfance. »

Les mains jointes de Stephanie sont devenues un poing serré de frustration. À un moment, elle remarque que Jennifer la dévisage et perçoit un revirement malencontreux. Toutes les deux en ont conscience, elles bougent pour reprendre leurs positions initiales. Dépliant ses doigts, Stephanie se cale dans son siège, tandis que Jennifer détourne le regard, jusqu'à ce que les épaules de la psychologue se détendent. Elle regrette de lui faire subir ça, il aurait mieux valu que l'homme en colère soit assis à sa place, mais c'est hors de question.

Au cours de sa cohabitation avec Arthur, Jennifer s'est rendu compte que les autres – pas seulement le garçonnet – la concernaient beaucoup plus profondément qu'elle ne l'avait cru jusque-là. En fin de compte, c'est davantage un fardeau qu'une grâce. Un an, même sans Arthur, ne suffira pas, loin de là, à la délester de cette empathie qui lui colle à la peau ; peut-être ne réussira-t-elle jamais à s'en débarrasser. À cette idée, les larmes lui montent de nouveau aux yeux.

Avant

Les documents à fournir posaient un réel problème. Jennifer voulait emmener Arthur chez un médecin pour la mise à jour de ses vaccins : sans extrait de naissance ni numéro de Sécurité sociale, ce n'était pas simple. L'idée de contacter un faussaire lui avait traversé l'esprit, mais où le trouver ? Et puis cela risquait de compliquer les choses sans apporter de solutions. Autant éviter d'aggraver son forfait par des délits mineurs.

À titre de mesure provisoire, elle se rendit au cabinet médical de la région, où elle invoqua son récent déménagement et la perte du carton contenant tous ses papiers – dont les passeports, les extraits de naissance, les cartes de Sécurité sociale. Pouvait-elle malgré tout s'inscrire avec son petit garçon, avant de recevoir les nouveaux documents ? L'empressement avec lequel la réceptionniste compréhensive lui fournit un carnet de santé pour Arthur, fixa un rendez-vous pour un examen de routine et les rappels emplit Jennifer de joie et de reconnaissance. Des obstacles demeuraient : demandes d'admission dans une école quand il aurait quatre ans (estimant son âge à sa taille et à son poids, elle avait inventé une date de naissance) et, plus tard, d'un passeport. Pour l'heure, ils avaient ce qu'il leur fallait. Bien qu'elle ne soit pas du genre à se la couler douce, le plaisir de s'être bien sortie de la première tromperie officielle lui donnait de l'audace, la désinhibait.

La perte du carton imaginaire avait beaucoup perturbé Doreen.

« Pas d'extrait de naissance ! Que vas-tu faire ?

— Calme-toi, maman. C'est facile d'en obtenir une copie, je vais la demander par Internet. Inutile de t'inquiéter. »

Et Doreen de surveiller le courrier pendant des semaines, à tel point que Jennifer fut obligée de prétendre qu'il était arrivé un matin alors qu'elle faisait ses courses.

« Où est-il ?

— Là-haut.

— Ce serait dommage de le perdre à nouveau. Et si je le rangeais dans le meuble de classement qui ferme à clé ?

— Arrête de te tracasser, maman. Il est très bien là où il est. Merci, mais ce n'est pas la peine. »

Elles ne s'affrontèrent à propos de la nourriture qu'une fois. Arthur adorait la viande. Saucisses, côtelettes, lasagnes, hachis parmentier, rien ne restait dans son bol. Elle en conclut qu'il serait injuste de lui imposer un régime végétarien et commença même à manger de la volaille ou du poisson quand elle lui en préparait.

La mère et la fille avaient cessé de se retrouver ensemble dans la cuisine au moins deux ans avant le départ de Jennifer, une habitude qu'elles reprirent, veillant à ne pas préparer ni manger leurs repas en même temps. Comme les placards étaient pratiquement vides – Doreen ne se nourrissait que de poisson bouilli et de plats surgelés –, Jennifer avait pris du plaisir à les remplir, ainsi que le réfrigérateur et le congélateur, d'aliments frais et de plats qu'elle cuisinait. Elle essayait perpétuellement de nouvelles recettes, de sorte que l'odeur de poisson devait livrer bataille aux arômes de soupe de légumes et de sauce tomate à l'ail.

Un jour, au dîner, Jennifer avait laissé Arthur à table avec sa mère le temps de passer quelques coups de fil à des agents immobiliers. Il avait le droit de se servir de ses doigts, sa méthode préférée pour vider son bol.

Son cri de protestation fusa si fort qu'elle raccrocha au nez de l'agent avec lequel elle s'entretenait et se précipita au rez-de-chaussée, persuadée qu'il était tombé de sa chaise ou s'était cogné la tête. Au lieu de quoi, elle le trouva qui hurlait : « C'est à moi ! » les mains tendues vers Doreen, qui coupait en petits morceaux la chair d'un pilon.

« Maman ! qu'est-ce que tu fais ? »

Doreen répondit sans lever les yeux :

« C'est de la folie de le laisser se débrouiller tout seul avec un pilon.

— Il aime les ronger. C'est bon pour lui et il y arrive très bien. L'autre jour, il a nettoyé une côtelette d'agneau. »

Doreen s'entêtait à ignorer Arthur, qui réclamait toujours son pilon. D'un geste brusque, Jennifer l'arracha à sa mère et le remit dans le bol du petit garçon qui, aussitôt calmé, recommença à le mordiller.

Jennifer s'apprêtait à chapitrer Doreen lorsqu'elle remarqua la façon dont celle-ci le scrutait. Le même regard. La même épouvante. C'était insoutenable.

« Je t'interdis de lui imposer ça. Bon sang, je n'y crois pas ! Alors que tu sais parfaitement l'effet que ç'a eu sur moi, que ça continue à avoir, tu cherches à lui infliger la même chose. Toi et ta… putain d'obsession avec la nourriture !

— Pas devant le petit, Jennifer !

— Ce n'est pas à toi de me dicter ma conduite ! Je te préviens, maman, si ça se reproduit, je veillerai à ce que tu ne sois plus jamais seule avec lui. »

Doreen eut l'air terrifiée.

« Ne me regarde pas comme ça. Il n'est pas question que tu fasses subir ça à Arthur, je ne veux pas qu'il ait les mêmes problèmes que moi. Il a bon appétit – je ne lui donne que des plats sains, non ? Je comprendrais que tu le prives d'une sucette, mais de poulet bio ? En plus, il est tellement maigre qu'il ne risque pas d'avoir un problème de poids. Fiche-lui la paix ! »

Doreen n'assista plus jamais aux repas d'Arthur.

La première visite chez le dentiste fournit cependant à sa grand-mère une bonne raison d'afficher une expression signifiant : « Je te l'avais bien dit. » Malgré la vigilance avec laquelle Jennifer lui brossait les dents, malgré son régime diététique, le petit garçon avait déjà des molaires en mauvais état. Le dentiste la mit sévèrement en garde contre les dangers d'une alimentation trop sucrée.

« Il ne touche pas aux confiseries ! protesta-t-elle. À part des pastilles au chocolat une fois par semaine, et je prends soin de lui brosser les dents immédiatement après. Sinon, il n'a droit qu'aux fruits, légumes, fromage, riz au lait, ce genre de choses.

— Certains enfants ont des dents plus vulnérables au sucre que d'autres, il arrive que les gencives gonflent et qu'une infection se déclare. À en juger par l'aspect de celles qui ont poussé – ses deuxièmes molaires sont très précoces, à l'ordinaire elles n'apparaissent qu'après l'âge de deux ans –, il a mangé trop de sucre et ne s'est pas suffisamment lavé les dents.

— C'est sûrement à la crèche », se défendit Jennifer, assaillie par un étrange mélange de colère envers la mère indigne d'Arthur et de culpabilité de n'avoir pas su le protéger, même si ce n'était pas de son ressort. Les stigmates de sa vie d'avant apparaîtraient inéluctablement de temps à autre, mais cela l'angoissait.

Sur le chemin du retour, Doreen lança :

« Tout ce qu'il mange est diététique, n'est-ce pas ? Celle qui lui donne de mauvais conseils en matière de nourriture, c'est moi ?

— La ferme, maman, la rembarra Jennifer. Je n'y suis pour rien. On doit donner des bonbons aux enfants à la crèche, pour les faire taire.

— Si tu le dis », conclut sa mère, d'un ton plein de sous-entendus.

Elles ne se supportaient plus. Doreen insistait pour qu'ils restent chez elle ; à cause d'Arthur, se doutait Jennifer qui se sentait de nouveau le membre indésirable d'un trio. Le mois réparateur dont elles avaient profité avait été suivi d'un autre plutôt statique et, à présent, elles s'évitaient. Son départ était le seul moyen d'empêcher une perte de terrain supplémentaire ; contrairement à l'espoir qu'avaient soulevé les premières semaines de leurs retrouvailles, leur réconciliation prendrait du temps. Jennifer luttait contre le découragement. Elle se surveillait quand elle s'adressait à sa mère, faisant valoir que, loin d'être un rejet, son déménagement était un signe d'évolution.

On pouvait aller à pied de chez Doreen à la maison qu'elle trouva à louer – il y avait deux chambres et, à l'arrière, un jardinet à l'abandon. Elle comptait placer l'argent de la vente de son appartement, remettant l'achat d'un logement au moment où elle déciderait de s'installer, si l'envie lui en prenait. La location lui donnerait du temps, elle ne serait pas acculée à chercher un travail. Elle s'acheta une voiture d'occasion repérée dans le journal local : c'était essentiel de pouvoir partir à tout instant.

Le jour de leur départ, elle laissa Arthur chez sa mère afin de faire le ménage et de tout préparer. Doreen l'amena en fin d'après-midi.

« Seigneur, c'est dans un état lamentable ! ne put-elle s'empêcher de s'écrier, malgré la réaction prévisible de sa fille. Tu vas mettre un moment à l'aménager, en plus le jardin est carrément dangereux. Et puis comment vas-tu te débrouiller avec un matelas et des poufs poires ? Pourquoi ne pas rester chez moi quelques jours de plus en attendant que tout soit fin prêt ? »

Comme Jennifer refusait d'un signe de tête, elle osa proposer :

« Dans ce cas, laisse-moi Arthur un ou deux soirs pour que tu aies…

— Maman ! »

Doreen se tut.

« La proposition tient toujours, reprit-elle. Eh bien, il vaut mieux que je rentre.

— Une tasse de thé, ça te dit ? La cuisine est en ordre, ou presque, tout est à portée de main. »

Doreen, qui s'apprêtait à refuser, changea d'avis. Elle faisait de son mieux.

« Pourquoi pas ? Allez, viens, Arthur, montre à grand-maman ta nouvelle cuisine, tu veux bien ? »

Quelques semaines plus tard, Jennifer accepta une offre pour son appartement de Londres, inférieure de peu au prix demandé. Tant pis, elle serait libre ainsi. L'agent était disposé à charger un déménageur d'emballer ses affaires et de les lui envoyer, mais son violoncelle la préoccupait.

Action, s'admonesta-t-elle pour la première fois de sa vie, action. Elle devait y aller. Pour ranger convenablement ses affaires. Pour tout organiser. Pour faire face.

Elle ne choisissait jamais « action ». Dans la cour de récréation, quand les fortes têtes s'avançaient en bande, les bras entremêlés, et lui lançaient le défi : « Action/vérité, bise/gage ? », elle répondait systématiquement « vérité », admirant et méprisant celles qui prenaient une autre décision. Les filles qui choisissaient « bise » n'étaient jamais de ses amies, ce qu'elle ne regrettait pas. Quelques élèves timides tentaient de retarder le supplice avec « gage », mais les gages étaient abominables. « Dire “absente, mademoiselle”, à l'appel après le déjeuner. » « Roter assez fort pour que M. Peters entende. » « Poser un escargot sur le bureau de Mme Atkinson, et ce, obligatoirement avant la sonnerie de la fin des cours. » L'appréhension de l'élève lui soulevait le cœur, lui tournait la tête. Pour elle, il était aussi inimaginable de se forcer à faire ce genre de choses que d'affronter la fureur de ses tortionnaires en cas d'échec. Et si le gage était repoussé d'un ou deux jours, les seules à ne pas l'oublier étaient Jennifer et celle qui devait l'exécuter.

Sauf qu'« action » pouvait consister à marcher le long de la clôture qui faisait le tour de la cour de récréation, comme sur une corde raide flanquée de ronces d'un côté, d'un sol pavé de l'autre, avec la possibilité d'être surprise par un professeur. Sauf qu'« action » pouvait consister à se faufiler dans la réserve avant la récréation du matin pour y voler une bouteille de lait derrière le dos de Mlle Chapel. Sauf qu'« action » mettait presque à coup sûr dans le pétrin. Pourtant, certains élèves, filles ou garçons, la choisissaient, qu'ils aient réussi la fois précédente, ou se soient foulé une cheville, ou aient été expédiés chez le directeur. Ceux-là n'apprenaient jamais.

C'était d'ailleurs les mêmes qui signifiaient par leur expression à Jennifer qu'elle était bête quand elle murmurait vérité, la traitant d'idiote, de demeurée, de mongole. À ces moments-là, il lui semblait voir ce qu'ils regardaient : sa pâleur, sa lâcheté, sa nullité. Serrés les uns contre les autres, ils discutaient à voix basse, cherchant la vérité la plus compromettante, la plus embarrassante à lui faire cracher, mais, à neuf ans, ils manquaient de subtilité – lorsqu'ils l'auraient, ils seraient trop grands pour s'amuser à ce petit jeu. Aussi devait-elle répondre à ce genre de questions :

« T'as déjà vu le zizi de ton père ?

— Oui.

— Berk, c'est dégueulasse, je vais le dire à mademoiselle. »

Ou :

« Tu préférerais faire quoi, embrasser Liam Capella ou mourir ?

— C'est débile, embrasser Liam, bien sûr.

— Hi, hi, hi, Jenny est amoureuse de Liam, Jenny est amoureuse de Liam. »

Il valait évidemment mieux être tournée en ridicule pendant deux secondes que de prendre des risques.

Peut-être que la prise de risque créait une dépendance. Peut-être était-il difficile de ne pas se lancer des défis quand on choisissait « action ». Au regard de son acte, le plus risqué que Jennifer pût concevoir, le retour à son appartement était loin d'avoir la même gravité.

Elle eut des crampes à l'estomac lorsqu'elle se retrouva devant la cité. Le souvenir d'Arthur poursuivant son papillon trois mois plus tôt remonta à sa mémoire. À la manière de deux amants qui regardent avec tendresse le lieu de leur premier rendez-vous ou se rappellent leur première danse, elle s'appesantit sur ce moment-là. S'il n'avait pas eu lieu, l'aurait-elle pris dans ses bras, ce dimanche matin ? Le sourire d'Arthur et la façon dont sa mère l'avait effacé de son visage avaient-ils implanté l'idée dans son esprit, dans son cœur ? Les sons qui lui étaient parvenus lorsqu'il courait l'avaient-ils convaincue qu'elle devait s'occuper de lui ? Qu'il devait lui appartenir ? Debout sur le même bout de trottoir d'où elle l'avait emmené, c'était pourtant la chasse au papillon qu'elle avait en tête.

Il n'y avait pas trace de sa mère. Jennifer avait beau ne pas s'attendre à la voir, elle en éprouva comme de la déception. Elle se dirigea vers son appartement avec la perspective d'une journée pénible de rangement, d'emballage, de nettoyage. Sa boîte aux lettres contenait des factures, son attestation de fin de contrat de travail et une carte de Neil. Il lui demandait si tout allait bien et pourquoi son portable était éteint en permanence. Sûre qu'il serait à son bureau, elle laissa un message sur le répondeur de son domicile pour lui expliquer qu'elle avait déménagé, changé de portable, que tout allait bien et qu'elle ne serait sans doute plus joignable. Il ne fallait pas qu'il s'inquiète à son sujet ou tente de la retrouver.

En fin d'après-midi, elle colla des étiquettes sur tous les cartons, laissa quelques meubles pour une œuvre de charité et mit des autocollants sur les affaires à expédier. L'appartement était impeccable. Elle prit son violoncelle, la plupart de ses partitions, une valise de vêtements, et partit après avoir fermé la porte à clé.

Au rez-de-chaussée, Mme Z apparut avant qu'elle soit sortie. Elles échangèrent quelques mots sur le temps et la complexité des nouveaux protocoles pour le recyclage.

« Et comment va le bedit garçon, vodre neveu ? demanda Mme Z.

— Très bien, merci.

— Ze ne savais pas que vous aviez une zœur.

— Je n'en ai pas, c'est le fils de mon frère.

— Il est atorable, ze bedit garçon.

— Je dois y aller, j'ai un train à prendre. Au revoir, j'espère que vos nouveaux voisins vous plairont.

— Parton ?

— J'espère que vos nouveaux voisins vous plairont, répéta Jennifer, élevant la voix.

— Ah oui. Zûrement, mon amie. »

Jennifer avait tellement hâte d'arriver au métro qu'elle faillit oublier de jeter un œil à la cité. Elle s'arrêta devant l'entrée la plus éloignée, posa son violoncelle bien droit comme si elle marquait une pause, l'entoura d'un bras et parcourut du regard la pelouse devant les tours.

Cette fois, elle vit la fille sous son arbre, en compagnie de sa bande de potes, plus nombreux ce jour-là. Elle était coiffée d'une casquette de base-ball qui masquait son visage, mais Jennifer la reconnut à sa façon de se tenir assise et à ses baskets. Une cigarette à la bouche, elle tenait une canette dans sa main. Personne ne parlait.

Ainsi, sa vie suivait son cours. Son existence sans son fils était la même qu'avant le départ de celui-ci. Elle n'avait changé ni d'habitudes ni d'apparence.

Jennifer, elle, serait devenue une bête sauvage si Arthur avait disparu ; elle aurait hurlé, couru, harcelé les passants tant qu'elle ne l'aurait pas retrouvé ; elle se serait jetée contre les murs en proie à une souffrance indicible, aurait arraché ses cheveux et gratté sa peau jusqu'au sang ; elle n'aurait réussi à maîtriser ni son chagrin ni sa fureur ; elle ne l'aurait pas voulu.

Le mépris pour l'autre l'envahit, elle le sentit monter dans sa gorge. Dans le même temps, une forte douleur lui lacéra la poitrine. De son poste de guet situé à une vingtaine de mètres de l'arbre, elle entendit la musique de la mère d'Arthur, intense, plus intense que son apparence ne le suggérait – le souffle soyeux d'une clarinette trébuchant de l'aigu au grave, simple, spontané, déraillant en un grincement aux notes élevées. On aurait dit qu'elle apprenait à jouer.

Ces sons produits avec si peu de talent par la mère d'Arthur, incapable d'amour, à peine sortie de l'enfance, brisèrent presque le cœur de Jennifer.

Maintenant

Stephanie a l'air sceptique.

« C'est la première fois que tu parles de sa mère autrement qu'avec mépris.

— Je la méprise. En même temps, elle me fait beaucoup de peine. Je n'ai pas un cœur de pierre, je sais d'où elle vient et ce qu'elle a subi. Du reste, même avant de connaître son histoire – même avant –, j'aurais pu plus ou moins le deviner. Elle a eu une vie abominable, sans mère. Elle est devenue une mère abominable. Ce n'est pas que je me trouve mieux qu'elle, la question n'est pas là, vous comprenez ? L'important, c'est ce qui est préférable pour l'enfant. Et elle n'avait pas l'étoffe d'en assumer la responsabilité.

— Qu'est-ce qui te permet d'en juger ?

— Primo, je ne me défonce pas au crack ou à l'alcool ; deuzio, personne ne levait le petit doigt pour aider Arthur. Moi, je l'ai aimé dès le premier regard et je n'ai cessé de l'entourer d'affection.

— Jusqu'à maintenant.

— Tout ce que j'ai fait, c'est par amour pour lui.

— Jennifer, tu es venue ici pour avouer un crime, or j'ai le sentiment que tu nous mènes en bateau. Et Arthur aussi. Tu nous rebats les oreilles de ton amour pour lui, et en même temps tu refuses de nous dire où il est ou ce qui lui est arrivé. Est-ce une preuve d'amour de me cacher la vérité ?

— Vous verrez. Et vous finirez par ne plus en douter.

— À ton avis, Samantha n'aimait pas Arthur ?

— Je n'en ai pas la moindre idée. Sur ces photos – celles juste après l'accouchement –, elle paraît normale. D'une jeunesse insensée, mais normale. À ce moment-là, elle l'aimait sûrement. Sauf que ça ne suffit pas d'aimer un enfant, il faut agir en conséquence – c'est lui, le plus important. Ce n'était plus le cas pour elle, tout le monde le sait.

— Tout le monde croit le savoir. Tu crois le savoir. Comment peux-tu en être aussi certaine ?

— La seule fois que je l'ai vue se comporter d'une manière… d'une manière un tant soit peu normale avec lui, c'est le premier jour où je l'ai remarqué. »

Les pupilles réduites à deux têtes d'épingle, Stephanie lance brutalement :

« Tu m'as assuré qu'elle le maltraitait constamment.

— Attendez, elle était, je veux dire – écoutez, j'ai entendu un hurlement alors que je marchais devant la cité. Je ne regardais pas dans cette direction, ce qui se passait derrière ces grilles ne m'intéressait pas, j'ai jeté un coup d'œil à l'intérieur à cause du cri, et elle le soulevait de la pelouse, l'embrassait. Elle lui a caressé les cheveux avant de le porter à l'intérieur. Le souvenir est très précis parce que, le lendemain, j'ai vu le même garçon pleurer et la même femme l'ignorer. Elle était avec un homme, son petit copain, enfin je crois. Il n'était pas toujours là, mais dès qu'il apparaissait elle ne parlait plus à personne, elle se comportait comme si l'enfant n'était pas là. C'est ce changement qui m'a intriguée. Après, j'ai attendu qu'elle le prenne dans ses bras, qu'elle l'embrasse à nouveau, cela n'est plus jamais arrivé.

— Comment peux-tu affirmer ça ? Ton jugement sur leur relation ne reposait que sur ce que tu apercevais en rentrant de ton travail ! Tu dois admettre qu'elle pouvait le traiter avec tendresse pendant vingt-trois heures et cinquante-neuf minutes. Qui es-tu pour affirmer qu'elle était une mauvaise mère au prétexte que, de temps à autre, elle ne faisait pas attention à lui ? Que sais-tu de la maternité ?

— À l'époque, rien. À présent, beaucoup, et je suis encore plus persuadée d'avoir eu raison de faire ce que j'ai fait.

— Tu penses avoir eu raison d'intervenir dans la vie d'un petit enfant en l'arrachant à tout ce qu'il connaissait ? »

Les yeux de Jennifer se remplissent de larmes.

« Dans le journal de ce week-end, il y avait deux articles sur des enfants abandonnés. Le premier parlait d'un garçon de deux ans enfermé dans une cuisine deux jours durant alors que sa mère était partie picoler avec son copain. On ne l'a retrouvé que grâce à une fuite dans l'appartement de l'étage supérieur, sinon comment aurait-on su qu'il était là ? Combien de fois aurait-elle recommencé ? Le deuxième, c'était à propos d'une petite fille de trois ans retrouvée morte dans une pièce souillée de crottes de chien. La mère, qui avait oublié de vérifier comment elle allait plusieurs jours de suite – des jours, putain, pas des heures ! –, travaillait comme serveuse dans le pub en bas de chez elle. Ce pub se trouve de l'autre côté de Nottingham. Alors que je bordais Arthur après son bain, son lait et son histoire, une petite fille mourait toute seule à l'autre bout de la ville. Je suis intervenue parce que personne n'allait le faire et qu'Arthur aurait peut-être connu le même sort – ce "peut-être" suffit à justifier mon acte, le plus grand accomplissement de ma vie. Il avait besoin de moi.

— Poursuivons », dit Stephanie.

Jennifer en déduit que c'est une façon d'exprimer son accord.

« Tu as vidé ton appartement de Londres, tu as été attendrie par la mère du garçon, pas assez toutefois pour lui donner de ses nouvelles, et ta mère est persuadée qu'Arthur est son petit-fils. Que s'est-il passé ensuite ?

— Je voulais que tout soit normal pour lui. Pour nous. J'ai essayé de m'adapter.

— Voilà qui promet d'être instructif »

Jennifer est soulagée que la psychologue renonce à feindre la bienveillance.

« Je suis tout ouïe. »

Avant

Quelques éléments d'origine subsistaient dans la petite maison victorienne, dont la cheminée du salon, composée de carreaux restaurés. Il ne manquait que du papier peint William Morris, des tapis aux couleurs chatoyantes, des rideaux de velours et des colombages pour la transformer en un condensé des maisons de poupée que la petite Jennifer dévorait des yeux dans les grands magasins, à Noël. Même si le propriétaire avait opté pour un décor plus contemporain, l'emménagement avec Arthur fut un plaisir inouï, une sorte de jeu. Les quelques meubles de Jennifer semblaient aussi déplacés dans ce cadre que si elle avait installé un équipement de gym dans un salon de thé.

« C'est tout ce que tu as ? s'était étonnée Doreen, à l'arrivée de la camionnette. Tu n'avais pas de table à langer ni de commode ?

— Oh, ce n'était que de la camelote, j'ai tout laissé à une association caritative. Nous repartons à zéro. »

Les bazars de charité ne manquaient pas dans cette région prospère. Jennifer y dénicha de gros coussins, un fauteuil en osier, d'autres jouets et quelques plaids pour améliorer le confort.

Elle désherba les plates-bandes, planta des arbustes, disposa des baquets de pensées dans les coins de la cour où Arthur jouait avec son ballon de foot et ses quilles. Les jardins à l'arrière de la rangée de maisons étaient desservis par une allée que les voisins empruntaient. Impossible de les éviter. Gentils au demeurant, ils la complimentaient sur la beauté de son jardin et ne demandaient pas mieux qu'autoriser Arthur à rouler à tricycle sur le chemin bétonné où donnaient leurs portes de service.

À l'intérieur, les murs blafards étaient tachés et miteux. Comme le propriétaire l'y encourageait, elle repeignit la chambre d'enfant en bleu cobalt, la cuisine en jaune, le couloir et le palier en un ocre brun très chaud. Elle ne s'imaginait plus vivre dans un lieu neutre. Les enfants sont des décorateurs-nés : leurs œuvres d'art ornent les murs, les sols sont jonchés de leurs jouets, leur goût de l'outrance prédomine.

Elle emmena Arthur afin qu'il choisisse les meubles de sa chambre, cédant quand il fixa son dévolu sur un lit dont la forme et la couleur évoquaient une fusée. Au grand dam de Doreen.

« Il ne lui plaira plus dans un ou deux ans, tu verras. Tu devrais lui en prendre un en pin, extensible. Le pin va avec tout. Comme ça, il durera jusqu'à ce qu'il parte de la maison.

— Voyons, il ne pourra pas dormir dans un lit d'enfant quand il sera un jeune homme, protesta Jennifer, refusant d'envisager qu'il la quitte. De toute façon, il faudra lui en racheter un plus grand. Franchement, maman, il n'est pas tellement plus cher et puis je veux qu'il aime sa chambre, qu'il en choisisse la décoration.

— Comment était son ancienne chambre dans ton appartement ? »

Habituée à fournir ce genre de détails, Jennifer était parfois surprise de son inventivité.

« Très simple. Ne sachant pas si j'aurais un garçon ou une fille, je m'étais contentée de la peindre en jaune. Il avait un lit d'enfant en bois.

— Pourquoi ne pas l'avoir fait expédier ?

— C'était mon intention, mais il s'est si bien débrouillé sur le matelas que je suis sûre qu'il est prêt pour un lit sans barreaux. Tu es un grand garçon, maintenant, n'est-ce pas, Arthur ?

— Gand Atu ! » s'écria l'enfant qui sauta joyeusement sur le lit en exposition.

Et Doreen de l'attraper et de le faire voler dans la fusée formée par ses bras jusqu'au rayon literie, où ils choisirent une housse de couette et des taies d'oreiller imprimées de planètes.

« Mon cadeau, déclara Doreen à sa fille. Tu as raison, pourquoi n'aurait-il pas ce qu'il aime ? »

Elle embrassa Arthur, qui réagit en lui entourant le cou de ses bras.

« Tu es le petit ange de grand-maman, n'est-ce pas ? »

Tous les soirs, une fois Arthur endormi, Jennifer continuait à s'informer sur les soins maternels. Elle acheta des livres sur le développement des enfants, l'apprentissage du sommeil, la cuisine destinée aux enfants d'âge préscolaire. Après avoir approfondi la question des vaccins et des maladies infantiles, elle remplit un carton de paracétamol liquide, de décongestifs, de remèdes naturels pour la digestion, de crèmes antiseptiques, de sparadraps antiallergiques et d'un thermomètre frontal. Elle lavait les vêtements en coton de sa garde-robe de plus en plus importante avec une lessive sans enzymes. Elle préparait des petits plats diététiques à congeler. Elle lui tricota même un cardigan, chaud et épais, en laine bleue, orné de boutons en écaille, étonnée de savoir encore suivre un patron.

Elle écrivit la biographie d'Arthur comme s'ils vivaient ensemble depuis toujours. Elle acheta un *Journal de Bébé*, où il fallait combler les vides avec tous les détails, et apprit par cœur la date et l'heure de sa naissance, le nom de l'hôpital où elle avait accouché, le jour de sa première dent, la première fois qu'il l'avait appelée maman. S'inspirant de ses recherches, elle se livra à des conjectures raisonnables sur ses premiers accomplissements, évitant l'extraordinaire ou le spectaculaire. Elle changeait de stylo pour donner l'impression d'avoir écrit au jour le jour. Il s'agissait de l'histoire qu'il aurait dû avoir, aussi la rigueur était-elle essentielle et fallait-il faire attention à la transition vers les nouveaux chapitres, l'époque de son entrée en scène.

À force de chercher sur la Toile, elle savait que les mères d'un premier enfant remplissaient ces albums avec ardeur pendant quelques mois, y notant quotidiennement les exploits de leur bébé, puis que les entrées devenaient hebdomadaires, mensuelles, inexistantes… Elle devait en prendre de la graine pour que le sien soit crédible ; s'il n'y avait rien pour la première année et demie puis une débauche de détails jusqu'à l'anniversaire de ses deux ans, cela paraîtrait bizarre. Le compte rendu des rots, des sourires, des facultés motrices finit par la captiver au point qu'elle se mit à y croire. Exactement ce qu'elle souhaitait.

Dans l'album, il restait les espaces réservés aux photos ; Jennifer n'avait pas encore trouvé de solution pour les remplir. Doreen avait déjà demandé à voir celles d'Arthur bébé et été très peinée d'apprendre que le carton mythique qui s'était volatilisé contenait, outre les documents officiels, de nombreuses photos que Jennifer n'avait pas encore collées.

« Ne t'inquiète pas, l'avait consolée Jennifer, perturbée par cette réaction. La plupart sont sur CD quelque part. Il suffit que je les imprime, je vais le faire bientôt. »

Il lui fallut aussi créer un dossier médical. Lorsque le généraliste voulut savoir si les vaccins d'Arthur étaient à jour, elle lui fournit ce qui aurait dû exister si elle s'en était occupée dès sa naissance. Sinon, elle découvrit qu'il valait mieux répondre par la négative aux questions d'ordre médical. Non, il n'avait eu ni la varicelle, ni la rougeole, ni les oreillons, ni de méningite. Non, on ne l'avait jamais soigné pour des problèmes de cœur, d'appareil respiratoire, de reins, d'intestins, d'oreilles, d'yeux, de peau. Non, il n'était jamais allé aux urgences. La quasi-certitude qu'Arthur n'avait pas été suivi médicalement avant qu'elle ne le rencontre atténuait son angoisse – c'était tout de même très grave de mentir à un médecin. Il était improbable que sa mère, qui le nourrissait si mal, l'ait emmené régulièrement consulter un généraliste. Puis la vigueur croissante d'Arthur la rassura davantage encore ; la boîte à pharmacie ne lui servait pas sauf, de loin en loin, pour une écorchure. C'était un enfant en bonne santé. Au cours des six mois qu'ils avaient passés ensemble, les pantalons achetés au printemps étaient devenus trop petits pour lui. Et il se musclait sans grossir pour autant.

Le 5 septembre, Doreen fit un gâteau au chocolat décoré d'un glaçage de chocolat au lait et de pastilles de chocolat blanc. Elle y planta deux bougies à rayures bleues et blanches. Jennifer et sa mère chantèrent « Joyeux anniversaire à notre cher Arthur ». Il reçut des cadeaux : un camion-benne de sa grand-mère, un semi-remorque transportant trois petites voitures de sa maman. Jennifer prit une photo de l'enfant en train de souffler ses bougies – de cracher dessus plutôt dans sa hâte à se lever de table pour aller jouer –, et, presque submergée de bonheur, elle comprit ce qui manquait.

« Il a besoin de copains, déclara-t-elle. Pour son anniversaire de l'année prochaine, je veux organiser une fête avec des amis, des ballons, des jeux. »

Doreen réussit à regarder Jennifer d'un air désapprobateur sans cesser de sourire à Arthur.

« Il est parfaitement heureux avec sa grand-maman et sa maman, n'est-ce pas, mon chéri ? lança-t-elle. Ne te tracasse pas, Jennifer, il aura envie de partir avec ses amis dès qu'il ira à l'école, profite de ces moments où il ne demande rien de plus que de jouer auprès de sa mère. Tiens, mon grand garçon, mange plus de gâteau, ouvre la bouche. N'est-ce pas que tu n'as pas envie d'être entouré de garçons et de filles bruyants qui sèmeraient la pagaille ? »

Des paroles qui donnèrent froid dans le dos à Jennifer car elles exprimaient ce qu'elle ressentait. Dès le départ de Doreen, elle chercha des garderies sur Internet.

Maintenant

« Tu avais l'impression que ta mère désirait garder Arthur pour elle ?

— C'était notre souhait commun. Du moins, je voulais le garder pour nous. Notre trio avait quelque chose d'irrésistible : maman, lui et moi, sans trouble-fête. En même temps, c'était égoïste, alors ça m'effrayait. Au bout du compte, j'en ai eu assez de passer mes journées avec lui.

— Ah bon ?

— C'était épuisant. Vraiment. Au début, je n'imaginais pas un moment sans lui, pourtant, à mesure que nous nous connaissions mieux, il…

— T'a ennuyée ?

— Non, absolument pas. Vous vous rappelez ma comparaison entre la vie avec un enfant et un morceau de musique ? C'est encore de ça qu'il s'agit. Il faut parfois que les cordes passent le relais aux bois et donnent une place à la percussion. Arthur avait besoin des autres. Moi aussi. C'est lui qui me l'a appris, je n'en avais pas conscience. Au contraire, je considérais que les autres étaient précisément ce dont je n'avais pas besoin.

— À t'entendre, on dirait que tu te justifies d'en avoir eu marre de lui. C'est à ce moment-là que tu as regretté de l'avoir enlevé ?

— De quoi parlez-vous ? objecte Jennifer avec une fausse naïveté. Je n'ai pas évoqué le moindre regret, me semble-t-il. Vous faites comme tout le monde avec les mères, vous cherchez à me culpabiliser. C'est un sujet que j'ai abordé avec Kathy.

— Kathy ? Qui est-ce ?

— Nous y viendrons. Ce que je veux dire, c'est que je n'avais pas du tout envie de le garder pour moi. On n'élève pas un enfant ainsi, ce n'est bon ni pour lui ni pour la mère. Pour qu'il soit bien dans sa peau, ce que je trouvais très important, il devait avoir des amis, se mêler à d'autres enfants, jouer, faire son chemin dans la vie.

— Comment as-tu appris, Jennifer, à faire ton chemin dans la vie ?

— Vous doutez que j'y sois parvenue. Et vous avez sûrement raison. Personne ne venait chez nous, alors j'étais rarement invitée à goûter chez mes copines ou à des fêtes. Pendant mon adolescence, une période où on compte moins sur ses parents pour nouer des liens, ça allait mieux, j'avais quelques amies, des exclues comme moi. N'empêche, c'était une source de tristesse d'avoir raté le coche pendant mon enfance.

— Exclue de quelle manière ?

— Pas dans le coup. Pas branchée. Insignifiante, surtout pour les garçons.

— Comment étais-tu à l'époque ?

— Je commençais à maigrir. Non parce que j'aspirais à devenir un mannequin, non parce que je voulais plaire, au contraire, je cherchais à devenir encore plus insignifiante.

— Tes amies remarquaient ton… problème ?

— De temps à autre. Elles mangeaient mon déjeuner. Elles aimaient la délicatesse des minuscules sandwichs sans croûte de maman, elles trouvaient que c'était distingué.

— Tes copines se régalaient de ton déjeuner tandis que tu te laissais mourir de faim ? Leur en voulais-tu d'avoir une part de responsabilité dans ton anorexie ?

— Elles ne me privaient de rien. De toute façon, je n'y aurais pas touché.

— Tu es encore liée à certaines de ces amies ?

— Non. Dès que j'ai quitté l'école, je les ai perdues de vue. Au conservatoire, je me suis bien entendue avec une ou deux personnes, mais ç'a été pareil avec elles. Je ne suis pas douée pour ce genre d'effort.

— As-tu parlé de ta maladie à quelqu'un ?

— Un thérapeute ? Oui, j'ai fait deux ans de thérapie cognitive. Le programme en douze étapes et tout le bataclan. J'ai arrêté il y a six ans. Oui, ç'a été efficace, ça m'a aidée à résoudre mes problèmes. »

Stephanie écrit sur son calepin.

« Cela n'a aucun rapport avec le sujet, lance Jennifer. Vous m'analysez ?

— Un réflexe, explique la psychologue. Je ne t'analyse pas, je prends des notes en guise d'aide-mémoire.

— Voilà qui ressemble à une analyse.

— Je ne cherche pas à établir un diagnostic.

— Vous le pourriez ?

— Cela te plairait ? »

L'espace d'un moment, les deux femmes se dévisagent. Les yeux gris de Stephanie sont limpides,

Jennifer envie son aptitude à ne rien exprimer. Ni émotions, ni pensées, ni musique. Il lui semble que son propre regard est furtif. Incapable de soutenir plus longtemps celui de son interlocutrice, elle baisse la tête.

« Je ne crois pas que vous puissiez diagnostiquer quoi que ce soit parce que rien ne cloche chez moi. Ou plutôt je n'ai pas… d'excuses.

— Des excuses pour quoi, Jennifer ?

— Pour ce que j'ai fait.

— Pour ce que tu as fait à Arthur ? »

Stephanie se corrige.

« Pour avoir enlevé Arthur. »

Là, Jennifer lève les yeux.

« Non ! Je n'ai pas besoin d'excuses pour ça. Libre à vous de considérer que c'est un crime, ce ne sera jamais mon cas.

— Pour quelle raison, alors ? Quel crime as-tu commis ? »

La psychologue pose une main sur la boîte de Kleenex. Jennifer refoule ses larmes car la sollicitude de Stephanie l'indispose, surtout lorsqu'elle guette ses larmes. Cela lui fait l'effet d'être prévisible.

« L'excuse d'un déséquilibre psychique ne vaut pas pour moi, je n'ai pas cette circonstance atténuante. En revanche, l'emmener, le garder et m'efforcer de lui donner une vie normale et heureuse, rien de tout cela n'était un crime. »

Avant

Ils avaient déjà leurs habitudes dans deux jardins publics des environs ; Jennifer emmenait Arthur à l'un ou l'autre tous les jours, elle remarquait qu'il adorait suivre les plus grands ou rejoindre les enfants qui jouaient dans le bac à sable. Manifestement sociable, il n'éprouvait aucune appréhension à s'approcher d'étrangers en souriant, persuadé d'être bien accueilli. Chaque fois, Jennifer en était fière et stupéfaite.

Elle n'était pas obligée de s'adresser aux autres parents. Un signe de tête, un sourire ou une intervention de loin en loin pour régler une dispute à propos d'une pelle, ce n'était pas au-dessus de ses forces. À une ou deux reprises, elle s'était présentée, indiquant l'âge de son fils à d'autres mères qui avaient fait de même et ajouté : « Alors, il sera dans la classe de Lily, avez-vous déjà une idée de l'école où il ira ? » De quoi lui donner l'impression d'être mal informée et négligente bien qu'elle ait tout le temps de s'organiser.

Il avait cependant besoin de davantage. Elle lui devait davantage. Quel que soit son malaise à l'idée de se plonger dans la vie parentale à l'extérieur de la maison – un univers inconcevable jusqu'à présent –, Arthur méritait d'avoir des camarades de son âge, avec lesquels il grandirait. Ça facilitait les choses de les voir ainsi.

Une salle paroissiale au coin de la rue faisait office de garderie tous les mercredis. Une des bénévoles que Jennifer avait rencontrée au jardin public lui avait proposé de passer avec Arthur. Sans autre formalité. Pourquoi pas la semaine suivante ?

Le mercredi en question, Jennifer fut incapable d'avaler ne serait-ce qu'une cuillerée de yaourt tandis qu'Arthur mangeait ses céréales. La perspective de la garderie lui tordait les entrailles. Non qu'elle craignît l'esprit de clocher de ces femmes ou l'accueil, bon ou mauvais, qu'elles lui réserveraient, elle redoutait d'être découverte. En effet, les mères seraient sur leur terrain, il y aurait de la promiscuité dans un lieu clos où elles ne seraient distraites ni par la surveillance de l'aire de jeux ni par la nécessité d'assurer le tour de leur rejeton au toboggan. Imbues de leur maternité, leurs antennes frémiraient au moindre ton ou langage corporel susceptible de révéler sa supercherie.

L'église était assez proche pour qu'Arthur s'y rende à pied – de toute façon, il faisait souvent rouler sa poussette au lieu de s'y asseoir. À peine furent-ils dans le vestibule que le chahut des enfants derrière la double porte de la salle le mit en effervescence. Une petite file s'était formée devant une femme d'un certain âge, une bénévole de l'église, qui, assise derrière une table, recevait les cinquante pence de cotisation et notait les noms sur un grand cahier. Tout le monde paraissait se connaître. Après avoir payé, chaque femme entrait dans la salle accompagnée de sa progéniture, aussitôt un tonnerre de cris et des crissements de roues en plastique sur le parquet s'échappaient par les lourdes portes en bois, s'interrompant brusquement lorsqu'elles se refermaient.

« Bonjour, vous êtes nouvelle, n'est-ce pas ? Votre nom, s'il vous plaît ?

— Jennifer Kendall. Et voici Arthur.

— Bonjour, Arthur. En fait, il devrait y avoir quelqu'un pour accueillir les nouveaux ; si vous ne trouvez personne, allez à la buvette et demandez Kathy ou Miriam, elles vous montreront les lieux. Ma parole, Arthur se débrouille très bien tout seul ! »

Le temps que Jennifer tende l'argent et écoute la femme, Arthur avait réussi à ouvrir la lourde porte. Il adressa un sourire à Jennifer avant de la laisser se refermer derrière lui.

« Merci, il vaudrait mieux que je voie ce qu'il fabrique », lança-t-elle, se précipitant à sa suite.

Il faisait chaud dans la salle où flottaient une odeur de cire à parquet et une autre, inconnue, qu'elle viendrait à identifier comme celle de groupes d'enfants. Un mélange composé de relents de couches, de lingettes parfumées, de crèmes pour bébé auquel s'ajoutait ce qui provenait des pieds nus et de l'haleine imprégnée de gressins des petits qui couraient partout. Ces effluves n'étaient pas déplaisants, simplement caractéristiques et inédits.

Elle ne distingua pas Arthur sur-le-champ. L'espace d'un moment, tous les enfants se ressemblèrent. Quelle que soit la couleur de leurs cheveux, de leur peau, de leurs vêtements, ils paraissaient tellement homogènes qu'elle eut peur de ne pas le retrouver. Nul doute que l'incapacité de repérer son fils dans un groupe la trahirait. Même les brebis reconnaissaient leurs agneaux à leurs bêlements. Luttant contre la panique, elle s'empêcha de l'appeler d'une voix forte, de crainte de paraître bizarre.

Ce fut lui qui finit par la trouver. Juché sur une coccinelle à roulettes, s'aidant de ses pieds pour accélérer, les yeux étincelants, il passa devant elle et s'écria : « Maman ! Youpla ! » Son numéro était beaucoup plus convaincant que celui de Jennifer.

Plantée au seuil de la salle, elle l'observa non sans lancer des regards à la brochette des mères, qui, elles aussi, paraissaient toutes identiques. Certaines portaient leurs bébés, deux allaitaient, d'autres faisaient de vagues signes à leurs enfants braillards tout en poursuivant une conversation avec leurs amies. Une femme de grande taille s'approcha, un sourire aux lèvres, la main tendue – un geste étrangement protocolaire dans un tel cadre –, et se présenta : Miriam. Elle lui parla du règlement des jeux surveillés, lui montra où les enfants s'asseyaient pour le goûter, les toilettes ainsi que l'endroit où les mères et les assistantes maternelles pouvaient boire du thé ou du café en bavardant, sur des chaises rassemblées autour de l'aire de jeux. Les femmes âgées n'étaient donc pas des grand-mères, comme l'avait supposé Jennifer, mais des assistantes maternelles. Dans ce cas, toutes ne connaissaient pas le bêlement propre à chaque enfant.

Miriam l'informa que tout le monde se réunissait pour chanter à la fin de la matinée et que la pièce voisine était réservée aux travaux manuels, qui changeaient toutes les semaines.

« Aujourd'hui, on se borne à enfiler des perles, précisa-t-elle. Celle qui avait du talent pour ces activités nous a lâchées : le dernier de ses enfants vient d'entrer à l'école, et nous autres, nous sommes nulles. Ce n'est pas votre domaine, j'imagine ? »

C'était inespéré, quel meilleur moyen de s'intégrer ?

« En fait, si, j'ai failli être institutrice.

— Oh, ce serait génial que vous acceptiez de vous en charger. Parlez-en à Kathy, je vais vous présenter.

— Volontiers. D'autre part, j'ai une formation de musicienne, alors si vous avez besoin d'un coup de main pour le chant ou quoi que ce soit…

— C'est moi qui m'en occupe, s'empressa de préciser Miriam. Non que je sois douée, je n'ai pas de formation, mais…

— Bien sûr, ce n'était qu'une suggestion au cas où… Je serais ravie de rendre service pour les travaux manuels. Être utile, c'est tout ce que je demande. »

Il y avait manifestement des chasses gardées ; Miriam sourit, soulagée.

« Génial. Eh bien, si nous allions prendre un café ? »

Miriam la présenta à quelques autres femmes, qui lui posèrent des questions simples : d'où venait-elle ? quel âge avait Arthur ? où habitait-elle ? travaillait-elle ? Après quoi, elle fit la connaissance de Kathy dans la pièce réservée aux travaux manuels. Cette dernière, qui mesurait à peine plus d'un mètre cinquante, semblait beaucoup trop jeune pour être la mère de quatre fils. Elles examinèrent le contenu de l'armoire : un énorme bidon de colle, un rouleau de papier brun, trois pots de paillettes et un sac en plastique rempli de bouts de tissu. Quand Jennifer proposa de reconstituer les réserves et de trouver de nouvelles activités pour les semaines à venir, Kathy déborda de gratitude.

« Vous feriez ça ? Ce serait formidable. Nous vous rembourserons évidemment, les cotisations servent à ça, gardez les reçus. Quelle bonne nouvelle ! Vous n'imaginez pas le poids que vous m'ôtez. »

La sincérité de Kathy était incontestable. Elle avait été avocate à Londres et ne travaillait plus depuis la naissance de son premier enfant, six ans auparavant. « Harry est venu ensuite, puis les jumeaux, alors je vais devoir attendre qu'ils soient tous scolarisés... » Un simple achat de fournitures enchantait Kathy, qui avait pourtant plaidé en cour d'assises. D'étranges forces étaient à l'œuvre parmi ces femmes ; une sorte de tourbillon les catapultait dans un monde où les enjeux étaient ressentis avec force, aussi banals et dérisoires qu'ils paraissent à une non-initiée. Jennifer hésitait au seuil de ce monde. Si elle était en mesure d'y résister maintenant, le serait-elle toujours une fois qu'elle aurait rempli l'armoire de fournitures et surveillé la création d'une ribambelle de serpentins, de vitraux en papier de soie et d'araignées pompons ? Le quant-à-soi était son habitat naturel, désirait-elle faire ce saut ? En était-elle capable ?

La maternité avait subtilement et progressivement transformé le corps et l'esprit de ces femmes. La volonté suffirait-elle à modifier ses émotions et ses idées ?

Et qu'en était-il des mères absentes ? Celles qui employaient des assistantes maternelles ou des nourrices, celles qui envoyaient leurs enfants dans des crèches afin de pouvoir filer au tribunal, au cabinet médical, en classe, au laboratoire ou au bureau, celles qui n'auraient jamais qu'un aperçu de la vie de leurs enfants confiés à d'autres ? Quelle était leur place ?

Jennifer avait été heureuse de changer sa vie de fond en comble pour Arthur. À présent, les conséquences devenaient de plus en plus claires. Il lui faudrait redéfinir non seulement son apparence, mais son être et son mode de pensée. Chaque décision, chaque opinion, aurait un effet sur le bonheur du garçon, sa confiance, voire sa réussite. La responsabilité l'effrayait et la galvanisait. Kathy annonça aux autres que Jennifer se chargerait des travaux manuels avec un tel enthousiasme que celle-ci résolut de mettre un bémol à sa condescendance et d'éprouver davantage d'empathie pour ces femmes, mentors inconscients de sa nouvelle existence.

La matinée passée à jouer, à crier, à boire des jus de fruits plut beaucoup à Arthur. Aussi, en sortant, Jennifer prit-elle plusieurs brochures qui présentaient d'autres activités. Apparemment, tout était possible : jeux d'intérieur, jeux d'extérieur, cours de musique, de natation, de français, de gymnastique, de tennis, de football pour petits. On pouvait engager un clown ou une fée pour un goûter d'anniversaire, acheter ce qu'il fallait pour se déguiser en pirates ou en princesses. On pouvait les emmener visiter des fermes, des terrains de jeux d'aventures, des musées de trains à vapeur, des zoos. On pouvait apprendre à masser son enfant ou suivre des cours de yoga pour bébés. On pouvait se rendre à des projections de films destinés aux mères et assistantes maternelles, payer une heure de crèche dans un club de remise en forme pour faire de la gymnastique ou aller au sauna.

Au fil du temps et d'une intimité accrue avec les mères et les assistantes maternelles, Jennifer entendit des critiques cinglantes à propos de ces services

– c'était de l'arnaque ! On n'avait besoin de personne pour organiser des jeux avec de la peinture dans le jardin, pour faire sauter son bébé dans une piscine, non ? Et qui avait envie de dépenser une fortune pour des cours de français alors que l'enfant parlait à peine l'anglais ? Mais les femmes qui proféraient ces opinions avaient toutes passé des après-midi à préparer des gâteaux avec leur mère ou joué au ballon sur la plage pendant des vacances familiales ; elles avaient connu le luxe d'une enfance heureuse et savaient que celle-ci ne surgissait pas d'un paquet ni à la fin d'une excursion. Pour Jennifer, privée de tels souvenirs, les brochures promettaient qu'Arthur aurait tout ce qu'il voulait, tout ce qu'elle devait lui donner. Du coup, elle les inscrivit à un programme d'activités et de sorties, auxquelles elle consacra avec enthousiasme les deux mois suivants, ainsi que des sommes considérables.

Maintenant

« Il y eut un moment parfait, je m'en souviens dans les moindres détails. C'était infime, tellement… naturel. »

Stephanie tapote la table avec son stylo. Chaque minute qui s'écoule la frustre autant qu'elle apaise Jennifer, qui éprouve presque du plaisir à cet après-midi de réminiscences. Puisqu'elle arrive à ordonner ses pensées et à les formuler à voix haute, il y a moins de risques qu'elle se trompe. Si forte que soit son envie de rassurer Stephanie, l'histoire doit suivre son cours. Comme elle ne sait pas exactement ce qu'on lui a dit, elle ne peut prendre le risque de révéler trop de choses, trop tôt. Sans compter qu'une accélération lui ferait peut-être perdre sa concentration et mettrait un terme à l'entretien : il y aurait des claquements de portes, des allées et venues précipitées d'autres officiers de police, Stephanie irait parler à l'homme en colère ; on laisserait Jennifer seule, elle ne pourrait pas terminer son récit. Les pousser à s'agiter ne présente aucun intérêt, il est trop tard pour qu'ils changent quoi que ce soit, alors mieux vaut, pour une fois, s'en tenir à sa décision. Ce serait bien pire, estime-t-elle, de rater cette dernière occasion d'imposer sa volonté que de supporter l'anxiété de Stephanie, même si le bruit du stylo est difficile à ignorer.

« Nous étions allés dans une ferme pédagogique, tous les trois. Arthur avait nourri des lamas – aujourd'hui, il y en a toujours dans ce genre d'endroit –, fait un tour à dos d'âne et couru après des poules. Au retour, j'avais déposé maman chez elle et je m'occupais du dîner. Après avoir préparé de la soupe de panais et de carottes pour le déjeuner du lendemain – Arthur adore la soupe –, je faisais frire du poulet et des poivrons. » Son regard se perd au loin tandis qu'elle bouge les mains au-dessus d'une cuisinière imaginaire. « Je revois la plaque, la casserole de soupe en train de refroidir sur le côté, prête à être rangée dans le frigo, et les lamelles de poivron commençant à roussir. Assis à la table de la cuisine, Arthur dessine dans un carnet à spirale. "Fini", s'écrie-t-il, me montrant son œuvre. Jusqu'à présent, ses bonshommes n'avaient que des têtes, des bras et des jambes, cette fois il s'agit d'un drôle de petit personnage sans nez, aux cheveux hérissés, avec trop de doigts et d'orteils, mais un corps complet. "Qui est-ce ? lui ai-je demandé. — Maman." Je le félicite de son superbe dessin. Je détache la feuille que je fourre dans mon sac. J'ai mis un disque : un concerto pour violoncelle de Bach qu'il aime beaucoup. Je suis comblée. "Maman", ce qui s'est passé à Londres, les soucis, tout s'est envolé. »

Stephanie roule des yeux à l'intention du policier en faction, ce qui n'échappe pas à Jennifer.

« Vous trouvez que ça n'a aucun rapport, que je vous fais perdre votre temps, mais rien ne compte autant pour moi que la vie qu'Arthur et moi avons menée. Son alimentation, ses vêtements, nos sorties, nos chansons, nos jeux, je veux tout me rappeler.

— Tu crois que tu les oublieras si facilement, Jennifer ?

— Quand… Quand je serai en prison – bien sûr, je ne sais pas du tout ce qui m'attend, sauf que je pressens que ce sera difficile de me souvenir correctement des choses. J'ai l'impression que je serai… vidée. »

Les doigts de Stephanie sont presque pointés vers Jennifer.

« La vie en prison est très pénible, c'est incontestable. As-tu pensé à coopérer plus complètement ? Plus… rapidement ? Il existe des moyens qui permettent de réduire les peines, d'être placée dans un établissement où la discipline est moins stricte, ce qui rend la vie moins dure. Néanmoins, seuls ceux qui coopèrent y ont accès.

— Ça aide de plaider coupable, non ?

— Il s'agit de la longue période avant de passer en jugement. Il faut des mois pour organiser un procès, pendant lesquels les prisonniers sont en détention provisoire, à moins que la libération sous caution ne soit possible.

— Je ne crois pas qu'on me l'accordera.

— On ne sait jamais, Jennifer, si tu me révélais exactement ce que tu as fait, si tu nous laissais agir à partir de maintenant.

— Non, je ne crois pas qu'on me l'accordera », répète la jeune femme, d'un ton presque gai.

Et Stephanie de s'emporter.

« Merde, à quoi ça rime ? On dirait un sourire ou tout comme, non ? Alors que tu parles du rejet éventuel de ta libération sous caution ! Qui est capable d'en sourire ? Qui ? »

Une harpe. Stephanie est une harpe : envolées rapides et subtiles d'une mélodie complexe. Elle peut descendre en piqué du haut de son silence presque effrayant jusqu'à une rafale de notes d'une grande richesse. C'est très rare qu'une musique de harpe émane d'un être. La découverte désarçonne Jennifer puis, entendant la question, elle comprend que Stephanie ne la martèle pas pour la forme.

« Des criminels endurcis ? suggère-t-elle alors. Des terroristes ? Des ados qui ont perdu la tête à cause d'un pistolet et ont assassiné des camarades de classe ?

— Absolument. Et qu'ont-ils en commun ? Qu'est-ce que ces gens ont en commun ?

— Je ne sais pas.

— Eh bien, je vais te le dire ! Ils sont tous persuadés de n'avoir rien fait de mal ; soit ils se fichent d'avoir tué, soit ils pensent qu'ils en avaient le droit. À qui tu t'identifies, Jennifer ? Qu'est-ce qui t'incite à me raconter des histoires au lieu de m'avouer la vérité ? Pourquoi souris-tu en évoquant le rejet de ta libération sous caution ou la gravité de ton acte ? Pour peu que tu aies fait quelque chose.

— Je n'ai pas souri. J'en suis convaincue, ce qui me rend sereine, même si ça ne me plaît pas. Rien de tout ça ne me plaît. »

Stephanie se lève, pose les mains sur la table et, exhalant comme si elle fumait, plante les yeux dans ceux de Jennifer.

« Ce n'est pas normal. À cause de ton attitude, tu risques d'être emmenée dans un lieu où personne n'écoutera tes histoires. Tu m'entends ? Tu étais tellement bouleversée à ton arrivée ici que j'en ai conclu que tu ne pouvais supporter un interrogatoire classique. Alors nous avons coopéré, je suis venue pour le mener en douceur et tu as promis de tout me dire. À présent, je ne comprends ni à quoi tu joues ni la raison de ton attitude. Tu me mènes en bateau ? Cela t'amuse de m'imposer ça ?

— Vous le prenez très personnellement, répond Jennifer. Je ne vous impose rien, et vous ne m'imposez rien non plus. C'est votre boulot, non ? Je le comprends très bien, je n'éprouve aucune antipathie envers vous…

— Comme c'est gentil. »

Stephanie, calmée, se rassied. Elle n'émet plus de musique.

« Il se trouve que je te crois. Je crois que tu ne ressens pas grand-chose pour qui que ce soit, c'est là que le bât blesse.

— Vous comprenez à quel point j'aime Arthur. N'est-ce pas ? N'est-ce pas ?

— Je n'en suis pas si sûre. Tout dépend de ce que tu as fait, non ? Allons bon, tu pleures ! Pourtant, tu as gardé les yeux secs à la perspective de la prison, pourquoi ?

— Une vilaine action ne fait pas de moi un être malfaisant. Une vilaine action n'efface pas tout le bien.

— C'est une question de point de vue. De contexte.

— Non, non, c'est la vérité. Tout s'est bien passé pour lui. Tout. Je vous en prie, laissez-moi poursuivre mon récit.

— Il va falloir aller plus vite. On ne peut pas continuer à parler de peinture avec les doigts alors que la moitié des forces de l'ordre sont en état d'alerte !

— Mais… »

Jennifer perçoit que Stephanie est sérieuse. L'idée de l'homme en colère est insoutenable. Même si elle doit procéder par ordre, il est possible de passer sur les détails. Peut-être y penser tout en les résumant pour Stephanie. De quoi les contenter toutes les deux, les satisfaire à tout le moins. En plus, c'est à l'évidence indispensable de stimuler l'intérêt de la psychologue. Ce n'est pas encore le moment, quand est-ce que ça le sera ? Pourquoi pas maintenant ?

« Je comprends. Je vais essayer de me dépêcher. Pour l'instant, je dois vous expliquer pourquoi ma mère pleurait. »

Stephanie a beau écouter, elle feint l'indifférence.

« Elle pleurait beaucoup. Pas à cause de moi, je le savais, comme je vous l'ai dit. À cause de David. »

Stephanie relève le menton.

« Qui est David ?

— Mon frère. Il est mort. »

Avant

Le programme d'activités d'Arthur se mua en tyrannie. Le calendrier fixé au mur de la cuisine était couvert d'horaires et d'adresses, tandis que des dizaines de règlements pour des leçons ou des cours s'accumulaient sur les talons du chéquier de Jennifer. Parmi les mères et assistantes maternelles avec lesquelles elle avait noué des liens, Kathy était devenue presque une amie. En revanche, la course perpétuelle d'un endroit à l'autre, tous bondés de petits êtres bruyants, commençait à être lassante. Kathy la mit d'ailleurs en garde contre le danger d'en faire trop, lui conseillant de ménager des intermèdes : « Ce n'est pas bon pour toi non plus de voir trop d'enfants. » À la vue de l'air gêné de Jennifer, elle ajouta en riant : « Ça va, tu as le droit de l'avouer. Aucun parent n'est fou des gosses des autres, pas en grand nombre et pas tout le temps. Tu n'es pas une mauvaise mère pour autant ! » Rassérénée par le conseil, Jennifer cessa de s'interroger constamment sur sa crédibilité en tant que mère pour se poser des questions sur l'instinct maternel. Les femmes qu'elle croyait identiques étaient en réalité très différentes, leur seul point commun était de s'occuper d'un enfant, ce que personne n'aborde de la même façon.

Il n'y avait que des femmes. On faisait parfois allusion aux maris. Il arrivait qu'un homme dépose son petit à la garderie, mais le plus souvent il se gardait – à moins qu'il ne l'ait pas osé – d'entrer dans une conversation. Ceux – on les comptait sur les doigts de la main – qui acceptaient avaient une manière de douceur, une propension au bavardage frisant l'efféminé. Jennifer imaginait leurs épouses sous les traits d'amazones gagnant très bien leur vie et qui avaient échangé les rôles. Vu l'impossibilité de jouer au père dans un tel environnement, les hommes restaient sur le seuil, fidèles à leur statut, ou se précipitaient vers la buvette pour papoter, un comportement propre aux mères. S'agissait-il d'un monde préhistorique où le genre féminin s'activait et faisait la cuisine dans la caverne pendant que le masculin chassait les animaux sauvages ? D'un rêve des années cinquante, de femmes au foyer et d'hommes au charbon ? D'une société post-féministe où les mères élevaient la génération suivante, où les hommes, ombres reléguées dans leur lieu de travail, étaient rarement sollicités, jugés à peine utiles ?

La compagnie de tant de femmes et d'enfants, et l'attitude souriante des professionnels de l'enseignement préscolaire l'épuisaient.

« Tu as l'air fatiguée, lui dit un jour Doreen. Peut-être en fais-tu trop, tu n'es presque plus jamais chez toi.

— Comment… ? »

Jennifer n'avait pas envie de savoir comment sa mère était au courant. Surtout que, chaque fois qu'elle rentrait, elle remarquait que le dernier numéro sur son répondeur était toujours celui de Doreen, qui ne laissait toutefois jamais de message.

« On exagère peut-être, reconnut-elle avec un soupir. Et Arthur ne s'amuse plus autant qu'avant. Il est resté collé à moi durant tout le cours de musique et s'est endormi pendant les jeux d'intérieur.

— Vous avez besoin d'un peu de tranquillité, voilà tout. Il peut regarder la télé de temps en temps, et toi te reposer, non ? La routine, c'est important pour les enfants. »

À l'entendre, on aurait cru qu'elle avait été une mère tendre, elle semblait même le croire.

Les relations avec Doreen s'étaient nettement améliorées depuis le déménagement. La grand-mère leur rendait régulièrement visite, même si ce n'était pas tous les jours, et ils passaient le dimanche après-midi chez l'une ou chez l'autre, sans jamais y déjeuner. Les points de friction étaient évités. Pourtant la mère et la fille n'étaient pas plus proches qu'au cours du premier mois de leurs retrouvailles. Le principal centre d'intérêt de Doreen était toujours Arthur ; du reste, elles ne parlaient pratiquement que de lui. Une vague allusion au père de Jennifer survenait de temps à autre, d'ordinaire liée à la vie qu'il avait menée après son départ du foyer. Doreen posait parfois des questions à Jennifer sur Londres, la musique qu'elle y jouait, son travail : le regrettait-elle ? En revanche, leur passé commun n'était jamais évoqué.

Consciente depuis toujours que David était la clé de la détresse de Doreen, par conséquent de la sienne, Jennifer espérait que l'amour que sa mère vouait à Arthur l'apaiserait. Si la douleur causée par la perte d'un enfant était inaltérable, apprendre à en connaître et à en aimer un autre permettrait peut-être de l'atténuer. Ce nouveau lien pourrait ramener à la surface les raisons pour lesquelles son fils mort lui manquait et l'aider à affronter la vérité.

Les quelques tentatives de Jennifer pour aborder des sujets susceptibles de déboucher sur une conversation à propos de son enfance s'étaient heurtées à la sempiternelle fin de non-recevoir de Doreen. La jeune femme ne le supportait plus. Ça la minait dès que sa mère était présente et faussait son jugement sur la relation de cette dernière avec Arthur. Leurs jeux, leurs rires, qui l'avaient au départ ravie, lui paraissaient désormais relever de l'hypocrisie. Sa mère dupait Arthur en feignant d'être une bonne grand-mère, d'avoir été une bonne mère. Elle écrivait la vérité – celle de l'expérience de Jennifer – à partir de la vie d'Arthur.

Un jour où elle entendait les éclats de rire d'Arthur que sa grand-mère faisait tomber de ses genoux pour un plouf dans l'eau où il pêcherait des poissons, Jennifer lança, délibérément :

« Je ne me souviens pas que tu aies jamais joué à ça avec moi. »

Imperturbable, Doreen répondit :

« Oh si, quand tu avais son âge, mais tu ne peux pas te rappeler. Nous avons joué à *Plouf dans l'eau*, au *Petit Cochon* et à *Mon petit jardin tout rond, tout rond.* »

Arthur ouvrit sa paume, pouffant à l'avance.

« Il ne me reste aucun souvenir d'avant l'âge de quatre ans. D'avant la mort de David. »

Doreen continua à chatouiller la paume d'Arthur.

« Tu m'as entendue, maman ? Il ne me reste aucun souvenir d'avant la mort de David. »

Les lèvres pincées, Doreen installa Arthur sur le canapé, prit sa main entre les siennes et l'embrassa.

« C'est fini pour aujourd'hui, mon ange. Grand-maman rentre à la maison. »

Jennifer la suivit tandis qu'elle sortait dans le vestibule où elle enfila son manteau, sans piper mot.

« Pourquoi t'en aller maintenant ? l'apostropha sa fille. Pourquoi refuser d'en parler ? Comment arriverons-nous à nous entendre, à réparer le passé, si nous n'en parlons pas, est-ce si difficile à admettre ? »

Muette, Doreen se dirigea vers la porte.

« Maman, je ne te fais pas de reproches ! Je n'ai envie ni de te faire de la peine, ni de pleurnicher, ni de me lamenter, j'ai besoin de comprendre. J'aimerais simplement que nous soyons capables d'aborder ces sujets toutes les deux. »

Doreen se retourna, écarlate, luttant contre les larmes.

« Tu ne me fais pas de reproches ? lança-t-elle méchamment. Voilà qui ne me surprend pas ! »

Jennifer empêcha la porte de claquer.

« Qu'est-ce que ça signifie ? cria-t-elle à sa mère. Je t'en prie, maman, dis-moi ce que ça signifie. »

Maintenant

Stephanie se tient très droite, les mains de nouveau jointes.

« Pourquoi n'avoir pas évoqué David avant ?

— Rien que prononcer son prénom me fait un drôle d'effet. Nous n'en avions pas le droit à la maison, c'était la règle d'où découlait tout le reste.

— Tu as l'air d'en éprouver beaucoup de rancœur.

— C'est vrai. Moi, je voulais qu'on me parle de mon frère, mais c'était interdit. Même si elle pleurait tout le temps à cause de lui, il était interdit d'y faire allusion. Une présence permanente et un sujet tabou.

— Le squelette dans le placard.

— Exactement.

— Que peux-tu me dire de lui ?

— J'avais trois ans à sa mort. Il n'avait que dix-huit mois.

— À peu près l'âge que tu donnais à Arthur quand tu l'as… recueilli.

— Je m'en rends compte. C'est une coïncidence, à moins que vous n'y croyiez pas ? »

Stephanie ne répond pas, son menton repose sur ses doigts.

« D'après papa, il est tombé malade. Personne n'a pu le sauver. Et maman en a été horriblement malheureuse, inconsolable. Il disait que ça l'avait déséquilibrée, changée. Plus grande, je lui demandais : "C'est à ce moment-là qu'elle s'est mise à me détester ? Elle a décidé qu'elle pouvait aussi bien perdre sa fille quand elle a perdu son fils ? Pourquoi ne m'a-t-elle pas aimée encore plus ?" Il se contentait de me servir le même couplet, comme quoi je ne connaissais pas toute la vérité. À quoi ça rime de répéter la même chose à une fille de sept ou dix ans, ou à une ado ? Je ne l'ai jamais compris.

— Comment sa froideur à ton égard se manifestait-elle ?

— De toutes les manières possibles. Je ne me souviens ni de baisers ni de caresses. C'était papa qui me couchait, me racontait des histoires, s'occupait de moi. Et quand j'ai été plus grande, plus autonome, elle ne me posait jamais de questions.

— Certains adolescents en seraient ravis.

— Vous vous trompez ! Elle ne me demandait même pas ce que je faisais à l'école ou si j'avais passé une bonne journée. Bien entendu, elle ne m'interrogeait pas sur mes allées et venues, mes fréquentations, l'heure à laquelle je rentrais. J'aurais adoré qu'elle s'y intéresse, qu'elle ne s'en fiche pas.

— Revenons à David. Comment as-tu réagi à son décès alors que tu étais si jeune ?

— Au début, j'avais peur d'attraper la maladie dont il était mort et de mourir aussi. Après, j'ai imaginé que c'était quelque chose comme une méningite, un de ces horribles trucs foudroyants. Au moins, ce n'était pas contagieux.

— Cela a dû être une période épouvantable.

— Je ne me rappelle que la crainte de tomber malade. Il me semble que c'est un de mes premiers souvenirs, je ne peux le rattacher ni à une date ni à un lieu. Certains racontent qu'ils se souviennent du papier peint de leur chambre, vous savez ? Moi, mon premier jour d'école n'a laissé aucune trace dans mon esprit, or j'avais cinq ans. Des bribes me reviennent – les copines, un ou deux instituteurs, des instants –, mais je n'ai pas un dossier de mon passé dans ma tête dont un des éléments pourrait grossir jusqu'à remonter à ma mémoire. Il ne me reste pas grand-chose de mon adolescence. On dirait que je n'ai qu'une accumulation de réminiscences éparses de différentes époques de mon existence, sans aucune progression. Il n'y a pas d'histoire.

— Tu es en train de m'en raconter une.

— Oui, maintenant. L'année qui vient de s'écouler s'est gravée en moi, je me souviens de tout, du moindre détail.

— Apparemment, constate sèchement Stephanie. Bon, je voudrais qu'on reparle de David. Comment était-il, le sais-tu ? Il y a des photos de lui ?

— Elle les cachait dans un album, nous n'avions pas le droit de les montrer. Oui, je sais comment il était. Et non, avant que vous ne me le demandiez, il ne ressemblait pas beaucoup à Arthur, plutôt à moi – blond, aux yeux bleus. C'était un enfant trapu. Ils avaient tous les deux dix-huit mois, enfin ils en avaient l'air, c'est l'unique point commun.

— Que ressens-tu pour David ?

— Je ne me souviens pas de lui, répond précipitamment Jennifer avant de rectifier. Très peu, en tout cas. Vaguement. Mal.

— Cela te perturbe ?
— Oui, c'est peut-être une partie de ce qui me perturbe.
— Le rends-tu responsable du comportement de ta mère ? Dans ton enfance, en voulais-tu à ce frère disparu qui te privait de l'amour de ta mère ?
— Ce n'est pas sa faute s'il est mort.
— Tu en es bouleversée, Jennifer. Es-tu sûre de ne pas lui mettre un peu sur le dos le comportement de ta mère parce qu'il avait abandonné ta famille ? »
Jennifer sanglote.
« Elle ressassait que c'était sa faute. Elle avait beau refuser d'en parler ouvertement, elle répétait : "Tout le monde condamne la mère. Même si elle est impuissante, on la montre du doigt. Avec raison. Quoi qu'il arrive, c'est toujours la faute de la mère."
— Elle se sentait coupable de sa mort ?
— À l'entendre, on l'aurait cru, non ? Pourtant, je vous assure qu'aussi loin que remontent mes souvenirs, c'était comme si elle m'en rendait responsable.
— Comment ça ? De ne pas être morte à la place de ton frère ? Lui aurais-tu transmis une maladie ? Est-ce possible ? »
Jennifer a l'air désespérée. Terrifiée.
« Ça n'a pas pu être ma faute, n'est-ce pas ? Je n'avais que trois ans.
— Bien sûr, non. »
Des notes douces émanent de Stephanie.
« Pas à l'âge que tu avais. J'essaie de réfléchir aux raisons qui auraient poussé ta mère à t'en rendre responsable. Quoi qu'il en soit, tu devais être très en colère de sentir qu'elle t'accusait, et avoir envie de te venger. C'était le cas ? »

Stephanie ne s'aperçoit qu'elle braque ses mains jointes sur la jeune femme qu'au regard de celle-ci. Elle les baisse aussitôt.

« Pense à la vengeance, Jennifer, aux conséquences de cette idée sur toi. Il est normal qu'un être dont la vie a été gâchée – une enfant innocente plus ou moins accusée par sa mère de la perte de son petit frère – éprouve de la rancune, de la colère.

— Arrêtez ! Arrêtez ! Je n'ai jamais nourri de sentiments de vengeance. Malgré sa conduite envers moi, je n'ai jamais eu envie de me venger.

— Il s'agit d'une vengeance détournée. Dirigée, à juste titre, contre le frère disparu dont la mort a provoqué tant de chagrin, tant de dégâts dans la vie de sa sœur. Ou contre un autre petit garçon qui lui rappelle…

— Arrêtez ! s'écrie encore une fois Jennifer. Non, vous vous trompez !

— Faisons une pause, suggère Stephanie. Et prenons une tasse de thé. »

Avant

Comme prévu, Doreen arriva pour le café le lendemain matin. Elle ne parla pas de son départ précipité de la veille. Jennifer non plus, même si elle s'en voulut de cette lâcheté. Chaque fois qu'elle était tenaillée par l'envie de tenter à nouveau le coup, la terreur l'en empêchait. Que signifiait : « Voilà qui ne me surprend pas » ? Un champ de possibilités, sombres et atroces, s'ouvrait devant elle, la réduisant au silence tandis que Doreen, en apparence très à l'aise, bavardait sur la chute des températures, sur tout ce qu'il lui restait à faire dans le jardin avant la venue de l'hiver.

En réalité, le choix n'en était pas un. Elle pouvait soit s'associer au déni de l'événement de la veille et, ainsi, continuer à accepter la situation, soit renouveler l'exercice sans plus de succès. Quand parviendraient-elles à parler de David ?

L'ancien patron de Jennifer avait collé un dessin humoristique sur la première page de l'emploi du temps annuel de l'équipe : deux hommes d'affaires regardent leurs agendas pour essayer de fixer une réunion. « Que penses-tu de jamais ? demande l'un.

— Ouais, jamais, ça me va », acquiesce l'autre. Voilà où elles en étaient.

Jennifer avait beau se sentir avilie par le refus obstiné de sa mère et par son incapacité à imposer sa volonté, dans le même temps, elle avait peur de l'effet qu'une nouvelle brouille aurait sur Arthur. Elle trouvait injuste de le priver de sa grand-mère si vite après la lui avoir présentée, Dieu sait pourtant si c'était tentant de s'imaginer délivrée d'elle. Ils pourraient s'installer ailleurs. Il ne tarderait pas à oublier sa grand-mère. L'expérience d'une vie de famille, une bonne idée, la meilleure possible en période de tension, se soldait par un échec.

« Je songe à déménager », déclara-t-elle. Doreen comprit parfaitement le sous-entendu. « Les choses n'ont pas marché aussi bien que je l'espérais. »

Sa cruauté lui procura un frisson de plaisir, d'autant que le visage de sa mère se décomposa.

« Non ! » Doreen ne réussit à prononcer que ce mot avant de porter les mains à sa bouche pour refouler ses sanglots. Jennifer lui tendit une feuille d'essuie-tout.

« C'est tellement difficile, reprit sa mère. J'ai besoin de temps pour parler… du passé. S'il te plaît. »

L'expression de Jennifer resta dure.

« Tu le feras ? »

Doreen hocha la tête.

« Ne me presse pas, je t'en prie. Je dois trouver les mots justes. Je ne peux pas simplement… Je ne sais pas comment… enfin, je dois réfléchir. »

Ayant cru pendant toute son enfance que sa mère était incapable de pleurer à cause d'elle, Jennifer ne fut pas très émue. Elle ressentit malgré tout un élan de compassion.

« D'accord. Ce n'était pas une menace pour être méchante ou te faire pleurer, mais je ne peux continuer à feindre que nous sommes proches et heureuses ensemble. Pas devant Arthur. Tu le comprends ?

— Il n'est pas sensible à ce genre de chose.

— Il le deviendra. De toute façon, la question n'est pas là. Les enfants sont des éponges, maman ; certains faits dont je ne me souviens pas ont eu des conséquences sur ma vie, j'en suis sûre. Il n'est pas question qu'il sente des non-dits. Je veux que nous soyons honnêtes les uns envers les autres. »

Elle était sincère. Ses mensonges au sujet d'Arthur étaient enfouis dans un recoin de sa conscience, hors de portée de son sens moral. Destinés à protéger son garçon, ils frisaient la pureté. Elle regarda sévèrement Doreen jusqu'à ce que celle-ci acquiesce après s'être essuyé les yeux.

« Je comprends, Jennifer. Pour Arthur, je vais essayer, mais quand je serai prête. Ça te va ?

— Il le faut bien. »

Quel dommage que Doreen ne souhaite pas réparer ses torts pour le bien de sa fille, voire pour le sien ! De guerre lasse, Jennifer conclut qu'elle ne pouvait espérer mieux. Et vu la façon dont Doreen en avait parlé, ce ne serait pas une affaire de jours ni de semaines : la patience s'imposait.

Copiant ses camarades, Arthur appelait désormais Jennifer maman. Elle regrettait mama, la douce syllabe répétée, le premier mot qu'elle l'avait entendu prononcer.

C'était un enfant d'humeur égale ; elle avait mis tout ce temps à être détendue avec lui tant elle craignait de le pousser à faire appel au stoïcisme qu'elle avait repéré en lui avant. Il lui semblait un peu trop sage pour son âge. Où donc était ce « double insupportable » dont parlaient les mères et assistantes maternelles à chaque crise de rage d'un enfant ? Bien sûr, l'obligation de terminer le dîner avant d'avoir droit au dessert donnait lieu à quelques disputes, de même que celle d'éteindre la télé ou d'aller se coucher, mais elle avait recours à des techniques pour détourner son attention, le plus souvent avec succès, et ne haussait que très rarement le ton. S'il lui arrivait de crier – les jours d'immense fatigue ou ceux où il refusait d'obéir –, cela ne durait qu'une seconde, puis le son de sa propre voix et le tressaillement d'Arthur, stupéfait, lui faisaient honte.

Peu de temps après son rapprochement partiel avec Doreen, Jennifer la surprit en train de taper la main d'Arthur. « Que faut-il dire avant de se servir ? » le gronda-t-elle alors qu'il tentait de s'emparer d'un petit gâteau sans demander la permission.

« Ne recommence jamais », ordonna-t-elle à sa mère, comme si elle avait fait mal à Arthur. La peur que Jennifer n'éloigne Arthur ne l'ayant pas quittée, Doreen se garda de protester.

Jennifer avait eu cette réaction excessive le lendemain d'un jour où Arthur l'avait fait sortir de ses gonds. Ils devaient partir pour la garderie où il était prévu qu'elle anime l'atelier de travaux manuels – en l'occurrence, la fabrication de hérissons avec des feuilles. Avec Arthur, elle en avait ramassé de quoi remplir une énorme boîte, choisissant celles aux formes les plus intéressantes qui n'étaient pas trop sèches et ne s'effritaient pas. Au moment où elle était allée chercher le carton dans la cuisine, elle l'avait trouvé plongé dedans, occupé à en répandre le contenu vert et rouille sur le sol.

« Arrête, chéri. Dépêche-toi, maman va devoir tout nettoyer, et tu n'as même pas mis tes chaussures. Il ne faut pas qu'on soit en retard. »

Arthur l'ignora. Elle répéta son ordre. Il continua à lui désobéir et à froisser les feuilles. Elle voulut l'en empêcher physiquement. Il résista si bien qu'elle lui tint fermement les poignets. Il gigota en pleurnichant.

« Ne sois pas idiot ! dit-elle, haussant le ton. Je te lâcherai si tu te calmes. Cesse de hurler. »

Au lieu de quoi, Arthur brailla encore plus fort. Le visage cramoisi, il sautait et piétinait les feuilles éparpillées. Jennifer ne pouvait le lâcher parce qu'il aurait basculé. Serrant les poignets du petit garçon, elle les écarta avant d'approcher son visage du sien et de crier :

« Arrête ! Ça suffit ! Tu m'entends, arrête ! »

Jennifer le tenait d'une poigne d'acier, tandis qu'une goutte de sa salive avait atterri sur la figure d'Arthur.

« Mon Dieu ! » s'exclama-t-elle, le libérant.

Il tomba à quatre pattes, en pleurs.

Malgré son envie de l'imiter, elle refoula ses larmes, sachant que ce genre de scène l'affolerait. Après lui avoir essuyé les yeux et le nez, elle le prit dans ses bras. Il se laissa faire, heureux de s'y retrouver. Elle lui parla avec douceur jusqu'à ce que ses sanglots se calment.

Ils ramassèrent les feuilles et partirent pour la garderie. Parcourue de tremblements irrépressibles, Jennifer entendit sa voix toute la matinée, ses cris résonnaient dans sa tête. Arthur, lui, n'avait pas l'air perturbé. Il s'amusa avec les jouets et courut avec ses copains ; en revanche il renonça à fabriquer le hérisson, peut-être parce qu'ils avaient fait un essai la veille, qui était exposé sur le tableau en liège de leur cuisine.

Elle l'avait effrayé. L'espace d'un instant, sans que cela tire à conséquence, et sûrement pas autant qu'elle s'était fait peur, mais tout de même. Du coup, elle ne supporta plus rien de ce qui s'apparentait à un châtiment corporel, ne serait-ce que les tapes inoffensives de Doreen. Elle n'imaginait pas que les mères du jardin d'enfants puissent être saisies d'une colère si vive pour des vétilles telles que des feuilles répandues sur le sol et la perspective d'arriver à une réunion informelle avec cinq minutes de retard. Elles s'adressaient à leurs enfants avec calme et gentillesse. Elles leur demandaient au lieu de leur ordonner de faire des choses ou de ne pas les faire. Elles ne s'énervaient jamais si des jus de fruits étaient renversés ou des petits gâteaux piétinés. La violence qui l'avait envahie, sa rage aveugle face à la désobéissance d'Arthur, inédite et choquante, lui donnait le sentiment d'être une mère indigne.

La compagnie d'Arthur, de Doreen et des femmes de la garderie ne suffisait ni à son équilibre ni à son bonheur. Le travail lui manquait, même si elle n'avait jamais vraiment aimé travailler. La course d'un endroit à l'autre avec Arthur avait certes un côté plaisant, elle en appréciait chaque instant, mais, outre l'inquiétude suscitée par son coup de sang, le désir de s'occuper lui donnait envie d'améliorer les choses.

« Maman, si je trouvais un boulot – seulement une activité à temps partiel –, accepterais-tu de t'occuper d'Arthur ? Bien sûr, je te paierais pour ça et comprendrais très bien que tu refuses. Dans ce cas, je me débrouillerais avec une nourrice, elles courent les rues ici… »

Un sourire exalté s'épanouit sur le visage de Doreen.

« J'en serais ravie ! Ce n'est pas la peine de me le demander !

— Il est grand temps que je fasse autre chose et, pour être honnête, l'argent serait le bienvenu. Bref, je trouve que ce serait une bonne idée. »

L'enthousiasme de sa mère était teinté de gratitude. Elle ne souhaiterait pas gâcher l'occasion de prendre soin d'Arthur plusieurs jours par semaine. Nul doute que cela l'aiderait à surmonter sa répugnance à parler de David et à ouvrir la porte qu'elle claquait au nez de Jennifer depuis sa mort tragique.

Maintenant

« Tu as donc trouvé un travail immédiatement ? »

Stephanie pousse Jennifer à se dépêcher, or c'est difficile de renoncer à expliquer, à combler les lacunes, à développer. Elles parviennent à un compromis : Jennifer raconte jusqu'à ce que Stephanie pianote sur la table d'un doigt ou que les muscles de son mollet se contractent de sorte que sa jambe, à peine visible, s'agite de spasmes. Elle laisse alors la psychologue la soumettre à des questions en staccato, auxquelles elle s'empresse de répondre.

« Au début du mois de novembre, quand Arthur… quand je croyais qu'il avait un peu plus de deux ans. Même si je n'avais aucune envie de recommencer à enseigner la musique à l'école, je n'ai pas d'autre compétence. Comme je remplaçais des professeurs en congé de maternité, je n'étais pas coincée. Quoi qu'il en soit, j'étais beaucoup plus patiente avec les enfants ; bon, grâce à une annonce que j'avais mise au bureau de poste, j'ai d'abord trouvé des cours particuliers à donner à des étudiants d'un bon niveau et à deux adultes qui regrettaient d'avoir abandonné.

— Cette pulsion – de violence – à l'égard d'Arthur a-t-elle refait surface ? »

La réponse de Jennifer fuse :

« Non. Pas du tout. Ce n'est arrivé qu'une fois, à peine ai-je pris conscience que j'étais capable…

— De quoi ?

— D'éprouver ça, voilà tout.

— D'être en proie à des pulsions susceptibles de te pousser à faire du mal à Arthur ? L'idée de ce que tu risquais de lui infliger lors d'une de ces crises de rage te tourmentait, Jennifer ?

— Je… J'avais surtout peur de ne pas réagir comme… une mère, non pas de perdre la tête ou de le blesser. J'en étais malade de l'avoir affolé, même si ça n'avait duré qu'un instant.

— Tu lui as tout de même fait mal.

— Je ne l'ai pas brutalisé. C'est précisément pour éviter de le serrer trop fort que je l'ai lâché. Il est d'abord tombé sur les mains, le plancher n'était pas très dur et ce n'était pas la première fois.

— Ah bon ?

— Il était déjà tombé partout dans la maison, évidemment. C'était un enfant normal, il cavalait, se cognait, glissait.

— Pourquoi m'avoir décrit cet épisode de violence, Jennifer ?

— C'est important. Non pas comme vous l'interprétez, mais… il explique en partie ma volonté de travailler.

— Tu t'en sentais coupable ?

— Bien sûr. Moi qui avais voulu rester tout le temps avec Arthur, je me mettais à travailler sans y être obligée. L'argent de l'appartement était arrivé, j'avais donc de quoi vivre un moment. Je suis toujours convaincue de l'avoir fait pour de bonnes raisons : me construire une vie en dehors de la maison pour devenir une mère plus épanouie, qui ne piquerait plus de crises de rage – Arthur n'en tirerait que des avantages.

— D'après toi, ta colère – ta violence – t'a donné l'impression de ne plus être sa mère.

— La mère de qui que ce soit. Naturellement, il m'a semblé ressembler à la sienne. À une mauvaise mère.

— Qu'est-ce qui est pire, être une mauvaise mère ou ne pas être mère ?

— Si on est constamment une mauvaise mère, mieux vaut ne pas l'être. Si vous parlez de moi, je me suis efforcée d'éviter que cet incident isolé ne déteigne sur tout. Et puis, à la garderie, d'autres femmes étaient parfois cruelles avec leurs enfants : elles leur susurraient une méchanceté à l'oreille, elles leur serraient la main un peu trop fort, elles déclaraient qu'ils pleuraient ou mouillaient leur lit uniquement pour les humilier.

— En quoi est-ce plus grave ? lance Stephanie, sarcastique.

— Je comprends où vous voulez en venir – les sévices de la bourgeoisie sont-ils plus acceptables que ceux que sa mère infligeait à Arthur ? Vous croyez que j'ai agi par snobisme, parce que le survêtement et l'accent de sa mère me déplaisaient ?

— C'est en partie vrai ?

— Vous avez oublié que ma mère était femme de ménage et mon père chauffeur de bus ?

— Je n'oublie pas que, toi, tu as fait des études.

— Si vous tentez de m'imputer une sorte – enfin je ne sais pas – d'extrémisme social, dans ce cas pourquoi n'aurais-je pas emmené tous les gosses de la cité ?

C'est une accusation stupide. Dans ces tours, des femmes qui avaient cinq ans de moins que moi avaient déjà chacune une flopée de gamins aux noms saugrenus, aux oreilles percées, aux tenues absurdes et qui n'avaient pas la même couleur de peau. Elles avaient beau me mettre parfois mal à l'aise – oui, je suis sans doute snob –, l'idée que leurs gosses seraient mieux avec moi ne m'a jamais traversé l'esprit, parce qu'elles s'en occupaient. Évidemment, elles ne les poussaient pas à étudier la musique, ne leur achetaient pas de livres, ne les emmenaient pas au musée, mais elles ne les brutalisaient pas et ne les empêchaient pas de jouer avec leurs copains. Si l'un d'eux se blessait, sa mère se précipitait ; leurs enfants passaient avant tout, c'est ça, la maternité, et c'est ce que l'autre avait oublié. Il leur arrivait de crier, bien sûr, mais sans cruauté, sans haine.

— Il y avait de la haine dans ta rage contre Arthur ?

— Non ! Pas du tout. Vous savez bien que je pensais à l'autre. J'ai parlé de ma fureur à Kathy et de la limite – la frontière – entre le contrôle de soi et la violence. Je n'ai pas été explicite, je me suis bornée à une allusion, et elle a dit quelque chose comme : "Mon Dieu, je passe mon temps à crier après les miens, sans compter les claques que je distribue en dernier recours. J'ai quelquefois envie de les tuer !" Elle exagérait naturellement, pour me rassurer en me faisant comprendre que ça arrivait à toutes les mères.

— Pas à la tienne.

— En effet, je n'ai pas eu une enfance tout à fait normale, je croyais que nous étions d'accord à ce sujet. Je vous ennuie ? »

Stephanie, qui mordillait le capuchon de son stylo, le retire de sa bouche.

« Greg était-il un de tes élèves ? demande-t-elle.

— Oh non ! C'est un meilleur musicien que moi. Il enseigne à l'université. Une femme que je remplaçais au boulot, violoncelliste elle aussi, faisait partie de son quatuor à cordes – il joue de la contrebasse – et ils cherchaient quelqu'un pour un concert. Ils m'ont téléphoné pour me demander si j'accepterais de prendre sa place. J'avais beau n'en avoir aucune envie, n'ayant pas joué en public ou en dehors de chez moi depuis des lustres, je me suis forcée à accepter : il fallait que j'arrête de tout refuser. Nous n'avons répété qu'une fois, la veille, aussi étais-je terrifiée, mais il s'agissait d'une de ces soirées d'entreprise où la musique sert de fond sonore à la dégustation des petits-fours et j'ai fini par jouer avec plaisir.

— Où Greg entre-t-il en scène ? Quand êtes-vous devenus intimes ?

— Au bout de quelques semaines, répond Jennifer, souriant à ce souvenir. Il m'était si reconnaissant de les avoir aidés qu'il n'en finissait pas de me remercier. Puis ils m'ont demandé de recommencer, ils tenaient à ce que ce soit moi, je n'avais jamais été aussi contente de ma façon de jouer. Comme Greg se rendait toujours en voiture aux fêtes, à cause de sa contrebasse, il passait me prendre. Nous discutions à l'aller et au retour. J'imagine que j'étais un peu ivre de temps à autre ; on offrait des verres à l'orchestre et il ne buvait que du jus d'orange bien entendu, je devais donc être plus détendue qu'à mon habitude. Un soir, je lui ai raconté que j'emmenais Arthur au jardin public le lendemain. “Puis-je venir ? a-t-il demandé. — Oui, ce serait génial”, ai-je répondu. Et ça l’a été.

— Il s’est bien entendu avec Arthur ?

— Immédiatement. Ce premier samedi, il a apporté un ballon et un Frisbee pour jouer avec nous. Arthur adorait jouer au foot. Et il a adoré Greg. Quels hommes y avait-il dans sa vie d’avant, je ne le sais pas – enfin je ne le savais pas –, mais ça me tracassait qu’il n’y en ait pas dans celle-ci. Et voilà qu’un homme merveilleux, intelligent, gentil, attentionné, débarquait.

— Tu es proche de Greg ?

— Très. Dès le début, j’ai eu le sentiment de n’avoir jamais eu de meilleur ami ni de meilleur… amant. C’est l’homme le plus formidable que je connaisse.

— Tu as confiance en lui ?

— Je lui confierais ma vie.

— Et celle d’Arthur ?

— Oui. Absolument.

— Tu ne t’es pourtant pas confiée à lui, tu ne lui as pas avoué la vérité.

— Comment l’aurais-je pu ? Je n’ai omis qu’un détail – ne me regardez pas ainsi –, un minuscule détail.

— Quelles histoires lui as-tu racontées, Jennifer, par exemple sur le père d’Arthur ?

— Que je ne savais rien sur lui. Que je n’étais même pas sûre de son identité. Que je ne tenais pas à parler de cette période pénible et déprimante de ma vie.

— Tu ne lui as pas servi le même mensonge qu’à ta mère.

— Je lui ai dit la vérité en quelque sorte, non ? Sinon, c'est vrai que pour éviter qu'il ne découvre le pot aux roses, j'ai prétendu avoir raconté à ma mère que Neil était le père, pour qu'Arthur et moi ne subissions pas sa désapprobation.

— Cela n'a rien à voir avec la vérité, n'est-ce pas ? Et ça t'était égal qu'il suppose que tu avais eu un enfant à une époque où tu couchais avec n'importe qui ?

— Ce n'est pas tout à fait un mensonge. J'ignorais qui était le père d'Arthur, pas vrai ? Bien sûr, ça me déplaisait de passer pour une irresponsable aux yeux de Greg, mais c'était le seul moyen de l'empêcher de poser d'autres questions. Il l'a tellement bien pris, il s'est montré tellement compréhensif et tolérant que ça nous a rapprochés.

— Quoi ? La fausse révélation, la tromperie vous ont rapprochés ?

— Je ne pouvais pas lui avouer la vérité, n'est-ce pas ?

— Pourquoi pas ? Tu aurais pu lui expliquer que tu avais enlevé Arthur pour son bien. Cet homme affectueux et tolérant l'aurait sûrement compris, non ? Te verrait-il sous un jour très différent s'il apprenait ce qui s'est vraiment passé ? Te trouverait-il ignoble ? Malfaisante ?

— Non, jamais il ne penserait ça de moi ! Je me crois – je me croyais – capable de lui avouer la vérité un jour, quand Arthur serait beaucoup plus grand, peut-être quand nous aurions des enfants…

— Avec Greg, c'était sérieux ? Vous aviez discuté de la possibilité de fonder une famille ?

— Pas exactement, même si nous avons parlé de notre mariage.

— Il t'a demandé de l'épouser ?

— Non, pas encore. Son divorce remonte à cinq ans. Il en avait été très triste et regrettait beaucoup de ne pas avoir d'enfants.

— Et tu as considéré que cela signifiait qu'il avait envie d'en avoir avec toi ?

— J'imagine. Nous étions ensemble depuis quelques mois – pas longtemps donc –, mais tout se passait bien. J'en avais l'impression. Cela aurait pu marcher.

— Désirais-tu un enfant, Jennifer ?

— J'en avais un. J'aurais aimé qu'il ait un frère ou une sœur. J'aurais aimé que Greg fasse partie de notre famille.

— Pour régulariser votre liaison ?

— Pour l'enraciner. Pour la consolider. Rien n'est parfait. La moindre relation est une affaire de compromis, on nous en rebat les oreilles. L'envie avait beau me tenailler quelquefois de tout déballer à Greg tant j'avais horreur de lui cacher quelque chose, c'était un compromis auquel j'étais obligée. Le reste n'en était pas moins vrai, concret, source de bonheur. Il fallait que je garde pour moi cette transgression – ce secret –, sinon l'amour me serait interdit. Pour Arthur, j'aurais été prête à tout avouer, sauf qu'il en aurait été malheureux. »

Stephanie hausse les sourcils.

« C'était la première fois de ma vie que j'étais amoureuse. Grâce à Greg, j'étais plus heureuse, plus tendre, plus gentille. Meilleure. Une meilleure mère, en tout cas.

— Comment Greg s'entendait avec ta mère ?

— Très bien. C'est un homme charmant et très poli. Elle semblait vraiment contente que j'aie rencontré quelqu'un. Au début, elle était mal à l'aise à cause d'Arthur – par jalousie sans doute –, elle savait cependant que c'était bon pour lui d'avoir un modèle masculin. Bien sûr, elle ne l'aurait pas formulé comme ça. Toujours est-il qu'ils s'efforçaient de s'entendre.

— Ta liaison avec Greg t'a-t-elle rapprochée de ta mère ? Il y avait moins de tension entre vous ? Elle était plus ouverte ?

— En fait je n'y accordais pas autant d'importance. Cette nouvelle relation m'absorbait tellement que j'avais mis en veilleuse mon désir d'en apprendre davantage sur David. J'avais compris que c'était compliqué pour elle d'aborder ce sujet, aussi était-il plus facile de ne pas la harceler. D'attendre qu'elle soit prête.

— Elle l'a été ?

— Pas vraiment. À présent, je me rends compte qu'elle espérait que je renoncerais. Pour toujours. Puisque j'avais un homme, mon départ de Nottingham devenait moins plausible, or c'était la seule chose qui comptait pour elle. L'arrivée de Greg avait diminué le pouvoir que j'avais de la blesser ; si je partais, elle ne serait plus le seul être que j'abandonnerais. Nous aurions évidemment pu déménager plus tard, mais ç'aurait été difficile. Greg a fait ses études à Nottingham, il y est resté parce qu'il aime cette ville, il n'a pas beaucoup de famille ailleurs, il a un travail intéressant, alors…

— Ta mère a repris la main ?

— Sur le moment, je ne l'ai pas compris, à présent je crois qu'elle le ressentait ainsi. En tout cas, sa conduite est allée dans ce sens. »

Une femme policier frappe à la porte et entre pour remettre une feuille de papier à Stephanie. Après l'avoir parcourue, celle-ci s'adresse à Jennifer :

« Greg n'arrive pas à accepter qu'Arthur n'est pas ton fils. Que tu as volé un enfant.

— Vous l'avez convoqué ? Il n'a rien à voir avec tout ça, j'espère que personne ne crie après lui.

— Personne ne le fera s'il collabore à l'enquête. Ah, tu recommences à pleurer.

— J'aurais préféré le lui dire moi-même. C'est… tellement brutal de l'apprendre de cette façon. Je peux le voir ?

— Ce n'est pas possible. Du moins jusqu'à ce que nous ayons terminé, répond Stephanie, qui ajoute plus gentiment : Il lui est aussi très difficile d'accepter que tu sois capable de faire du mal à Arthur, il affirme que tu es une mère merveilleuse, Jennifer, que tu adores ce petit garçon.

— Il sait que c'est la vérité.

— La meilleure façon de prouver cet amour, c'est de nous révéler où il se trouve. Il est temps, Jennifer. Dis-nous où il est et j'essaierai de t'obtenir une entrevue avec Greg. C'est le moment. »

La manipulation est trop évidente.

« Non, ça ne l'est pas, riposte Jennifer. Et ce dont vous parlez n'a aucun rapport avec l'amour. »

Avant

Jennifer s'habitua facilement au célibat, d'autant qu'elle n'avait jamais partagé l'existence d'un homme ; malgré les deux ou trois nuits hebdomadaires qu'elle avait passées avec Neil pendant trois ans, il n'avait pas fait partie intégrante de sa vie comme Arthur. Si un amant lui manquait de loin en loin quand elle se retrouvait seule dans son lit, elle n'était pas privée de contacts physiques grâce aux plaisirs sensuels plus simples de la maternité : câlins, baisers, courses, luttes, chatouilles, tapes. À force d'aller d'un lieu à un autre avec son petit garçon, elle faisait beaucoup plus d'exercice qu'auparavant, à en être recrue de fatigue. Hormis la vieille douleur que sa mère continuait à entretenir, elle n'avait jamais été aussi heureuse, aussi comblée.

Cette sensation de bonheur fécondait tout. Sa capacité à fonctionner simultanément sur deux niveaux, comme le jour où elle avait quitté son appartement, ne l'avait pas abandonnée. Même si c'était moins intense, elle avait conscience que ses pensées empruntaient des voies parallèles puis se rassemblaient pour atteindre leur objectif. Le matin de son entretien pour le remplacement d'un professeur de musique en congé de maternité, elle n'avait songé qu'à nourrir et habiller Arthur qu'elle avait déposé chez Doreen avant de s'y rendre. Or, en patientant devant le bureau, elle s'aperçut que non seulement elle avait choisi le pantalon et le chemisier idoines, mais qu'elle savait quelles questions poser à ceux qui l'interrogeraient. Elle qui avait gardé le même travail à Londres pendant dix ans pour éviter ce genre d'entretien, dont la perspective lui donnait des crampes d'estomac et la nausée ! De quel égocentrisme, voire de quelle complaisance, avait-elle fait preuve avant l'arrivée d'Arthur dans sa vie, c'était consternant !

Sans compter cette nouvelle assurance. Après le rendez-vous, elle rentra chez elle pour enfiler un jean et emmena Arthur chez Kathy, pour qu'il s'amuse avec les jumeaux. Son portable sonna. La visite de la matinée lui était sortie de l'esprit ; elle eut l'agréable surprise d'apprendre qu'on la prenait pour le poste.

« C'est génial, félicitations ! s'exclama Kathy, non sans une pointe d'envie. À ta première tentative en plus. Tu n'es pas contente ?

— Bien sûr que si.

— Tu n'as pas froid aux yeux, hein ? À ta place, je sauterais de joie. Je parie que tu fais partie de ces gens qui décrochent facilement un boulot tandis que, moi, je rate tous mes entretiens.

— Moi aussi d'habitude. Enfin, ce n'est pas un exploit : j'ai l'expérience requise et ce n'est qu'un travail temporaire. »

En réalité, son succès et l'admiration de Kathy lui faisaient plus plaisir qu'elle ne voulait l'exprimer.

À peine eut-elle franchi les lourdes portes vitrées de sa première école qu'elle retrouva les odeurs désagréables et familières : reliefs de milliers de repas réchauffés, équipements de gymnastique, colle blanche caoutchouteuse, encaustique bon marché. Le brouhaha des élèves traversait les murs. La chaleur était suffocante. Une femme souriante en pantalon flottant s'approcha d'elle.

« Mademoiselle Kendall ? Je me présente, Anna, la coordinatrice de l'enseignement musical. Je suis enchantée de vous rencontrer, et les enfants ont hâte de vous montrer ce dont ils sont capables. Nous avons juste le temps de boire rapidement un café avant le début des cours, après quoi je vous emmènerai dans la salle de musique. C'est à droite. »

La différence provenait-elle du fait qu'elle ne se trouvait pas à Londres ? Non, l'école, située dans un quartier populaire de la ville, avait sûrement son lot de problèmes. Il y avait autre chose. Bien qu'elle n'ait qu'un contrat à durée déterminée, les professeurs de musique du siège où elle s'était rendue pour son incorporation, la semaine précédente, lui avaient réservé un accueil chaleureux. On la regardait autrement, comme si elle rayonnait d'un nouvel éclat ou de cette assurance que Kathy avait perçue.

Au cours des six leçons consécutives de vingt minutes qu'elle donna dans cette école, chaque duo ou trio d'élèves la salua au début et la remercia à la fin. Une minuscule violoncelliste écrasée par l'instrument, pourtant d'une taille réduite, qu'elle étreignait fit glisser son archet miniature sur les cordes avec tant de fierté et de tendresse que Jennifer faillit fondre en larmes.

La musique avait beau être tout aussi exécrable – les mêmes gémissements, les mêmes crissements –, elle était moins irritante. Il lui fut plus facile d'aider à repositionner un archet ou à déplacer un doigt sur une corde, une amélioration lui valant parfois le sourire ou le hochement de tête d'un enfant qui comprenait. Ce n'était pas tant une question de plus grande tolérance, simplement elle n'y attachait plus d'importance. Qu'elle réussisse ou pas à faire un musicien, ne serait-ce que d'un de ces enfants, qu'ils tapent ou non du pied quand elle leur montrait comment jouer, Arthur lui appartiendrait. Elle irait chez Doreen où le petit garçon se jetterait dans ses jambes en criant : « Maman ! » avec une joie sincère ou, parfois, la hélerait, très excité, de la cuisine : « Regarde za, z'est Atu qui l'a fait ! » Et elle se précipiterait pour le découvrir en train de glacer des petits gâteaux confectionnés avec sa grand-mère ou de tracer une ligne tremblante de « x » au coin d'un dessin fait à la garderie. Comme Doreen l'y emmenait désormais certains mercredis matin, la mère et la fille pouvaient discuter de Kathy, de Miriam et d'autres femmes. De quoi les rapprocher. Pour un temps.

Si elle avait été moins détendue, elle n'aurait pas pris la proposition de Gregory en considération. Lorsqu'un inconnu l'appela à son travail et lui annonça qu'il s'apprêtait à lui demander un grand service, sa curiosité l'emporta sur sa timidité. Et elle l'écouta. Elle savait déjà que la femme qu'elle remplaçait avait accouché six semaines plus tôt que prévu, aussi ne comprit-elle pas pourquoi l'homme lui en parlait, jusqu'à ce qu'il prenne une profonde inspiration et enchaîne :

« ... bref, on nous a engagés pour deux concerts la semaine prochaine et ça nous ennuierait de faire faux bond, mais nous avons prévenu ceux qui nous dépannent d'habitude tellement tard qu'aucun n'est libre... ce serait formidable si vous l'étiez.

— Jouer dans un *concert* ? lança Jennifer, dont l'anxiété revenait au galop.

— Pas exactement, c'est une soirée d'entreprise. On se contente de jouer de la musique de chambre pendant qu'ils boivent du champagne. C'est payé, bien entendu. »

Elle avait beau secouer la tête, elle s'entendit répondre :

« D'accord, pourquoi pas ? Je vais essayer. »

Et elle ne se ravisa pas lorsque l'homme reconnut que le court délai signifiait le lendemain.

Jennifer rencontra les membres du quatuor le soir, pendant que Doreen couchait Arthur à la maison. Leur répertoire de musique classique légère lui était familier. Après tant d'années passées à écouter son violoncelle solitaire, elle fut ravie de jouer avec d'autres musiciens ; elle avait oublié à quel point c'était agréable d'appartenir à un groupe.

Gregory vint la chercher et la ramena. Sur le chemin du retour, il lui exprima sa reconnaissance, la remerciant mille fois de lui avoir sauvé la mise. Il avait la décontraction, l'amplitude et la lenteur de gestes d'un homme de grande taille qui n'avait pas besoin de se dépêcher. Sa dominante était une musique grave de cordes, non parce qu'il jouait de la contrebasse, mais parce que les notes qui parvenaient à

Jennifer étaient profondes, empreintes de confiance, parfois tristes, jamais dures. Elle pouvait s'y fier. De la part d'un autre, les innombrables questions qu'il lui posa auraient été indiscrètes, de la sienne c'était une marque d'intérêt.

Au cours des quinze minutes de trajet, Jennifer lui raconta sa vie sans en avoir eu l'intention, sans broder de la même manière que pour Doreen sur la naissance d'Arthur et leurs premiers dix-huit mois ensemble. Plus tard, après avoir accepté de continuer à jouer avec le quatuor et quatre trajets supplémentaires en compagnie de Greg, elle comprit sa réticence : elle refusait de mentir à un homme dont elle commençait à tomber amoureuse d'autant que, aussi extraordinaire que cela puisse paraître, c'était réciproque. À la fin d'une réception de mariage où ils avaient joué les variations sur des arrangements musicaux du groupe suédois Abba – une expérience surréaliste qui avait procuré un plaisir inquiétant à Jennifer –, il lui demanda s'il pouvait les accompagner, Arthur et elle, au jardin public, le lendemain.

Les conséquences d'une présentation de Greg à l'enfant lui effleurèrent à peine l'esprit. Quelque chose était peut-être en train de naître entre Gregory et elle, mais ce n'était pas une raison pour tirer des plans sur la comète. Emmener Arthur jouer au foot sur une pelouse avec un homme très gentil n'était ni significatif ni important. Elle passa l'après-midi à les regarder courir dans le froid jusqu'à ce qu'ils aient tellement chaud qu'Arthur dut enlever son bonnet et ses gants. À côté de cet homme si grand, l'enfant paraissait plus petit, plus vulnérable, et l'inimaginable semblait de l'ordre du possible.

Gregory les raccompagna pour prendre le thé et jouer aux petites voitures avec Arthur jusqu'à l'heure du bain. Après avoir protesté, le petit garçon fut amusé par la poignée de main solennelle de l'adulte qui déclara : « J'espère te revoir bientôt, jeune homme. » Jennifer reconduisit Greg à la porte, devant laquelle il s'arrêta pour lui dire au revoir. Comme l'un et l'autre se penchaient pour se faire une bise sur la joue, il s'empressa de l'enlacer et de l'embrasser sur la bouche. Jennifer entendit Arthur émettre des bruits de moteur dans la pièce derrière eux. Elle frissonna tandis qu'un vent glacial s'engouffrait dans le vestibule. Elle se serra contre Gregory pour l'embrasser à son tour.

« Je ne vais pas m'excuser d'avoir pris des libertés, lui dit-il.

— Bien. »

Il lui étreignit la main.

« Rentre te mettre au chaud. Je t'appellerai.

— La prochaine fois, reste dîner. Je ferai la cuisine. »

Pendant son bain, Arthur eut le droit de tirer à volonté sur des requins en plastique avec un pistolet à eau, à grand renfort d'éclaboussures. Sa maman fredonna tout du long, continua en le mettant au lit et chanta même l'histoire avant qu'il ne s'endorme.

*

Le pire, c'est le samedi soir. Dans la semaine, Mark s'occupe : il joue au billard, va à la salle de gym, voire à la bibliothèque. Il s'exerce à lire et à écrire. S'il décrochait son brevet des collèges, il n'aurait pas perdu son temps. Le samedi, en revanche, il n'arrive pas à se calmer. Le samedi, il se rappelle les nuits avec Samantha, ce qui le fait penser au bébé. Aussitôt le manque, la douleur insupportable l'envahit, il a l'impression que son corps veut se rouler en boule, se pelotonner contre l'enfant, protéger ce petit paquet, couvrir de baisers sa tête chaude et soyeuse. Sans parler de son odeur quand il se réveillait en vagissant et que Mark le sortait de son berceau pour qu'ils se regardent. Le père et le fils, les yeux dans les yeux comme si ceux-ci étaient des puits sans fond. Il ne tenait pas longtemps à cause de son désir de serrer le bébé assez fort pour qu'il n'ait pas froid, pas trop pour éviter de l'effrayer. « Il faut être tendre avec un bébé, lui répétait sa mère. Ils ont beau être costauds par certains côtés, ils ont tôt fait de se casser. Être fort avec un bébé, c'est être tendre. N'oublie pas, mon grand. » Il comprenait ce qu'elle voulait dire. Les premiers mois avec le nourrisson – même avant, quand ils préparaient sa venue pendant la grossesse de Samantha –, il réfléchissait beaucoup à ce qu'être fort signifiait : se maîtriser quand le patron vous gueule dessus ; sourire quand on a envie de hurler. Putain, c'était de l'haltérophilie au bout du compte !

En prison, il n'avait rien à tenir dans ses bras. Il se ratatinait comme une feuille d'automne sur le sol. Et quels que fussent les nouveaux sens qu'il ait trouvés pour « fort », il n'était pas question de pleurer, même si ce n'était pas l'envie qui lui manquait. À peine arrivé dans la cellule, le nouveau avait fondu en larmes ; Mark lui avait fichu la paix, contrairement à ses codétenus qui lui en avaient fait voir de toutes les couleurs. Si certains estimaient que c'était un service à lui rendre de l'endurcir pour la vie en taule, d'autres lui étaient rentrés dans le lard par simple cruauté ou par honte de ressentir la même chose que lui ou parce qu'ils l'enviaient de se laisser aller, de se soulager en pleurant quelques secondes. Un droit que Mark ne s'accordait pas. Il devait rester fort pour son fils, donc se comporter comme au travail : courber l'échine, être exemplaire, ne pas réagir aux agressions. Et garder la forme, ouais, exercer ses muscles. Attention, ne pas s'en servir sauf pour refouler ses larmes comme en ce moment parce qu'il pense au bébé, à son absence.

Le plus marrant dans tout ça – enfin, c'était tordu, n'empêche –, c'était que toutes les leçons qu'il avait apprises pour le bien du bébé, tous ses efforts pour s'adapter à la vie de famille, s'acheter une conduite, éviter les problèmes, l'avaient mené ici. Lorsque Mamfa lui avait annoncé sa grossesse, il avait promis à sa mère de ne plus jamais avoir d'ennuis. Il avait été deux fois dans un centre de détention pour mineurs. Rien de grave : vol de voitures, ivresse et troubles à l'ordre public, coups et blessures dans une bagarre dont il ne se souvenait pas. Outrage à agent de police. Pas de voies de fait. Pas de drogues. « C'est pas un mauvais gars », avait dit sa mère, la dernière fois que les policiers étaient venus l'embarquer. Il avait seize ans, une oreille à moitié arrachée, le visage en sang, l'air d'un sale merdeux, et elle le défendait. « Bien sûr, m'dame, ils le sont jamais », avait répondu le plus vieux policier. Une bouffée de colère avait saisi Mark parce que sa mère prenait bêtement sa défense. Il avait une gueule de voyou. Ce qu'il était. Et elle continuait à le considérer comme son petit chéri, quoi qu'il fasse. Ça voulait dire quoi ?

La peur sur le visage de sa mère lorsqu'il lui avait parlé du bébé. Une peur intense, désespérée, tant l'idée du père qu'il serait la terrorisait. Il avait réussi à l'épouvanter. Là aussi, il avait eu envie de pleurer. Il s'était approché d'elle et l'avait enlacée – non pour la faire tournoyer dans la cuisine comme lorsqu'il voulait lui extorquer du fric ou lui demander de repasser une chemise, mais en la serrant contre lui comme un homme qui console une femme. Il lui avait fait sa promesse. Elle avait éclaté en sanglots puis souri et, s'essuyant les yeux, elle lui avait dit qu'il y arriverait, qu'elle avait confiance en lui, qu'elle était contente. Après, elle avait pris Mamfa dans ses bras : « Maintenant, t'es ma fille, Samantha, tu comprends ? On est une famille, tout va bien se passer. Un bébé ! C'est la meilleure nouvelle du monde. »

Mamfa n'avait pas de mère, on l'avait placée dès son plus jeune âge. Ç'avait merdé dans deux familles. Dans la première, le père l'avait tripotée et elle avait vendu la mèche ; dans la seconde, la mère, qui la trouvait stupide à cause de sa manière de parler, avait refusé de la garder. Elle avait onze ans. Comme personne n'acceptait d'adolescents, elle avait été coincée à l'orphelinat ; ça se voyait vraiment pas quand il l'avait rencontrée. Elle prenait soin de son uniforme qui était impeccable, elle avait des tas de copains, elle était marrante. Il l'avait déjà vue, mais ils avaient fait connaissance un jour où ils fumaient une clope derrière l'abri à vélos. Quand elle avait levé les yeux vers lui, avec une sorte de provocation, son demi-sourire aux lèvres, il avait su qu'il la voulait. À presque seize ans, elle allait passer son brevet des collèges ; il avait un an de plus et s'y représentait pour plaire à sa mère. Mamfa se préparait à faire des études d'esthéticienne, lui à rien du tout, mais il avait décidé de se secouer au moment où elle était tombée enceinte, cet été-là.

Il n'avait pas compris à quel point ça l'avait chamboulée. Ni pourquoi elle n'avait pas repoussé ses études d'un an au lieu de les laisser tomber – elle avait les notes qu'il fallait et maman pouvait donner un coup de main pour le mioche. Sûr que ce serait pas facile, mais si c'était ce qu'elle voulait… Sauf qu'elle s'était mise à traînasser, à être paresseuse, à se plaindre de sa mère. D'accord, ce n'est pas la même chose que d'avoir la sienne, n'empêche qu'elle aurait pu être contente qu'une femme la traite comme sa fille. Et sa mère était pas parfaite, vrai de vrai, mais elle était gentille avec Mamf. Elle la laissait se reposer quand elle était devenue énorme, elle lui préparait ses plats préférés.

« Tu vas pas me demander de m'en débarrasser ? » avait lancé Mamf après lui avoir annoncé la nouvelle. Il était resté planté là sans moufter avant de la serrer dans ses bras. Il avait pris son visage – son joli petit visage – entre ses mains et l'avait regardée dans les yeux.

« Tu blagues, chérie, hein ? Bien sûr que non. Je t'aime, Mamfa, tu sais ça. Je vais m'occuper de toi, de vous deux. Ma nana préférée. »

C'est fou ce qu'elle avait eu l'air contente ! Comme si elle l'aimait autant qu'il l'aimait, comme s'il avait dit ce qu'elle attendait qu'il dise. Peut-être pas. Peut-être qu'elle ne voulait pas garder le bébé.

Sa mère lui avait raconté comment ça s'était passé. Le salaud avait déboulé chez eux et avait embarqué Mamfa. C'était pas difficile de deviner pourquoi il avait pris le bébé : si elle n'était pas une mère célibataire, il n'aurait aucune chance de lui dégoter un logement. À cette pensée, Mark se contracte à nouveau, sent le rouge lui monter aux joues, a envie de se gratter à s'en arracher la peau. Il sait à qui il veut faire la peau, c'est à cette sous-merde qui lui a piqué sa nana et son gosse.

Il avait forcé la porte, fait le tour de l'appartement, criant à tue-tête, tapant du poing sur les murs, se précipitant dans leur chambre où il avait tout mis sens dessus dessous comme s'il avait pu y trouver le bébé, sous un tas de vêtements. Il avait découvert le pyjama de la veille, y avait enfoui son visage pour humer la suave odeur de lait de son fils. À ce moment-là, il n'avait pas ravalé ses sanglots, et sa mère non plus quand elle l'avait vu à genoux au pied du berceau, défiguré par la fureur et le chagrin. Elle avait pleuré tout l'après-midi. À part ses larmes, il avait reconnu son expression. La peur. Alors il lui avait rappelé sa promesse, lui jurant de la tenir.

« Même si j'ai envie de le tuer, j'le ferai pas. M'man, écoute-moi, je vais pas le pourchasser, pas comme ça, mais il me piquera pas mon fils.

— Ils ne peuvent pas te l'enlever, ils doivent au moins te laisser le voir.

— Le voir ? Pas question. Je vais le récupérer.

— Marco, mon grand, c'est pas si facile… »

Elle ne l'appelait presque plus jamais ainsi. À l'âge de dix ans, le jour où son père, qui lui donnait le même diminutif, était parti de la maison, il avait exigé que ce soit Mark.

« La mère a toujours plus de droits, précisa-t-elle. Vous êtes même pas mariés.

— Elle est incapable de s'en occuper toute seule. Où elle va trouver du fric, hein ? Pourquoi un mec qu'elle connaît depuis moins d'un mois fait ça ? Il la mettra sur le trottoir. »

Sa mère avait porté la main à sa bouche.

« Ou quelque chose comme ça. C'est sûrement un dealer, il se servira d'elle d'une façon ou d'une autre.

— Oh, mon Dieu ! Le pauvre petit garçon, mon pauvre bébé.

— Il sera donc mieux ici. Elle ne l'entraînera pas avec elle. »

Au début, ce que Samantha avait fait l'avait rendu fou de rage, mais, au fil des jours et des semaines sans elle, il avait fini par admettre qu'il avait fait bien peu attention à elle. Le boulot, des heures à n'en plus finir, et tout son temps libre, il l'avait consacré au bébé. Il en avait presque oublié Mamfa. Il l'aimait toujours, c'est sûr, mais il ne le lui montrait pas assez. Elle n'était pas vraiment heureuse depuis la naissance : tout la perturbait ou l'irritait. Dépression postnatale, avait expliqué une infirmière. Il avait mis ça sur le compte des hormones et était persuadé que ça passerait. Mamfa voulait qu'ils aient leur logement. « Attendons un peu, on a pas envie de finir dans une cité merdique, et c'est assez grand ici pour nous tous, hein ? » Elle détestait qu'il parle de son boulot. De quoi d'autre pouvait-il parler ? À part bosser, il ne faisait presque rien.

L'engagement qu'il avait pris de s'occuper d'elle, ouais, il lui avait apporté un toit, le vivre et le couvert. Rien d'autre. Il ne la regardait plus dans les yeux et ne la dévorait plus de baisers. Il avait plutôt été le genre à gueuler, à la houspiller pour qu'elle remonte la pente. Il avait oublié d'être tendre.

Mamfa était devenue une adulte. Enfin, presque. Le bébé avait deux mois quand elle avait eu dix-sept ans, peu de temps après qu'il en avait eu dix-huit. Elle devait se prendre en main. Leur môme, lui, était innocent, il méritait mieux. Il méritait un père.

Il l'avait retrouvée deux fois. Il avait traîné du côté de la cité, passant des heures à regarder les gens entrer et sortir, à brandir les photos et à demander si quelqu'un avait vu cette fille, ce bébé. Personne ne reconnaîtrait celui-ci évidemment, il devait changer à toute vitesse, Mamf peut-être pas. La première fois, c'était un de ses potes qui l'avait aperçue près du magasin de vins et spiritueux, à seulement deux kilomètres de chez sa mère. « Comment qu'elle va ? — Elle est pas en forme, vieux. » Le bébé n'était pas avec elle. Il suivit donc l'indication, elle n'était pas loin ; il la repéra au troisième endroit où il jeta un œil. Elle entrait dans la cage d'escalier. « Mamfa ! » cria-t-il. Elle courut. Il se précipita derrière elle, grimpant quatre étages de marches en ciment. Il l'aurait rattrapée s'il avait, comme elle, enjambé un vieux à mi-chemin, mais il s'arrêta pour lui demander si ça allait, vérifier qu'il était bourré, pas mort, et arriva à l'appartement au moment où la porte claquait. « Mamfa !

beugla-t-il en tambourinant. Laisse-moi juste le voir. Je veux juste parler. Voir si tu vas bien. Mamfa, c'est mon fils, mon petit garçon, tu peux pas me l'enlever. » Aucune réponse ne vint de l'appartement. D'autres portes s'ouvrirent.

« Fiche-lui la paix, le somma une femme. À quoi ça sert de faire ce boucan et de leur flanquer la trouille, à elle et à son bébé ?

— Je suis son père, putain, je suis son père, tu piges, brailla Mark. Elle a pas le droit de me l'enlever.

— La police arrive, ajouta une autre voisine, d'un étage supérieur.

— Très bien, je l'attends. »

Ce fut le premier avertissement. Les policiers le mirent en rage. Mamfa aussi. Il l'entendit leur parler sans hausser le ton depuis l'appartement, sortant un tissu de mensonges évidemment. Le bébé commença à pleurer, il faillit l'imiter.

« Je peux le voir ? demanda Mark à l'un des policiers. Rien qu'une minute. J'le toucherai pas.

— C'est une mauvaise idée, monsieur. Vous avez déjà causé assez d'ennuis comme ça, pourquoi ne pas rentrer vous calmer chez vous ? Ça ne fait de bien à personne. Surtout pas au bébé. »

Il fut surpris de s'apercevoir qu'il avait laissé ses mains le long de son corps.

La deuxième fois, il réussit à tirer les vers du nez à une imbécile des services du logement, en se faisant passer pour un travailleur social qui avait perdu l'adresse de Mamfa. Il n'en revenait pas de son culot. Il aperçut son fils sur l'épaule de Mamfa, qu'il appela par son prénom, très doucement, pour ne pas l'effrayer, alors elle se retourna. Elle lui aurait parlé, il en était sûr, si la sous-merde et quelques membres de sa bande ne s'étaient interposés. À cette occasion, ses bras ne restèrent pas immobiles ; ils s'envolèrent si bien qu'on les vit à peine et il parvint à flanquer un bon coup de poing dans la gueule du salopard, et deux ou trois à ses potes. À l'arrivée de la police, il n'avait rien, en revanche trois mecs de la bande saignaient.

« Ce sont des dealers, bordel ! gueula-t-il. Pourquoi vous m'embarquez, ce conard a ma copine et mon bébé, c'est un putain de dealer. Pourquoi vous le coffrez pas ? »

On poussa brutalement Mark dans la voiture sous le regard de l'enfoiré qui souriait. Du sang coulait de son nez dans sa bouche, il tira la langue pour le lécher comme si c'était du miel, puis fit un clin d'œil à Mark.

« Merci, vieux, dit l'enfoiré au policier qui prenait toujours leurs dépositions. Sais pas comment on s'en serait sortis si vous aviez pas déboulé, y devenait dingue. »

Le deuxième avertissement le poussa à chercher une nouvelle façon d'agir. Il se rendit au centre d'information sur les droits des citoyens. Il prit un avocat. Il remplit des tas de formulaires. Il fit des photocopies de l'extrait de naissance de son fils et de la facture du portable de Mamfa où figurait l'adresse de sa mère. Il prit les photos. Tout ce qui prouvait sa paternité, la vie de couple que Samantha et lui avaient menée, le fait qu'il avait subvenu aux besoins de sa famille et qu'il avait des droits.

Tout lui parut trop petit dans le cabinet de l'avocate. Il avait imaginé des boiseries sombres, des bibliothèques, non pas cette pièce blanche, ce bureau bon marché, ces stores, ce siège en plastique fatigué sur lequel il se trémoussait.

« Cela va prendre du temps, le prévint l'avocate. Surtout si la mère est injoignable.

— Ça, j'ai pigé. »

Mark ouvrait et serrait ses poings, posés sur ses genoux.

« Pardon. Les avertissements vont compliquer les choses. Si elle veut vous faire passer pour une tête brûlée, vous lui avez fourni tout ce qu'il faut.

— C'est sa faute, elle a pris mon bébé. Je ne le vois plus depuis presque six mois.

— Je comprends, mais vous devez avoir une vision objective de la situation. En outre, vous devez dorénavant avoir une conduite exemplaire. Harcèlement, cris, bagarres, c'est terminé, est-ce clair ?

— Comme de l'eau de roche.

— Bien. Nous allons commencer par une lettre pour demander un rendez-vous afin de discuter d'un droit de visite.

— Elle sera pas d'accord. Sinon, elle m'aurait déjà laissé le voir.

— Probablement. Nous sommes cependant tenus de suivre la procédure. La loi existe pour une bonne raison, même si elle peut être frustrante. C'est parfois extrêmement pénible. »

Ôtant ses lunettes, la jeune femme le regarda. Âgée d'une trentaine d'années, elle était sacrément élégante, très jolie, surtout sans ses binocles.

« Mark, êtes-vous sûr de vouloir continuer ? enchaîna-t-elle. Vous êtes très jeune. Samantha a apparemment choisi une nouvelle vie. Sans vous. Personne ne vous condamnerait si vous l'abandonniez. Vous rencontrerez quelqu'un d'autre, vous fonderez une autre famille…

— Vous avez des gosses ?

— Moi ? Cela n'a aucun rapport… non, je n'en ai pas.

— C'est bien ce que je pensais. Je voudrais un autre avocat. »

La lutte à coups de poing ou de mot, sans jamais renoncer. Les six premiers mois s'étaient passés à ça. Et à se demander où en était le bébé. Est-ce qu'il se redressait ? Avant que Samantha l'emmène, il essayait, il y arrivait presque, puis il retombait de côté sur le coussin avec une expression étonnée qui les faisait rire. Il mangeait quoi ? Dans le livre que Mark lisait tous les soirs, on indiquait qu'il se mettrait sans doute à ramper d'ici peu. Et même à dire quelques mots.

Il s'était moqué de Mamf qui, pendant sa grossesse, se plongeait dans ce bouquin tous les jours :

« Rien n'aura changé en un jour. Tu lis sûrement tout le temps la même chose.

— Ça me botte de savoir quelle taille il a maintenant, comment il grandit et quand je dois m'attendre à ce qu'il me donne des coups de pied. Te fiche pas de moi.

— Désolé, Mamf, je te taquinais. C'est juste que je t'ai jamais vue lire en dehors de l'école. Ouille ! »

Elle lui avait balancé le bouquin, lui ordonnant d'aller emmerder quelqu'un d'autre.

À présent, Mark était un spécialiste de la partie « De six mois à un an ». Taille, poids, développement, progrès à attendre, il connaissait tout.

Est-ce qu'il dirait papa ? Rien que d'y penser, c'était une joie et une souffrance.

Le jour du premier anniversaire du bébé, sa mère fit un petit gâteau, où elle ficha une bougie, écrivit une carte et emballa un cadeau. « Je vais les ranger dans un tiroir, pour les lui donner un jour. On doit pas perdre espoir, mon grand. Jamais. »

Six mois plus tard, ce fut l'anniversaire du jour où Mamf avait emmené son petit garçon, qui avait à peine plus de six mois. Il avait donc un an et demi, à présent. Il devait marcher, parler un peu, tenir un crayon pour dessiner, s'exercer à sauter – pas encore à cloche-pied – et manger de la nourriture solide.

La lecture et l'attente devinrent insupportables. Ça dura neuf mois encore. Samantha ne répondit à aucune lettre. Il découvrit que ses avocats les avaient envoyées à son ancienne adresse, le deuxième appartement, et avaient dû demander la nouvelle aux services du logement, ce qui leur avait fait perdre pratiquement trois mois. Cette fois, Mark ne savait pas où elle habitait. Il était persuadé qu'on l'avait installée dans un autre quartier de Londres, pour l'éloigner de lui. C'était par conséquent inutile de battre le pavé à sa recherche, ce qu'il faisait malgré tout.

Le nouvel avocat avait beau être un homme plus âgé, l'ameublement de son cabinet avait beau être plus impressionnant, il n'était pas meilleur que la jeune femme qui avait conseillé à Mark de laisser tomber. S'il ne remit pas en question son désir de retrouver son fils, il ne l'encouragea pas. Mark avait le sentiment qu'on le prenait pour un taré. Aussi ne fut-il pas vraiment étonné le jour où le type lui sortit : « Le problème, Mark, c'est que vous en parlez d'une manière obsessionnelle. Où sont les preuves de l'enlèvement de votre petite amie par une crapule ? C'est triste, et j'ai de la peine pour vous, vraiment, mais elle semble être partie de son plein gré et ne pas vouloir que vous reveniez dans sa vie. Vos accusations n'arrangent pas vos affaires. »

Mark posa les mains à plat sur ses cuisses et inspira avant de répondre :

« Je n'essaie pas d'entrer dans sa vie. Et tout ce que je vous dis est vrai, même si je n'ai pas des tas de paperasses pour le prouver. Le seul qui compte pour moi, c'est mon fils. Je veux m'assurer qu'il est en bonne santé, qu'il est heureux, qu'on s'occupe de lui. Je comprends le petit jeu que je dois jouer pour le droit de visite, et je le ferai. Bon, vous m'avez demandé d'être honnête avec vous, alors – honnêtement – je veux récupérer mon fils. Je veux qu'il vive avec moi, prendre soin de lui, l'élever.

— Bref, sa garde ?

— Je suis plus capable de m'en occuper qu'elle. La vie qu'elle lui fait mener n'est pas bonne pour lui, j'en suis sûr.

— Vous en avez l'impression.

— J'en suis sûr ! »

Se rendant compte qu'il élevait la voix, Mark tenta de se maîtriser, mais l'homme, un petit sourire patient aux lèvres, le provoqua :

« Voilà, vous recommencez. En termes juridiques vous ne savez rien. Vous avez des suspicions, pas de preuves.

— Je sais que je veux mon fils ! cria-t-il. Les termes juridiques, les preuves, tout ce bordel, j'en ai rien à foutre.

— Je crains de devoir vous prier de partir, déclara l'homme en se levant, ceci ne nous mène à rien et… »

Mark se mit aussi debout.

« Je vais vous dire la faute à qui, à vous. Vous vous trompez d'adresse, vous merdez, vous me traitez comme un débile mental. J'suis ni un putain de neurochirurgien ni le conard que vous imaginez, alors pourquoi ne pas chercher une solution ? Pourquoi vous ne vous bougez pas le cul pour faire votre boulot ? Pourquoi vous ne me ramenez pas mon fils ? »

L'avocat ne l'écoutant manifestement pas, Mark souleva le bureau sans avoir l'intention de le balancer sur lui. Si l'imbécile n'avait pas essayé de se diriger vers la porte, il n'aurait pas heurté sa jambe. S'il n'avait pas braillé comme une gonzesse, tournant la tête dans tous les sens comme si Mark, qui s'était approché pour dégager sa cheville cassée de sous un meuble, allait le tabasser, il ne se serait pas entaillé la figure sur le coin en cuivre.

Mark était dans de sales draps. Vu la fracture et les blessures au visage, ça ressemblait à des coups volontaires, et le mec avait peut-être cru qu'il voulait lui faire du mal. Après deux avertissements et tous les antécédents, personne ne crut à l'accident. Il n'y avait aucun moyen d'échapper à la prison.

Mark écopa de douze mois, sans compter tous ceux qui avaient précédé le procès.

Pour les deux ans de son fils, il n'y eut pas de gâteau et penser à sa mère rangeant le cadeau dans le tiroir lui fit comprendre pourquoi des gens se flinguaient. À sa sortie, le petit aurait trois ans. Il ne connaîtrait pas son papa. Il ne saurait même pas qui c'était. À moins qu'il ne croie que c'était ce salopard ?

Mark aurait pu le choper. Il avait les contacts et il aurait pu le buter ou le faire buter. S'il avait été seul, il ne s'en serait pas privé et s'en serait foutu que ça signe sa perte, mais des gens comptaient pour lui. C'était ce dont sa mère avait peur, ce dont il rêvait, il faisait un effort, un énorme effort pour s'interdire d'en rêver et pour penser à autre chose. À ce qui lui faisait du bien, même si ça lui semblait très loin. Et puis il notait tout ce dont il se souvenait, les dates et les faits. Pour ne pas oublier. Pour retrouver son garçon dès sa libération.

Est-ce que son fils était toujours en vie ? Il ne le savait même pas.

Ne pas se flinguer. Ne jamais perdre espoir. Faire plein de choses par amour. Voilà ce que ça signifiait, être fort.

*

Une fois Arthur endormi, Jennifer prit un long bain puis descendit s'allonger sur le canapé et s'offrir le plaisir d'un disque d'Elgar en buvant un verre de vin. Rejouer sérieusement du violoncelle – même un répertoire de musique classique légère et d'arrangements de musique pop – lui avait donné le courage d'écouter les solos qu'elle avait si longtemps évités. Loin de la confronter à son échec, la musique dansait devant elle, l'invitant à la suivre. Elle qui pleurait aux acmés dramatiques en *mi* mineur comme s'il s'agissait de ruptures de promesses avait désormais l'impression qu'elles la prenaient par la main à la manière d'un amant, tandis que la perspective du bonheur accélérait les battements de son cœur.

En même temps, elle feuilletait des livres de cuisine et dressait une liste d'ingrédients à acheter pour une recette, en barrant certains si elle tombait sur une autre plus alléchante. Gregory avait-il parlé de ses plats préférés ? Elle l'avait vu avaler tout ce qu'on offrait aux membres de l'orchestre – plateaux de canapés ou assiettes composées par des hôtes attentifs avec ce qui était disposé sur le buffet, voire repas chauds après qu'ils avaient joué. Elle en conclut qu'elle avait le choix : il n'était ni végétarien, ni végétalien, ni adepte de la macrobiotique.

La journée avait été tissée de premières fois. La première rencontre d'Arthur avec Greg. Leur premier baiser. Sa prémonition d'avoir peut-être trouvé non pas un futur amant ou petit ami mais une âme sœur, l'expression s'imposa et lui arracha un sourire. Enfin, elle se réjouissait de projeter un repas romantique autant pour ce que la soirée lui réserverait que pour la nourriture. Salivant à la description des recettes, elle prit des décisions en fonction de ses capacités. Greg, la nourriture, la cuisine lui donnèrent le sentiment d'être tellement normale que ce moment devint unique.

Elle était une mère célibataire qui avait fait la connaissance d'un homme charmant. Ils étaient attirés l'un par l'autre. Ils avaient beaucoup de centres d'intérêt communs. Il s'était tout de suite entendu avec son petit garçon. Quelle femme refuserait l'amour et le bonheur ? Quelle femme n'aurait pas envie de procurer un père à son fils ?

Fraises, écrivit-elle au bas de sa liste. *Figues fraîches.* Elle murmura les mots comme autant de déclarations d'amour. *Marsala. Mascarpone. Prosecco. Cantuccini…*

« Gregory n'a jamais eu le moindre doute ? Il n'a pas posé une seule question à laquelle tu n'aurais pas été capable de répondre ou à laquelle tu aurais mal répondu ?

— Le père d'Arthur était le principal problème, et je lui en avais déjà parlé.

— Pas vraiment.

— Je veux dire qu'il n'y avait rien à ajouter. Pour moi, il y avait plus de chances que Kathy commence à s'interroger.

— Ah bon ?

— Nous passions beaucoup de temps ensemble : ses jumeaux avaient le même âge qu'Arthur, celui que je lui donnais. Et j'avais beau ne plus craindre autant d'être découverte par les vraies mères que je dotais d'une sorte de pouvoir mystique, elle est très perspicace. Elle est sensible aux états d'âme, vous savez, à ce que les gens éprouvent vraiment.

— Comment t'en rendais-tu compte, si tu n'as pas cette sensibilité ?

— Elle me comprenait et je remarquais qu'elle percevait aussi ce que ressentaient les autres. Par exemple, si je trouvais qu'une des mères avait l'air fatiguée,

Kathy la prenait à part et découvrait, très subtilement, qu'elle avait reçu des résultats de scanner inquiétants ou que son père avait un cancer ou autre chose. Dès que c'était davantage que de la fatigue, elle le devinait toujours.

— Tu crois qu'elle te soupçonnait ?

— Non. En revanche, je suis sûre qu'elle sentait que je ne lui disais pas tout. Le plus amusant, c'est que j'ai dû raconter les fables sur mes premiers dix-huit mois avec Arthur à de plus en plus de gens. Moi qui ne me confiais à personne dans mon enfance tellement j'avais l'habitude de dissimuler ce qui se passait à la maison. À force, quand j'ai quitté l'école, j'avais perdu la faculté de parler de sujets personnels. Vous savez, je n'avais révélé le divorce de mes parents à personne.

— Tes professeurs étaient au courant ?

— Une fois qu'il a été parti, papa n'a plus eu aucune relation avec l'école et maman n'a même plus assisté aux réunions de parents. Je pensais que l'un ou l'autre écrirait une lettre ou quelque chose comme ça. Je me souviens que, la semaine après son départ, mon professeur principal m'a rappelé de faire signer mes devoirs par mon père ou ma mère, c'est là que j'ai compris qu'elle ignorait tout. J'aurais dû le lui dire mais j'en étais incapable, toute la classe était là. Puis elle a filé, l'occasion ne s'est plus présentée, et je n'ai jamais réussi à aborder le sujet.

— Cela a dû être difficile.

— Ça m'a appris à me taire. Voilà pourquoi je trouve ça amusant : après avoir pris Arthur – un énorme secret –, j'ai dû raconter ma version des événements à tellement de gens que je donnais l'impression d'être une vraie pipelette. Si je m'étais contentée de rester à l'écart, sans participer aux conversations, ç'aurait paru bizarre. En plus, si j'étais là, c'était pour qu'Arthur se fasse des amis, alors je devais m'en faire moi aussi. À part Kathy, j'étais liée à Miriam. Il y avait aussi Jill, Shirley, Liz et d'autres encore.

— Ce sont des amies, à ton avis ?

— Des amies ou des connaissances avec qui prendre un café ou un verre, le soir. Ça ne m'était jamais arrivé.

— Tu leur mentais.

— Non ! Une fois que le gros mensonge était passé, les autres n'étaient destinés qu'à le rendre crédible. Je ne racontais pas de bobards sur n'importe quoi.

— Tu devais quand même mentir dans presque toutes les conversations sur Arthur. En ce qui concernait la grossesse, l'accouchement et les éléments biologiques de la maternité dont tu n'avais aucune expérience, non ? Ceux qui ont des enfants discutent de ça, non ? »

Jennifer a un rire plein d'amertume.

« Bon sang, à tout bout de champ ! Il n'y avait rien de pire que ces conversations. Je n'avais même pas réfléchi à mon accouchement. La césarienne était à bannir puisque je n'avais pas de cicatrice, mais elles parlaient forceps, ventouses, doses de syntométrine, épisiotomie. L'une me demande : "As-tu utilisé une Tens Machine[1] ?" Comme je ne sais pas à quoi ça sert, je réponds : "J'ai oublié." Le silence tombe. "Si tu ne t'en souviens pas, c'est que tu étais dans les vapes à

1. Appareil à stimulations électriques destiné à soulager la douleur, utilisé au Royaume-Uni.

cause du gaz hilarant !" intervient Kathy. Elles éclatent de rire : "Oh oui, j'ai adoré ça", assuré-je. Ça m'a permis de m'en tirer cette fois-là, mais c'était un terrain miné de noms et procédures bizarroïdes : on aurait dit une discussion entre scientifiques. »

La psychologue sourit, Jennifer en conclut qu'elle s'en sort bien.

« Du coup, je rentrais faire des tas de recherches sur l'accouchement de façon à être incollable sur l'expulsion du placenta à la prochaine réunion. »

Elle pose la main sur son ventre avant de reprendre :

« Je l'ai beaucoup imaginé, vous savez, ce que ça doit faire d'avoir un enfant qui grandit à l'intérieur de soi. C'est tellement étrange et… répugnant d'une certaine façon, mais magique aussi. Le sentir vous donner des coups de pied, voir à quel point il change votre corps. Plus j'approfondissais mes recherches, plus je trouvais ça extraordinaire et… troublant. Fascinant aussi, ça l'est, non ? »

Elle baisse les yeux vers son ventre sur lequel elle étend ses mains puis, alertée par la musique qui émane de Stephanie, elle la regarde. Celle-ci se ressaisit et, au lieu de répondre, lance sèchement :

« As-tu parlé à ta mère de l'accouchement ? Cela l'intéressait sûrement, les grand-mères adorent qu'on leur raconte ce genre de choses.

— D'habitude pour seriner que ce n'était pas la même chose à leur époque. Non. Mais le facteur Rhésus la concernait. Elle m'a demandé si j'avais eu des piqûres quand j'étais enceinte parce que je suis de rhésus négatif comme elle.

— Que lui as-tu répondu ?

— Simplement que je ne m'en souvenais pas, mais que j'avais fait tout ce qu'il fallait. Le groupe sanguin, ça m'avait échappé ; encore un truc pour lequel je n'étais pas préparée. Enfin, elle n'a pas eu l'air de me trouver cachottière. Ni ignorante. Vous savez, au cas où j'aurais semblé ne pas saisir son allusion. De toute façon, nous n'avions jamais discuté des fonctions physiologiques, alors comment vouliez-vous qu'elle me pose des questions sur ce qui s'était passé, là, en bas ? Elle ne m'avait même pas parlé des règles, j'avais dû me contenter des cours d'éducation sexuelle de l'école et des renseignements de seconde main de mes copines. La façon dont Arthur était venu au monde, ça lui était égal.

— Il est né tout à fait normalement. Un accouchement long, sans complications toutefois.

— Pourquoi me préciser ça ? Comment êtes-vous au courant ?

— J'ai pensé que cela t'intéresserait. »

Stephanie consulte ses notes.

« Sa mère a beau avoir beaucoup réduit sa consommation, elle a fumé pendant sa grossesse. Ce peut être une des raisons du poids de naissance relativement bas d'Arthur, qui n'était cependant pas hors norme. Sa mère était très jeune, très menue.

— Je ne comprends toujours pas pourquoi…

— On ne l'a donc pas gardé à l'hôpital, on a décidé qu'il serait mieux à la maison avec sa mère. Elle l'a allaité les trois premiers mois, mais, comme les tétées de la nuit la fatiguaient, elle l'a mis au biberon, si bien que sa grand-mère et son père ont pu l'aider à le nourrir. »

À force d'être pincées, les lèvres de Jennifer sont blêmes.

« Toutes ces informations figurent dans son dossier médical, scrupuleusement complété pendant les six premiers mois de sa vie. Bon, où en étions-nous ? À tes amies, non ? Tu leur as parlé de ta mère ? »

Jennifer se détend :

« Un peu. Surtout à Kathy. Je lui ai expliqué que notre relation, qui avait été difficile, s'améliorait depuis qu'elle était grand-mère.

— Lui as-tu parlé de David ?

— Jamais. Son nom était enfermé dans un coffre-fort dont ma mère conservait la clé.

— L'a-t-elle ouvert ? »

Silence.

« Jennifer ? »

Avant

Le Noël de cette année-là fut celui dont Jennifer rêvait depuis toujours. Dans son enfance, elle ne l'avait jamais attendu avec autant d'impatience. Le choix des jouets à mettre dans la chaussette d'Arthur l'enchanta : un sac de billes ; un oiseau en plastique qui gazouillait quand on le remplissait d'eau ; des marionnettes en feutre qu'une pression sur les tiges faisait surgir de leurs cônes ; une boîte décorée d'images. Elle acheta un sapin, des décorations et des pommes de pin saupoudrées d'or ou d'argent qu'elle empila devant l'âtre. Elle aida Arthur à piqueter de clous de girofle des oranges à suspendre sous le manteau de cheminée. L'élaboration du menu prit des semaines. Elle se lança même dans la préparation de son premier cake aux fruits confits. Enfin, elle permit à Arthur de ficher un sapin et un bonhomme de neige, minuscules, entre les crans du glaçage. Elle avait conscience d'inaugurer une tradition, aussi tout devait-il être spécial et durable. N'ayant aucun bon souvenir de cette fête à se remémorer, elle se laissait envahir par une nostalgie anticipée.

À la première suggestion de Jennifer d'inviter Gregory, Doreen avait été d'accord, appréhendant peut-être un autre Noël solitaire en cas de refus. Quant à Arthur, atteint par l'effervescence ambiante, il avait couru dans le grand magasin, montrant tous les jouets qu'il voyait pour les ajouter à sa liste au père Noël et réclamant encore et encore l'histoire de ce dernier arrivant par la cheminée.

Le jour dit, Jennifer fut saisie d'une peur fugitive qu'il ne soit à la hauteur ni des attentes d'Arthur ni des siennes. À six heures du matin toutefois, le contenu de la chaussette fut répandu sur son lit à mesure que le petit garçon plongeait le bras dans le trésor, ravi du moindre gadget, de la moindre babiole qu'elle avait choisis. Elle fit des pancakes pour le petit déjeuner. Doreen passa peu après pour regarder Arthur ouvrir ses cadeaux avant d'en échanger des petits avec Jennifer. Au coup de sonnette de Gregory, à l'heure du déjeuner, l'odeur de la pintade au four flottait dans la maison ; les joues roses, un verre de sherry à la main, Jennifer lui ouvrit et l'accueillit avec un baiser.

L'après-midi, Arthur et Greg sortirent chaque nouveau jouet de sa boîte, transformant le salon en un garage, un zoo et un circuit automobile, tandis que Jennifer jouait du violoncelle. Doreen, elle, avait insisté pour s'atteler à la vaisselle. Au dîner, ils mangèrent des sandwichs préparés avec des restes et le premier gâteau de Noël de Jennifer. Celle-ci profita du moment où Greg raccompagnait sa mère pour coucher Arthur. Après quoi, ils se pelotonnèrent sur le canapé et regardèrent des émissions débiles à la télé en buvant du vin. Il lui embrassa les cheveux.

« Bonne journée, mon amour ?

— Excellente.

— C'était délicieux.

— Mmm.

— Jen… Maintenant que tu as vraiment repris le violoncelle…

— Quoi, une autre réservation ?

— En quelque sorte. Le département de musique organise une grande collecte de fonds. Ça arrive tous les deux ans, c'est une sorte de soirée de gala, nettement plus importante que nos concerts hebdomadaires de l'université. On loue une salle et tous les participants font un effort…

— Et ?

— Tu accepterais de jouer Elgar ? On réunit un orchestre complet et un chœur. On recrute un chef de renom. Il faut des morceaux connus, c'est ce qui attire les gens. On n'a encore jamais joué Elgar, en tout cas pas depuis que je suis ici. Qu'est-ce que tu en penses ?

— Mon Dieu, c'est terrifiant ! Je ne crois pas être à la hauteur, Greg, mon dernier concert – véritable concert – remonte à l'époque de mes études. Et ça n'a jamais été professionnel. Cela me semblerait un peu… un peu présomptueux de ma part, il y a sûrement beaucoup d'autres violoncellistes…

— Non. Aucun de ton niveau. Jen, tu es excellente, tu le sais, et ça n'a rien de présomptueux d'offrir gratuitement ton temps et ton talent pour une bonne cause. Penses-y. Pour moi. »

La somnolence béate de Jennifer se dissipa sous l'effet de l'excitation provoquée par cette perspective, aussi terrifiante que formidable. Merveilleuse, exaltante, incroyable. Qui chasserait tellement de démons.

« Il faut que je réfléchisse, répondit-elle à Greg. Je ne peux pas accepter comme ça, mais je ne refuse pas non plus.

— D'accord. Tu as un mois – je ne dois pas finaliser le programme avant –, et une éternité pour t'exercer : c'est prévu pour le milieu de l'été.

— Plus de vingt-quatre heures de délai, voilà qui ne te ressemble pas !

— Quel toupet, dis donc ! s'exclama-t-il en riant. Voyons un peu, il reste du vin dans cette bouteille ? »

Maintenant

« J'ai parfois le sentiment que, à défaut d'amour, maman m'a donné la musique. »

Stephanie attend.

« On aurait dit que ça lui crevait le cœur de dépenser un penny pour mes leçons, en même temps elle veillait à ce que je fasse mes exercices et m'interdisait de rater une séance avec un orchestre, un cours ou quoi que ce soit.

— Elle jouait ?

— Oui, il y avait un piano chez ses parents. Mais ce n'était pas… leur culture, j'imagine. Ce n'était pas le genre de la famille. Elle a appris à déchiffrer la musique toute seule – un exploit ! – avec de vieux livres empruntés à ses amis ou des partitions trouvées dans des brocantes. Malheureusement, son père est mort d'une crise cardiaque quand elle avait quatorze ans ; vu qu'ils n'étaient pas riches, sa mère a vendu le piano. Maman ne le lui a jamais pardonné.

— Tu penses que son don a été contrarié ?

— Oui. Nous avions un piano. Elle a cessé de jouer après la mort de David et a refusé que je prenne des leçons. En fait, c'est elle qui a suggéré le violon ou le violoncelle. Il paraît que le piano est destiné aux solitaires tandis que les instruments transportables correspondent davantage aux êtres sociables…

— Je croyais que le violoncelle était ton bébé.

— Vous me paraphrasez. De toute façon, il ne s'agit pas des instruments, il s'agit de la personnalité des musiciens. On doit être extrêmement motivé pour apprendre le piano ; on déchiffre les clés de *fa* et de *sol*, c'est difficile, il faut s'appliquer. Même si c'est, en fin de compte, destiné aux réunions sociales, on ne devient l'âme d'une fête qu'au prix de longs efforts ininterrompus. Avec un instrument qu'on transporte, au contraire, on s'intègre immédiatement à un groupe – comme membre d'un orchestre ou d'un quatuor, ou en grattant un violon dans un pub. On fait pareil avec une guitare mais pas avec un violoncelle, en raison de sa taille. Ça me convenait puisque j'aimais jouer seule. J'avais beau me produire dans des orchestres, il me semblait que c'était un pis-aller. À l'évidence, ma mère m'a influencée.

— Tu me pardonneras de ne pas te suivre.

— Vous savez, je pensais que maman se mettait à son piano dès mon départ le matin et s'arrêtait juste avant mon retour. En réalité, je suis sûre qu'elle n'y touchait pas.

— Il est toujours là ?

— Oui, elle ne s'en est jamais débarrassée. Je m'en servais de temps en temps pour décortiquer une mélodie, mais je n'en avais vraiment pas besoin.

— Elle si ?

— En tout cas, elle tenait à ce qu'il soit là.

— Tu avais quel âge quand ton père est parti, douze ans ? Elle a continué à t'encourager à jouer après ?

— Oh oui. Elle a été forcée de chercher un boulot parce qu'il n'avait pas les moyens de nous donner beaucoup d'argent. Or je devais prendre des cours particuliers pour me présenter aux examens et avoir mon propre instrument à la place de celui – standard – loué à la municipalité.

— Elle avait déjà travaillé ?

— Elle n'avait pas fait d'études supérieures ni appris à taper à la machine, elle était vendeuse. Elle s'est arrêtée de travailler après avoir épousé papa. Quand elle a dû se remettre à bosser au moment de mon adolescence, elle a refusé de faire la même chose – elle ne voulait pas d'un boulot qui l'obligerait à parler aux clients –, alors elle est devenue femme de ménage.

— Raconte-moi ça.

— Près de chez nous, il y avait de grandes maisons en pierre où habitaient des médecins et des avocats, c'est là qu'elle allait. Vous savez, au numéro 27 tous les lundis après-midi, au numéro 86 tous les jeudis matin. Ils se la recommandaient les uns aux autres, parce qu'elle était plus efficace qu'une gamine incapable de récurer une cuvette de cabinet. Une fois par semaine, elle travaillait toute la journée chez une certaine Mme Fuller, que je détestais.

— Pourquoi ?

— Elle prenait de grands airs, même si elle n'avait aucune raison de se sentir supérieure. Elle téléphonait chez nous le soir pour que maman vienne faire la vaisselle si elle donnait un dîner ou nettoyer si elle recevait des amis. Et toujours à la dernière minute.

— Tu avais envie de protéger ta mère ?

— Oui, je crois. Par-dessus le marché, il y avait l'histoire des fringues.

— Comment ça ?

— Mme Fuller avait deux filles, Araminta et Petronella… »

Stephanie hausse le sourcil droit, Jennifer rectifie :

« D'accord, pas exactement, mais tout comme. De toute façon, c'étaient les prénoms que je leur donnais. Je ne leur adressais pas la parole : si nous nous croisions dans la rue, nous feignions de ne pas nous reconnaître. Elles allaient dans un lycée privé, moi au collège. L'une avait trois ans de plus que moi, l'autre un an, et elles étaient beaucoup plus grosses. C'était le genre à fréquenter un club d'équitation, vous voyez. Un jour, après avoir fait des courses, maman et moi étions passées prendre son chèque chez Mme Fuller, qui avait oublié de le laisser sur la table comme d'habitude. Elle a donné l'enveloppe à maman ainsi qu'un sac de vieilles nippes de ses filles. “Ça vous ferait plaisir pour Jennifer ?” a-t-elle lancé, sans même me poser la question. Et puis elle a sorti des robes à fleurs, des chemisiers en coton, des pantalons en velours – immettables, je ne portais que des jeans et des hauts. Maman, qui le savait, aurait voulu refuser mais elle craignait de paraître impolie. “Ma parole, ces habits sont presque neufs et de très bonne qualité, a-t-elle dit. Je suis sûre que l'Exchange vous les achèterait.” L'Exchange était une boutique de seconde main, très chic. “C'est vrai qu'ils ont coûté très cher, vous pouvez me donner un peu d'argent en échange, si vous préférez”, a répondu Mme Fuller. Elle a donc réclamé du fric à maman pour de vieilles fringues de ses grosses conasses de filles ; sans compter que, même si je les avais trouvées chouettes, elles étaient beaucoup trop grandes pour moi. Après, elle l'a fait tous les mois :

“Doreen, ce pantalon en velours côtelé vert est trop petit pour Minty, il vous plairait pour Jennifer ? Je vous le donne pour trois livres.”

— C’est monstrueux ! s’exclame Stephanie.

— Ça, je ne vous le fais pas dire.

— Tu en voulais à ta mère de céder à Mme Fuller ?

— Elle n’avait pas le choix, je le comprenais. C’était un supplice. J’ai même essayé un ou deux trucs : non seulement je nageais dedans, mais ils étaient affreux sur moi, d’autant qu’à l’âge que j’avais... Je les ai apportés à l’Exchange pour en obtenir trois sous. Peine perdue, personne n’a été intéressé ; en plus, ce n’était pas du tout des modèles de marque.

— Ta mère se laissait humilier pour t’offrir des cours de musique, c’est ça ?

— J’ai failli dire à Mme Fuller d’aller se faire foutre avec ses fringues, sauf que maman aurait perdu son boulot. Finalement, c’est elle qui l’a fait.

— Elle l’a envoyée paître ?

— Dans le fond, oui. Quand Mme Fuller est passée avec un autre sac plein, maman l’a remerciée, lui affirmant que j’avais tout ce qu’il me fallait. L’horrible bonne femme continuait à sortir des vêtements. “Voyons, cette couleur irait tellement bien à Jennifer, et c’est indémodable.” Là, maman l’a interrompue très fermement. À présent, je me demande si Mme Fuller n’avait pas des problèmes d’argent, sa façon de nous fourguer des nippes avait quelque chose de désespéré.

— Elle a viré ta mère ?

— Non, maman l’a devancée : “Je vous ai dit non merci, madame Fuller. Et je crois qu’il vaudrait mieux que je ne travaille plus pour vous.”

— Qu’as-tu ressenti ?

— J'étais très fière de ma mère. C'est drôle, j'avais complètement oublié cet épisode – une victoire extraordinaire, sur le moment. Elle l'avait fait autant pour moi que pour elle. Elle avait retrouvé son amour-propre, elle s'était défendue.

— Elle avait l'air contente ?

— Une fois la porte refermée, elle était écarlate, mais ses yeux étincelaient. Elle m'a regardée et nous avons partagé ce sentiment de triomphe. "Bravo, maman, l'ai-je félicitée. Il était temps que tu envoies promener cette peau de vache." Son visage s'est instantanément assombri, comme si elle avait éteint la lumière qui l'irradiait. "Comment je vais trouver de quoi payer tes cours de musique alors que j'ai perdu une journée de travail, tu le sais, toi ?"

— Elle te le reprochait ?

— J'en ai la certitude.

— Qu'as-tu fait ? »

Elle se tient de nouveau dans le vestibule. Un tic-tac rompt le silence qui régnait auparavant. Une boîte carrée à chiffres romains dorés d'où pend un balancier en laiton est fixée sur le mur au-dessus du buffet. On dirait qu'elle est mutilée, comme si on avait sectionné le pied d'une horloge de parquet. Elle est apparue peu de temps après le départ de papa. D'où vient-elle ? C'est un mystère. Sans doute du grenier, où maman garde les affaires de sa mère que personne n'a le droit de regarder. L'horloge est un métronome qui scande les battements de son cœur. Elle aime l'entendre. Plus apaisante que le silence, elle égrène les secondes jusqu'au jour où elle pourra partir. Parfois, elle passe d'interminables minutes à écouter le tic-tac qui, si monotone et exaspérant qu'il soit, est synonyme de progression. S'il s'arrêtait, le temps serait suspendu et elle serait piégée ici à jamais, alors elle le conjure de continuer à fonctionner.

« Je l'ai bouclée, comme d'habitude, et je suis montée jouer du violoncelle. J'avais beau m'en tirer dans la plupart des matières en classe – je ne suis pas bête –, c'était la seule où j'excellais. Je savais qu'il me fallait persévérer, m'appliquer pour avoir de bonnes notes, m'exercer en permanence. Le violoncelle me tenait lieu d'ami. Il occultait tout le reste. Il m'aidait à percevoir la vérité sur les gens grâce aux sons qu'ils émettaient. Et j'avais compris très tôt que ce serait mon billet de sortie.

— Quelle était la musique de ta mère ?

— Elle n'en avait pas.

— Tu m'as pourtant affirmé que tu captais la musique de tout le monde ?

— Sauf la sienne. Aucune note émanant d'elle ne m'est parvenue.

— Pourtant, tu considères qu'elle est à l'origine de ton don pour la musique ?

— La mienne, répond précipitamment Jennifer. Elle m'a peut-être donné ma musique, jamais la sienne. Jamais. »

Avant

Une consultation régulière des courbes de croissance figurant à la fin de ses livres sur le développement des enfants montrait que, physiquement à tout le moins, Arthur était au sommet de sa classe d'âge. Il devenait aussi très bavard. Il employait de nouveaux mots, construisait des phrases plus longues et plus complexes. Ayant fini par entendre et comprendre la différence entre « un, deux, froid » et « un, deux, trois », il surcompensait d'une façon que Jennifer trouvait tordante et bouleversante. « Maman, je me suis fait mal au bois. » « Qu'est-ce que ça mange, les boissons ? » Jennifer continuait à noter ses exploits dans son cahier relié de cuir longtemps après l'âge où la plupart des mères y renonçaient à cause d'un autre enfant, du travail, de la fatigue.

Ce travail de rédaction l'obligeait souvent à méditer sur des sujets auxquels elle n'avait jamais accordé d'attention. La violence, par exemple. Arthur adorait toutes les armes : épées, projectiles, revolvers, fusils. Dans la boutique de souvenirs d'un château qu'ils avaient visité en été, il l'avait tannée jusqu'à ce qu'elle consente à lui acheter un sabre en bois. Ce serait parfait pour un costume de Peter Pan – s'était-elle justifiée en son for intérieur. Et puis quoi de plus naturel pour des garçons que de jouer à la bagarre, il fallait l'encourager.

Lorsqu'elle jeta un regard au placard à jouets quelques mois plus tard, elle s'aperçut qu'il constituait un véritable arsenal. Une hache en plastique maculée de fausses taches de sang, une pétoire en bois, un flingue futuriste qu'il avait reçu à une fête, un pistolet de cow-boy au canon argenté et à la crosse en bois, un sabre d'abordage et plusieurs pistolets à eau, dont l'un était muni d'une pompe et d'un jet si puissant qu'Arthur tomba à la renverse la première fois qu'il s'en servit.

Quand ils venaient jouer, ses amis montaient aussitôt dans sa chambre d'où ils redescendaient en trombe, armés, poussant des cris de guerre, prêts à se battre. Un jour où les fils de Kathy obligeaient les mères à subir le supplice de la planche, Arthur affronta les petits pirates et, brandissant son sabre, hurla :

« T'inquiète pas, maman, je les laisserai pas te faire mal !

— Qu'il est mignon. Les miens, eux, réclament toujours ma tête, lança Kathy. Comment se fait-il que le tien ne pense qu'à protéger sa maman ? »

C'était inoffensif, charmant même. Désormais, les bousculades d'adolescents du lycée ou les batailles à coups de poing qui se déroulaient dans les cours de récréation et les jardins des copains faisaient sourire Jennifer. Elle ne considéra plus cette passion pour les armes comme un prélude au bellicisme, mais comme une manière de se préparer à une vie sous l'emprise de la testostérone. S'il était à l'évidence nécessaire de contrôler et de canaliser l'agressivité par de l'exercice physique et des jeux de rôle, il était sans doute impossible, sûrement imprudent, de la juguler. Être la mère d'un petit garçon turbulent qui aimait se ruer sur ses camarades en poussant des hurlements à vous glacer le sang, une épée dans chaque main, fut de l'ordre de la révélation. Comprendre Arthur et ses copains lui parut être un signe de maturité.

Cette maturité n'était pas simplement le fruit des lectures ou d'actes, une idée germait parfois à l'improviste. Elle prenait peu à peu conscience de ce qu'était la relation aux autres et au monde, ainsi que du sens de notre existence dérisoire.

De nouvelles préoccupations liées à la santé et au bien-être d'Arthur supplantaient l'angoisse qu'on découvre son forfait. Si elle ressentait de loin en loin un soulagement, voire un sentiment de triomphe, de s'en être tirée, ces émotions se distinguaient rarement de l'amour éperdu qu'elle lui vouait et de sa gratitude de jouir du privilège d'être sa mère.

Un soir où elle assistait au bain de l'enfant, Doreen lui demanda :

« Ce Neil, comment il était ?

— Pourquoi penses-tu à lui ?

— Je me demandais si Arthur lui ressemblait, parce qu'il ne te ressemble pas beaucoup, n'est-ce pas ?

— En effet.

— Il n'y a aucun doute là-dessus. Alors, comment il est, son père ? »

Jennifer n'avait pas de réponse toute prête, sa politique consistant à raconter la version la plus proche de la vérité était inapplicable puisque Arthur ne tenait pas de Neil. Aussi fut-elle obligée de mentir :

« Oui, j'imagine qu'il ressemble à son père. Neil a les mêmes cheveux châtain foncé. Une corpulence moyenne, plutôt mince. Des yeux noisette bien sûr, comme son fils. Il mesure environ un mètre soixante-quinze.

— Et son teint ?

— Quoi, son teint ?

— Eh bien, regarde Arthur, il a la peau très mate, non ? »

Jennifer l'avait remarqué la première fois qu'elle avait donné un bain à l'enfant. D'ailleurs, après une exposition au soleil, ses bras et son visage, quelle que soit l'épaisseur de la couche de crème solaire dont ils étaient enduits, prenaient une couleur foncée que la peau de Jennifer n'aurait jamais. Même en janvier, comme maintenant, il était beaucoup plus hâlé qu'elle.

« Neil a toujours bronzé facilement, reconnut-elle, tout en se rappelant les geignements de celui-ci, l'été précédent, lorsqu'elle appliquait une lotion à la calamine sur son dos et ses épaules constellés de taches de rousseur, écarlates dès qu'il passait une heure au soleil, torse nu. Il a indéniablement le même genre de peau.

— Voilà l'explication, fit Doreen. Il est autre chose ?

— Qu'est-ce que tu veux dire ?

— Pas seulement anglais. Tu sais, peut-être à moitié grec ou espagnol.

— Non, je ne crois pas.

— Ah bon. En tout cas, si ma mère était toujours de ce monde, je parie qu'elle aurait soutenu qu'il avait "du sang de couleur", ajouta-t-elle en riant parce qu'elle se doutait de la réaction de sa fille.

— Maman !

— Les gens disaient ce genre de choses, à l'époque. À propos des bébés qui naissaient après la guerre, alors que les GI avaient séjourné en ville. Certaines familles de blonds avaient un enfant aux cheveux noirs, aux yeux marron, au teint bronzé, et les femmes disaient en échangeant des clins d'œil : "Hum, il a un peu de sang de couleur." »

Toujours amusée par l'indignation de Jennifer, elle poursuivit :

« Ça me serait égal que tu sois sortie avec un étranger.

— Eh bien, puisque tu le demandes, à mon avis la famille proche de Neil est blanche. Peut-être qu'une goutte de sang irlandais coule dans ses veines, rien de plus exotique.

— C'est sûrement un bel homme, enchaîna Doreen, s'agenouillant pour jouer avec les canards d'Arthur, parce que tu es un superbe garçon, pas vrai ? »

Sensible à la fierté qui vibrait dans la voix de sa grand-mère, Arthur leva sur elle ses yeux noisette, pétillants :

« Subebe gaçon », répéta-t-il, se rengorgeant.

Maintenant

« Neil a rendu visite à ta mère, tu étais au courant ? »

Jennifer a soudain la gorge sèche.

« Non, comment vous le… ? »

Son visage se durcit.

« Bien sûr, je sais comment vous le savez. Quand ?

— Il y est allé, voyons voir… »

Stephanie feuillette ses documents.

« En février. Le jour de la Saint-Valentin. D'après ta description, on ne l'aurait pas cru sentimental.

— Il ne l'est pas. Que s'est-il passé ? Pourquoi maman ne m'en a pas parlé ? Qu'est-ce qu'il y a dans vos papiers ? Cela ne le concerne pas, absolument pas.

— Au dire de Neil, tu l'inquiétais. En écoutant ton message du mois de septembre sur son répondeur, il avait compris que tu voulais qu'il te fiche la paix. Quelque chose dans ta voix l'avait cependant mis mal à l'aise, ta… ta santé mentale le préoccupait.

— Ce n'est pas le genre de Neil.

— Tu ne lui as pas paru être dans ton état normal. La précipitation avec laquelle tu l'avais quitté, avais abandonné ton boulot et ton appartement, résilié ton abonnement de portable, bref, coupé tous les ponts… te ressemblait si peu que ça l'a alerté.

— Du coup, il est venu ici. Chez maman ?

— Oui, il a cherché sur Internet. Il n'existe pas beaucoup de Mme D. Kendall à Nottingham et il se rappelait son adresse qu'il avait vue sur des enveloppes dans un tiroir d'un meuble de ta cuisine. »

Que Neil ait fouillé dans un de ses tiroirs, c'était inimaginable pour Jennifer, et qu'il se souvînt d'adresses entraperçues, davantage encore. Il n'empêche qu'elle y avait bien rangé, sous les torchons, les cartes de fêtes des Mères jamais envoyées.

« Qu'est-ce qu'il a fait ? Pourquoi il ne m'a pas trouvée ?

— Où étais-tu, ce jour-là ?

— Je devais travailler. Sans aucun doute, puisque Greg est venu dîner, je me souviens que j'avais préparé des *îles flottantes**.

— Super !

— Pourtant, j'ai vu maman ; elle s'était occupée d'Arthur toute la journée. Pourquoi elle ne m'a rien dit ?

— Neil est arrivé par le train, après le déjeuner. Il reconnaît qu'il avait oublié que c'était le 14 février…

— Ça ne m'étonne pas.

— … alors il a acheté des fleurs à la gare et sauté dans un taxi qui l'a emmené chez elle. Il a sonné. Une femme lui a ouvert. Il a supposé que c'était ta mère.

— Merde !

— À peine s'est-il présenté qu'elle s'est mise à l'injurier, refusant de le laisser s'expliquer.

— Elle lui a dit quoi ?

— Qu'il devrait avoir honte. Qu'est-ce qui lui avait pris de fuir ses responsabilités envers un enfant innocent, comment osait-il se montrer, ce genre d'invectives.

— Mon Dieu !

— Sous le choc bien sûr, il n'en a pas moins essayé de se défendre. Il a assuré que c'était ton choix et qu'il n'avait pu que te soutenir sans pour autant fuir ses responsabilités…

— Mon Dieu !

— … mais elle n'avait pas l'air de l'écouter. Elle le regardait fixement.

— Ah bon ?

— Oui, elle le "scrutait", pour reprendre le verbe qu'il a employé. Puis elle l'a prié de ficher le camp et de ne plus jamais remettre les pieds chez elle.

— Pauvre Neil, il a dû la prendre pour une cinglée.

— Ça l'a évidemment secoué. En revanche, il était convaincu qu'il s'agissait de l'enfant que vous aviez conçu, ce que les paroles de ta mère ont confirmé. Il en a conclu qu'il n'y avait rien à faire.

— Donc… Donc ils ne sont pas entrés dans les détails ? Il n'a pas parlé du bébé… de l'avortement ? Il n'a pas vu Arthur ?

— Non. La conversation s'est arrêtée là. Arthur devait être ailleurs dans la maison parce que Neil ignorait son existence.

— Pauvre Neil, répéta Jennifer. Je ne l'aurais pas cru capable de se donner tant de mal pour moi.

— Ton départ l'a apparemment chamboulé. Tu vois, Jennifer, il est possible de ne pas se rendre compte de l'impact qu'on a sur les autres. Ton jugement n'est pas sans failles, ni le portrait que tu as brossé des membres de ton entourage dans ton histoire. Ton récit.

— Ce qui signifie ?

— Eh bien, le Neil que tu as décrit ressemble assez peu à l'homme avec qui nos collègues de la police de Londres se sont entretenus, ce matin.

— Ils n'ont pas perdu de temps. À quoi ça sert de lui parler maintenant ? De toute façon, je n'ai pas plus raconté de craques à son sujet qu'il n'a fabulé. Ce que j'ai dit sur lui est la pure vérité. Il a dû… être plus ébranlé par mon départ que je ne l'ai imaginé, du reste ça l'a certainement pris au dépourvu. Je ne suis pas voyante. Je ne peux pas prédire l'effet que mes paroles ou mes actions auront sur les gens !

— Bien sûr que non, la vie réserve toujours des surprises, n'est-ce pas ? »

Avant

« *Îles flottantes** », annonça Jennifer, tout en posant une assiette devant Gregory. Des îles floconneuses en forme de cœur nageaient dans un coulis de framboise.

« Rouge sang, une couleur inhabituelle pour la mer, non ? lança Greg, feignant la nervosité.

— Pas plus que des îles en forme de cœur. Bon, tais-toi et mange.

— Oui, mademoiselle. »

D'habitude ils faisaient la cuisine à tour de rôle, mais Jennifer avait proposé de préparer le dîner de la Saint-Valentin.

« Je n'imaginais pas que c'était ton truc », s'était-il étonné.

Elle avait insisté :

« Tu n'as pas tort. Il se trouve que j'en ai envie cette année, ça ne m'est jamais arrivé de préparer un dîner de la Saint-Valentin, alors fais-moi plaisir, d'accord ? »

Il lui avait donc offert une carte et des roses rouges ; elle lui avait donné une tablette de chocolat en forme de cœur décorée de leurs initiales et d'une flèche en sucre glace. Ils avaient beau être conscients de l'absurdité de leur conduite puisqu'ils avaient plus de vingt ans, ils en avaient été ravis.

« J'ai toujours pensé que les mecs qui marquaient le coup étaient soit des adolescents éperdument amoureux, soit des coupables d'adultère, reconnut Greg. Enfin, je suis capable de tout pour avoir droit à un steak. »

La jeune femme, qui n'y touchait toujours pas, avait néanmoins appris à en cuire à point et la vue d'un morceau de viande rouge à nervures, attendant d'être salé et apprêté, ne la dégoûtait plus. Jennifer, elle, mangerait un filet de saumon cuit à la vapeur.

« Chut », fit-elle soudain.

Ils se turent et tendirent l'oreille.

« J'ai cru qu'Arthur appelait. Ça va, il a sûrement fait un rêve.

— Il a été aux anges en te donnant cette carte, non ?

— Oui. Même si je l'ai confectionnée avec lui à la crèche, il était sûr de me faire une surprise. Alors, j'ai joué le jeu.

— C'est bizarre, Doreen n'a pas eu l'air vraiment contente de recevoir la sienne.

— Toi aussi, tu l'as remarqué ? Elle faisait la tête, non ?

— Tu as une idée de la raison ?

— Non. À moi de deviner, elle se garde bien de me donner le moindre indice.

— Les femmes et leurs mères, dit Greg, perplexe. C'est beaucoup plus facile pour les fils, je te le garantis. Dieu merci, Arthur n'aura pas à subir ces manipulations.

— Pourquoi, à ton avis ?

— Je l'ignore. Peut-être parce que les femmes considèrent leurs filles comme des reflets d'elles-mêmes. Et, ne s'aimant pas, elles les traitent plus durement que leurs fils, non ?

— Elles ne plaquent pas l'image du père sur leurs fils ?

— Ça ne se passe pas comme ça, du moins je ne le crois pas. Je n'ai lu qu'un livre du genre *Freud pour les nuls*, alors je n'y connais pas grand-chose. Il n'empêche que je suis sûr que les femmes jugent leurs filles avec plus de sévérité et qu'elles en attendent davantage parce que, en un sens, elles estiment qu'elles devraient réussir mieux qu'elles.

— Quelle idée effrayante ! »

Les mères et les assistantes maternelles évoquaient souvent les différences entre filles et garçons, et leur attitude envers leur progéniture. Celles qui n'avaient pas de fils paraissaient contentes de leur sort, en revanche celles qui n'avaient pas de filles parlaient d'un manque. À en croire Kathy, c'était surtout lié au fait qu'elles n'avaient pas de complices à la maison ni de raison d'acheter de jolis vêtements roses ou des poupées. Une autre fois cependant, elle avait avoué à Jennifer que c'était la peur qui était liée à son regret.

« Tu connais l'adage : “Un fils est un fils jusqu'à son mariage, une fille est une fille toute sa vie” ? Eh bien, il est juste. Et ç'a de multiples répercussions sur les mères. Je dois accepter dès maintenant que je ne serai jamais aussi proche de mes petits-enfants que leur grand-mère maternelle ; le temps, l'intérêt, la loyauté de mes fils se porteront sur une autre femme. Pense au nombre de garçons qui n'ont presque plus de relations avec leurs mères et au peu de filles à qui ça arrive. Dans une famille, il y en a toujours une qui restera proche de sa mère, qui l'associera à sa vie une fois qu'elle aura quitté le foyer. Mais dès que mes fils seront mariés, leurs maisons seront plus souvent ouvertes à leurs belles-mères qu'à moi. C'est la réalité, on n'y peut rien. »

Jennifer fut saisie d'effroi. Les yeux embués, Kathy poursuivit :

« C'est parce que le temps leur est compté que les mères sont indulgentes avec leurs fils. Du coup, les mères de filles trouvent que ceux-ci sont dorlotés, gâtés-pourris, et que leurs chéries en subiront les conséquences. C'est vrai que, lorsque je vois mon Patrick pleurer toutes les larmes de son corps, assis sur une marche dans son petit pyjama rayé, il me bouleverse plus, il me brise plus le cœur que si c'était une petite fille. Car elle aura toujours le droit de pleurer. Car sa mère pourra toujours la prendre dans ses bras et la consoler. Car elle aura toujours la possibilité d'être fragile et de le montrer. Mon Patrick, non. Il s'endurcira, il ne me permettra pas d'entrer dans la salle de bains, il cessera de m'embrasser pour me dire bonjour et au revoir. Il me sera interdit de toucher son corps d'homme, je ne le verrai pas comme une femme voit sa fille s'habiller pour sortir, essayer un soutien-gorge ou se changer pour aller à la piscine. Il restera mon petit garçon et sera l'homme d'une autre. Et je vais devoir supporter ça à quatre reprises.

— L'un d'entre eux sera peut-être homo, suggéra Jennifer, dans l'espoir d'arracher un sourire à son amie.

— Il ne sera pas à moi pour autant. Il n'appartiendra peut-être pas à une autre femme, mais il ne sera pas à moi pour toujours comme le serait une fille. »

Une remarque de Doreen avait suscité chez Jennifer le même effroi que lors de cette conversation avec Kathy. Arthur apprenait à compter. Jusqu'à dix, ça ne lui posait aucun problème, mais après il s'embrouillait dans les chiffres. Ce qui contrariait beaucoup la jeune femme.

« Ne t'obstine pas, lui avait conseillé Doreen, il y arrivera de lui-même. Avant que tu t'en rendes compte, il saura compter jusqu'à vingt, trente, cent, et ces nombres seront autant de pas qui l'éloigneront de toi. »

Jennifer avait pris cela pour une entrée en matière au sujet de David, ce que c'était peut-être. Malheureusement, sa mère s'était tapoté les yeux sans rien ajouter.

Aussi se mit-elle à souhaiter avoir une fille. La peur de perdre Arthur ne l'abandonnerait jamais, elle changerait de nature : la terreur qu'on ne le lui enlève serait remplacée par celle que toutes les mères éprouvaient quant à la sécurité routière, la méningite ou les pédophiles. Et voilà que Kathy et sa mère lui annonçaient une séparation définitive, celle d'un fils qui la quitterait pour construire sa vie.

Greg voulait des enfants. Elle pouvait en avoir. Elle espérait que l'un d'entre eux serait une fille.

Après le dîner, ils écoutèrent un quintette de Schubert tout en s'embrassant sur le canapé jusqu'à ce que Greg, qui l'avait presque complètement déshabillée, propose :

« Et si nous emportions cette musique de chambre dans ta chambre ?

— Oublie la musique, répondit-elle, s'enroulant autour de lui. Et la chambre. »

Jennifer avait un peu grossi. Comme Greg la couvrait de baisers jusqu'en dessous du nombril, elle s'aperçut que cette zone méritait, enfin, le nom de ventre. Une légère rondeur, rien de plus, qui l'enchantait néanmoins.

Quand ils firent l'amour, elle n'eut pas besoin de penser à quoi que ce soit d'autre, ni prouesses, ni vidéos d'amateur. La cascade des baisers de Greg poursuivit sa descente.

Maintenant

« *Et un glaive te transpercera l'âme*, cite Stephanie.

— Quoi ? fait Jennifer, déconcertée.

— C'est dans la Bible. On l'a prédit à Marie. Une prophétie sur le sort du Christ.

— Je connais mal la Bible.

— Moi aussi. En fait, ça m'est venu à l'esprit en t'écoutant parler des fils et des mères, et d'épées. Loin de moi l'idée d'établir une comparaison entre la crucifixion d'un fils unique et la mésentente avec une belle-fille…

— Vous vous moquez de moi ?

— Non, absolument pas, je te le promets. »

Stephanie a beau ne pas sourire, son visage est empreint de douceur.

« Tu aurais pris Arthur, s'il avait été une fille ? » demande-t-elle.

La douceur s'est évanouie, elle ressemble de nouveau à un furet. Les faits et les mises au point, voilà l'essentiel pour elle.

« Il m'est impossible de vous répondre. L'aurais-je emmené, s'il avait été un autre garçon ? S'il avait été plus grand, plus petit, chinois, aveugle ou roux ? Je l'ignore. Je ne sais pas pourquoi il a accroché mon regard ni pourquoi il m'a intéressée à ce point.

— Tu ne t'intéressais pas plutôt à sa mère ? N'était-ce pas elle que tu observais ?

— C'est sûrement elle qui a attiré mon attention sur lui. Les jurons, les insultes, les faux pas, elle n'échappait aux regards de personne. Moi, c'était lui que je cherchais. Sa façon de marcher alors qu'il y parvenait à peine était incroyablement émouvante. Il ne renonçait jamais. Il formait un tel contraste avec sa mère et sa bande, avec la cité : un être d'une infinie pureté au sein de la souillure et de la crasse.

— Comme n'importe quel enfant.

— Peut-être. Je n'en ai pourtant remarqué aucun autre. Il se détachait du lot parce qu'il n'avait pas le droit d'en faire partie.

— Donc, d'une certaine manière, le refus de sa mère de le laisser jouer avec les autres gosses en a fait un cas à part ? Tu penses que c'est sa faute si tu l'as remarqué ?

— Écoutez, vous avez mis le doigt dessus, non ? s'impatiente Jennifer. Je croyais que vous en aviez conclu que j'avais pris Arthur pour remplacer David ? »

Stephanie est tellement contrariée que le rouge lui monte aux joues.

« Je n'ai "mis le doigt" sur rien du tout. Ce ne sera possible que lorsque tu me diras ce qui est arrivé à Arthur. À ton avis, pourquoi est-ce que j'ai accédé à ta requête ? »

Là, elle est vraiment en colère.

« Tu t'imagines que je m'intéresse à toi ? Tu t'imagines que je meurs d'envie de tout connaître à ton sujet ? »

Jennifer secoue la tête.

« Bien. C'est toi qui as décidé d'être le sujet de cette conversation. C'est toi qui refuses de me révéler ce qui est arrivé à l'enfant que tu as enlevé. C'est toi qui as formulé le souhait d'avouer un crime grave. Alors je saisis mal ce que tu espères obtenir en te livrant à des conjectures sur ce que j'ai découvert ou pas. Bon, on continue ?

— D'accord.

— Le sujet n'est pas clos. Plus précisément, quelle opinion crois-tu que les gens auront de toi quand la nouvelle se répandra, ce qui, si tu consens à te dépêcher, ne saurait tarder.

— Ils me comprendront.

— Te comprendront ?

— Ce que j'ai fait. Je veux dire, ils ne me détesteront pas. Je ne serai pas une criminelle à leurs yeux.

— Jusqu'à présent, ce rôle a été réservé à Samantha, non ?

— Même quand ça sera divulgué, je ne crois pas qu'on me détestera.

— Pour qui est-ce qu'on te prendra, Jennifer ? Une nouvelle héroïne nationale ? Une sorte de Barnardo[1] moderne ou une femme triste, sans enfants, dupe de ses illusions ?

— L'une ou l'autre, mais on ne trouvera pas que j'ai fait quelque chose de mal. On pensera... si seulement tous les enfants kidnappés avaient été enlevés par des femmes capables de leur donner l'amour et les soins qu'ils ne recevaient pas dans ce qui passait pour être leur foyer.

1. Thomas John Barnardo (1845-1905), philanthrope irlandais, fondateur d'asiles pour enfants déshérités.

— Pour le coup, tu donnes l'impression de te bercer d'illusions.

— Non, réfléchissez. Quel est le premier scénario qui vient à l'esprit quand on entend parler de la disparition d'un enfant ? Un pédophile psychopathe l'a violé et assassiné. Et le deuxième ? Il a été volé par une psychotique qui a perdu un bébé, une irresponsable incapable de s'en occuper, si bien qu'il mourra sans doute de faim. Ensuite, on a l'embarras du choix : il a été kidnappé pour une rançon, emmené à l'étranger par un parent qui n'en a pas la garde, caché par une famille comptant gagner de l'argent grâce à ce faux enlèvement. Dans tous les cas de figure, le sort de l'enfant est, au mieux, ce qui compte le moins. Moi, au contraire, j'ai compensé les défaillances d'une mère indigne et celles du système et la façon dont tout le monde ferme les yeux. Si seulement les enfants délaissés ou maltraités pouvaient être enlevés par quelqu'un comme moi !

— C'est vraiment ta conviction ?

— Oui. Désormais, je connais mieux la nature humaine. Arthur… Arthur m'a appris beaucoup de choses. J'étais bloquée. Je n'arrivais plus à ressentir quoi que ce soit. Il m'a déverrouillée, il a ouvert mon cœur.

— Il a retiré l'épée fichée dans le roc[1].

— Tout à fait. C'est exactement ça. »

La justesse de l'allusion plaît à la jeune femme ; Stephanie semble vraiment la comprendre.

« Alors, je suis persuadée que si les gens seront indignés quand ils entendront parler de moi, leur pre-

1. Allusion à la légende du roi Arthur.

mière réaction sera vite remplacée par un immense soulagement. La mère est une loque humaine, incapable d'élever son enfant. Les services sociaux ont été une fois de plus en dessous de tout. Au contraire, celle qui l'a pris s'est bien occupée de lui et l'a entouré d'amour. Quel soulagement ! Quel immense soulagement ! »

Stephanie n'a pas l'air soulagée.

Avant

Au début du mois de mars, Arthur fut assez grand, à deux ans et demi, pour fréquenter un jardin d'enfants du quartier. L'établissement, à la limite du délabrement, était géré par un comité de mères qui employaient trois femmes corpulentes d'un certain âge pour le faire fonctionner uniquement le matin. Le premier jour, Arthur s'agrippa à Jennifer puis une des femmes l'installa à une table couverte de feuilles de papier et de crayons. Ensuite, il ne lui jeta pas un regard jusqu'à l'heure du retour à la maison. Le lendemain matin, il se précipita dans la salle de jeux avec un petit garçon rencontré la veille et refusa de sortir pour lui dire au revoir.

« Il est très confiant, n'est-ce pas ? » constata une mère, dont la fille en larmes ne voulait pas se séparer d'elle. On aurait dit qu'elle sous-entendait : « Bravo, c'est formidable de voir des enfants armés d'une sécurité intérieure suffisante pour être sûrs que leur mère ne les abandonnera pas, en quoi me suis-je trompée avec celle-ci ? » Il était toutefois possible qu'elle insinue : « Regardez, ma fille m'aime tant qu'elle ne veut pas me quitter tandis que votre fils se fiche de vous et ne songe qu'à vous voir partir. » Il ne restait à Jennifer qu'à prendre les remarques au pied de la lettre et à donner une réponse neutre du genre : « Il adore jouer avec d'autres enfants », d'un ton cordial destiné à montrer que le compliment lui faisait plaisir et dénué du sous-entendu critique « contrairement au gosse asocial que vous avez élevé ».

Jennifer ne craignait plus ces conversations devenues banales. En revanche, elle se demandait si les mères étaient en proie aux mêmes dilemmes d'ordre linguistique et social lorsqu'elles faisaient des observations sur la progéniture d'une autre. Oscillant entre la paranoïa et la suffisance, elle s'efforçait de masquer ces sentiments par des propos lénifiants. Certaines femmes, avait-elle remarqué, avaient tendance à juger sévèrement leurs enfants comme pour suggérer : « Je prétends que mon Oliver est beaucoup plus insupportable qu'il ne l'est parce que votre Thomas est tellement infernal que ça me navre pour vous. » D'autres se vantaient allègrement sans en avoir conscience : « Ma Maisy s'est mise au mandarin, c'est la première fois que son professeur voit une gosse de quatre ans acquérir si rapidement le vocabulaire de base. »

La plupart, à l'instar de Jennifer, naviguaient à vue. Elles se gardaient de trop féliciter leurs enfants ou de critiquer ceux des autres. Même si cela facilitait leurs rapports, c'était éreintant, aussi bizarre que cela puisse paraître. Au bout d'un après-midi passé avec plus d'une ou deux mères accompagnées de leurs rejetons, Jennifer, une fois chez elle, s'asseyait avec Arthur et se sentait comme soulagée d'un grand poids. Elle s'étirait en soupirant, étonnée d'avoir été aussi crispée, sur la défensive, pendant tout le temps où elle avait bavardé et bu du café.

Cela n'avait toutefois rien à voir avec les tensions, infiniment plus fortes et moins supportables, de sa vie d'avant Arthur. D'autant qu'elle pouvait parler à ces femmes. Au fond, peut-être que personne n'était vraiment détendu en présence d'autrui.

Doreen s'était d'abord élevée contre le jardin d'enfants. « Attends qu'il ait trois ans, avait-elle supplié Jennifer lorsque celle-ci l'avait inscrit après Noël. Il est trop petit pour y aller cinq matinées par semaine, et je ne le verrai plus que quelques après-midi. »

Au mois de mars, elle avait toutefois cessé de se lamenter.

« Mon fils, le roi ! » s'exclama Jennifer. En rentrant de son travail, elle était passée chercher Arthur chez sa mère. Il avait ouvert la porte vêtu d'une toge en velours rouge que Doreen avait faite dans un vieux rideau et coiffé d'une couronne en plastique doré. Il parcourut le vestibule d'un pas majestueux.

« Il est magnifique, maman, non ?

— Oui, absolument », convint Doreen, sans conviction.

Depuis environ quinze jours, elle n'était plus aussi expansive avec Arthur, on aurait dit qu'elle gardait ses distances. Peut-être boudait-elle parce qu'elle s'en occupait moins, deux après-midi par semaine tout de même, sans oublier les soirs où elle le gardait chez

Jennifer quand celle-ci sortait avec Greg ou donnait un concert. Elle n'était donc pas complètement privée de lui. Quel dommage de ne pas montrer au petit garçon qu'il lui manquait en lui manifestant sa tendresse lorsqu'elle le voyait !

Jennifer était exaspérée que sa mère lui sape le moral en cette période où elle était souvent en proie à une sorte d'allégresse. Elle n'avait jamais aussi bien joué. Elle avait accepté de se produire à la soirée de gala organisée pour la collecte de fonds et s'y préparait avec plus d'ardeur que de frayeur, quand bien même la balance penchait parfois de l'autre côté. Quoi qu'il en soit, il lui semblait être sur la bonne voie. Son remplacement pour congé de maternité se terminait dans quelques mois, mais on lui en avait pour ainsi dire promis un autre. Greg et elle se rapprochaient de plus en plus. Quant à Arthur, il rentrait du jardin d'enfants avec une foule d'histoires à dormir debout et dans un tel état de fatigue qu'il s'endormait sans qu'elle ait le temps de terminer celle qu'elle lui racontait. Onze heures plus tard, il se levait, débordant d'énergie. Sa joie de vivre ravissait Jennifer, qui n'imaginait pas un avenir où elle n'éprouverait pas la même chose, quel que soit l'âge du garçon. Quelle était la raison de la détresse de Doreen ? Tout était possible : la privation d'Arthur, la jalousie envers Greg, la perpétuelle insatisfaction de son sort. C'était plus triste pour Doreen, incapable de se réjouir du bonheur de sa fille, que pour Jennifer, qui, elle, était très très heureuse. Vraiment.

Lorsqu'elle avait emmené Arthur, lorsqu'elle avait pris conscience de la gravité de son acte, elle s'était attendue à regarder par-dessus son épaule sa vie durant. Or elle était décontractée, à présent. Elle ne se sentait plus oppressée.

*

Le jour de sa libération, Mark se rendit en premier lieu chez sa mère. Il avait refusé qu'elle l'attende devant la prison. « Prépare le dîner », lui avait-il demandé. Celui-ci était conservé au chaud sur la cuisinière. Plantée devant la porte, elle le guettait et éclata en sanglots dès qu'elle l'aperçut dans la rue. Il était au-delà des larmes.

Peu de temps après qu'ils eurent terminé le pudding à la mélasse et à la crème renversée – son gâteau préféré, cuit à la vapeur dans un tissu, une recette de sa grand-mère –, il remit son manteau.

« Où tu vas, mon grand ? T'as pas envie de te reposer, de ranger tes affaires ? »

Il répondit à sa véritable question, la tenant par les épaules, la regardant droit dans les yeux :

« T'inquiète, m'man. Je serai sage et prudent. C'est quelque chose que je dois faire. »

Elle lui serra la main, qu'elle embrassa.

« Je sais, mon grand. Pour sûr, j'le sais. »

Mark comptait bien tenir parole, sauf que, si nécessaire, il ne se priverait pas de donner un peu d'élasticité au mot « sage ». Il n'exagérerait pas, ça, c'était certain. Cette fois encore, il se fit passer pour un travailleur social et ça marcha à nouveau. On lui avait attribué un appartement loin, dans le nord de Londres. Un quartier qu'il ne connaissait pas, mais facile d'accès en métro. Il réussit à se maîtriser, à ne pas se ruer à l'intérieur pour tout mettre sens dessus dessous. Il veilla à observer la cité le plus discrètement possible. Il dut tout de même s'approcher de l'entrée pour être sûr. Oui, c'était bien Samantha. Nom de Dieu ! Elle n'avait plus que la peau sur les os, pourtant, à sa façon d'être avachie contre un arbre, on aurait dit qu'elle n'en avait plus un seul.

Aucune trace de son fils. Elle l'avait enfermé dans l'appartement ? Confié à quelqu'un ? Ça lui coûta énormément de rester à la regarder alors qu'il suffoquait, démangé par l'envie de se précipiter dans l'enceinte pour prendre son fils dans ses bras. Non, pas question de tout gâcher, cette fois. Peut-être qu'il dormait. Les mômes de trois ans, ça fait toujours la sieste ? Sûrement. C'était mieux pour lui que d'être dehors avec ce qui subsistait de sa mère. Elle et ses potes défoncés. Ouais, il pionçait.

*

Au club polonais situé à proximité de l'église, en haut de la rue, Reina Zydorkiewicz trempait de petits gâteaux dans du thé fort et sucré tout en râlant contre ses voisins de l'étage supérieur. Ils avaient retiré la moquette, si bien qu'elle entendait le moindre pas. Ils ne se déchaussaient même pas à l'intérieur, c'étaient des piétinements toute la journée. Et leur musique ! Tonitruante et discordante, elle se déversait dans la chambre de Reina, l'empêchant de dormir, c'est dire le volume ! Ils étaient plutôt gentils quand elle hissait ses pauvres jambes dans l'escalier pour leur signaler que c'était trop fort. Ils souriaient et lui promettaient de faire moins de bruit, mais ça recommençait dès qu'elle était redescendue. Et ça durait depuis des mois. Depuis l'été précédent.

« Zette fille qu'était là avant, confia-t-elle à Marta Jagiellowicz en postillonnant des miettes sur la veste de son amie, elle était très bien. Elle parlait pas beaucoup et faizait pas beaucoup de bruit non plus. Même quand zon bedit ami venait, ils étaient calmes. De la moquette. Pas de zouliers. Et la muzique ! Elle chantait que de zolis airs. Elle zouait sur zon violonzelle.

— Zon quoi ? » demanda Marta.

Reina la gratifia d'un sourire condescendant. Maintenant qu'elle avait étalé sa maîtrise de l'anglais, elle était trop contente de passer au polonais.

« Ben tu sais, un *wiolonczela.*

— Elle en avait un, cette fille ! s'exclama Marta.

— Je parle de celle qui habitait ma maison, expliqua Reina comme si elle s'adressait à une mioche, celle qui occupait l'appartement au-dessus de chez moi. Elle joue admirablement bien. À présent, mes voisins écoutent de l'horrible musique de rock and roll, à tue-tête, à n'importe quelle heure du jour et de la nuit.

— La fille qui a enlevé le petit garçon », précisa Marta.

Cessant ses doléances, Reina se força à la patience :

« Ah non, pas encore ce petit garçon. Ça fait des mois que tu m'en rebats les oreilles, pourquoi tu continues ? »

D'une voix rauque et chevrotante, car elle n'avait plus l'habitude de parler autant, Marta poursuivit assez distinctement pour que Reina l'entende :

« Parce que je l'ai vu de mes yeux. Au mois de mars de l'année dernière, il était assis tout seul sur le trottoir. Et je l'ai vue, j'ai vu la fille au violoncelle arriver. Elle s'est tout de suite approchée du petit garçon et elle l'a pris dans ses bras. Puis elle l'a emmené. Elle s'est dirigée vers la maison où tu habites.

— On en a parlé plein de fois, dit Reina. C'était sûrement sa mère !

— Non, non. Bien qu'elles soient toutes les deux maigrichonnes, elle était plus âgée et un peu moins squelettique. Des cheveux bien coupés, alors que ceux de la mère sont gras la plupart du temps, et attachés en queue-de-cheval. Élégante. La mère, elle, porte toujours un survêtement et des baskets. De mauvaise qualité. L'autre, je l'ai vue souvent se rendre à la station de métro pour aller travailler.

— Alors, c'était un autre enfant ? Pas celui de la cité.

— Tu sais bien qu'en dehors de la messe toutes les semaines et de ce club, si j'arrive à m'y traîner, je n'ai rien d'autre à faire que rester assise devant ma fenêtre toute la sainte journée. Je connais tout le monde. Je connaissais le petit garçon.

— On l'aurait appris, ç'aurait été dans les journaux, non ? s'impatienta Reina. Tu peux en être sûre.

— Seulement si sa mère l'avait signalé.

— Non ! Il y a toutes ces assistantes sociales. Elles auraient gardé un œil sur l'enfant de cette ivrogne.

— Combien d'histoires circulent sur les assistantes sociales qui ne font pas correctement leur boulot ? Sur des gosses qu'on est censé surveiller et qu'on retrouve morts, hein ?

— Tu es sinistre aujourd'hui, Marta ! s'exclama Reina, tentant de dissiper l'humeur chagrine de son amie. Qu'est-ce qui se passe ? Toujours pas de nouvelles de Michal ? Pas de coup de téléphone ni de lettre ? »

Marta ne se laissa pas détourner de son sujet.

« Ça fait une éternité que ce qui est arrivé à ce petit garçon me déprime. J'ai essayé de prévenir sa mère, tu es au courant, mais elle ne m'a pas écoutée. Je n'ai pas trouvé les mots en anglais et elle a été impolie. Elle était soûle. En plus, ses amis m'ont dit… ils m'ont dit… d'aller me faire foutre, précisa Marta en anglais, si fort que les autres personnes de la salle se retournèrent, stupéfaites, et maugréèrent pour signifier leur désapprobation.

— Allons, allons, Marta, je sais. Très impoli. Aucun respect. Les jeunes…

— En fait, l'un d'entre eux paraissait avoir presque ton âge – celui qui m'a insultée. J'ai guetté le petit garçon tous les jours pendant presque un an, mais il n'est pas ici. J'en suis certaine. Mais j'ai revu la fille, quelques semaines après. La fille au violoncelle. Toute seule. Elle trimballait le grand étui, tu sais, pour l'instrument, et des sacs. Elle observait les tours, je crois qu'elle essayait de trouver la mère. J'ai eu peur qu'elle me repère alors je me suis cachée derrière mes rideaux. Puis elle est partie.

— Voyons, Marta, tu m'as dit, tu te rappelles, que la mère savait où il était. Son père l'avait pris. Ça n'a donc aucun rapport avec ma voisine, comment serait-ce possible ? Laisse tomber, ça te chamboule.

— Une fille mince aux cheveux blonds. Les deux fois, elle portait un imperméable bleu clair.

— Ma voisine avait le même. Une jupe courte, des jambes maigres dans des bottes noires.

— C'est ça, répondit Marta. Et tu dis qu'elle a déménagé ?

— Il y a presque un an. Elle ne comptait même pas me prévenir ! Elle voulait juste glisser un petit mot sous ma porte, tu te rends compte ! J'ai ouvert et je suis tombée sur elle avec son neveu ! Du coup elle me l'a donné, elle m'y annonçait que son appartement était en vente. Après, elle est seulement revenue chercher ses affaires. »

Reina a un air pensif.

« Son neveu, c'était la première fois que je le voyais. Un petit garçon adorable, âgé d'un peu moins de deux ans, à mon avis. D'immenses yeux noisette. Des cheveux châtain foncé.

— Et un teint un peu hâlé, un tout petit peu, ajouta Marta. Oui, il était comme ça. Le petit garçon que la fille au violoncelle a pris. »

Les rides des visages des deux femmes se creusèrent.

« Non, c'est impossible, affirma Reina. Ma voisine était une fille bien. Pas une voleuse d'enfant. Tu as tout imaginé parce que tu es triste à cause de Michal et parce que tu n'as rien de mieux à faire. »

*

La nouvelle avocate de Mark, beaucoup plus compétente que les autres, ne mit pas en doute ses motivations. Elle parla de résultats. De la nécessité d'être patient, de jouer le jeu, de garder son sang-froid pour les atteindre. Il resta assis en face d'elle pendant qu'elle lisait les notes qu'il avait prises sur les dates et les heures. Elle eut beau le féliciter de sa minutie, elle n'était pas en mesure d'accélérer les choses, pas suffisamment pour lui.

Il fit le guet devant la cité. Non pour agir, simplement pour surveiller. Il n'aperçut jamais son fils. Quand donc Mamfa le sortait-elle ? Il tenta le coup à différents moments de la journée : l'heure du déjeuner, le début de soirée, même après la tombée de la nuit. Sans succès.

Quel mal ça pouvait faire d'aller gentiment poser une question ? Le saligaud n'était visible nulle part, alors il n'y aurait pas de problèmes. Il serait calme. Il ne l'effraierait pas. Il voulait juste voir comment allait son fils. Quel mal à ça ? Il aurait dû attendre, il s'y était engagé, mais c'était plus fort que lui. Il entra.

Elle ne leva pas les yeux à son approche. Le cœur de Mark cogna contre sa poitrine. Pas de la même façon que lorsqu'il la regardait allaiter le bébé ou, avant ça, lorsqu'elle se tortillait pour ôter son jean, se moquant de son expression, du désir qu'il avait d'elle. C'étaient de grands coups comme quand on attend un choc dans un film d'horreur, le passage où la créature démoniaque surgit. Ils dominèrent le son de sa voix au moment où il l'aborda après avoir toussoté.

« Mamfa, commença-t-il calmement. T'énerve pas. Je vais pas te toucher. Je n'irai pas dans l'appartement. Je veux juste que tu me dises comment va Sam. Je veux juste savoir s'il est en forme. Et j'espère qu'on arrivera à trouver une solution, tu sais, pour que je puisse le voir et tout ça. »

Elle était tellement à la masse ! À la vue de ses mains squelettiques et tremblantes, il se détourna. Est-ce qu'elle l'avait reconnu ? Est-ce qu'elle l'avait compris ? Il n'en avait aucune idée, la casquette de base-ball lui cachait ses yeux. La vieille assise près d'elle prit la parole :

« De quoi tu causes ? »

Il aurait préféré l'ignorer ou lui dire de s'occuper de ses putains d'oignons. De crainte de perturber Mamf, qu'il ne quittait pas des yeux, qu'il adjurait de croiser son regard, il lâcha :

« De notre petit garçon.

— L'est avec son conard de paternel. Alors de quoi tu parles ?

— Non. C'est moi, son papa, n'est-ce pas, Mamf ? »

La femme répondit une fois de plus à sa place :

« Son père le lui a piqué, sans même demander. Ce qu'elle a chialé ! Pas vrai, Sammy, chou ? Alors pourquoi tu continues à lui casser les pieds ?

— Mamf ? » lança Mark.

Il était angoissé comme quand, dans un film d'horreur, on va montrer le cadavre dépecé et qu'on ne peut pas s'empêcher de regarder même si on ne le veut pas.

« Mamf, je peux le voir une minute ? Il dort ? Il va bien ? »

La visière de la casquette se releva. Les iris ternes et les pupilles dilatées de Samantha se plantèrent dans les yeux marron de Mark.

« Tu l'as pris. Tu me l'as enlevé, murmura-t-elle.

— Tu veux dire qu'il n'est pas ici ? »

Malgré lui, Mark criait, à présent.

« Qu'est-ce tu veux dire ? Où il est, Mamfa ? Où est Sam ? »

Maintenant

« Et puis on a divulgué l'histoire, tu te souviens du moment ?

— Évidemment. Je me trouvais dans une école. J'avais terminé les cours de la matinée et je prenais le thé dans la salle des profs, où la radio était allumée. On ne l'entendait pas d'habitude, elle était couverte par le cliquetis des tasses et les bavardages, mais, dès l'annonce de la nouvelle, tout le monde s'est tu.

— Qu'est-ce que tu as fait ?

— Mes mains ont gelé. La tasse de café que je tenais m'a semblé être un morceau de glace, le genre qui brûle.

— Tu as eu une réaction particulière ?

— Pas plus que les autres. Les commentaires ont fusé. D'abord scandalisés, ils ont fini par conclure : "En fait, ça n'a rien de surprenant, hein ? Vu la façon dont les gens vivent. Vous imaginez l'état de la mère qui n'a même pas été fichue de le signaler à la police ? Pauvre gosse, aucune chance qu'on le retrouve !"

— Tu as participé à la discussion ?

— J'ai juste bredouillé mon assentiment. Après quoi, invoquant une course oubliée, je suis partie.

Comme je n'avais pas d'autres cours ce jour-là, ça n'a étonné personne, d'autant que je ne retournais pas toujours au bureau. Je suis sortie de la ville, j'ai roulé dans la campagne, je me suis garée à l'écart et j'ai pleuré une bonne heure. Puis je suis allée chercher Arthur chez maman.

— Comment te sentais-tu ?

— Très calme. Déterminée.

— C'est-à-dire ?

— Décidée à ne pas le perdre. À éviter de dire ou faire quoi que ce soit qui risquerait d'être suspect. Il n'y avait aucune raison de m'inquiéter, j'étais sûre que personne ne m'avait vue le prendre et j'avais quitté Londres si vite... Même si c'était angoissant d'en avoir entendu parler aux nouvelles, j'étais convaincue que rien ne pouvait m'impliquer. J'étais arrivée au bout de mes peines. »

Stephanie pince les lèvres. Elle plane au-dessus de sa proie, ses yeux d'aigle virent au bleu acier tandis qu'elle braque son nez belliqueux vers Jennifer.

« Et tu n'as jamais pensé une seconde au sang d'encre qu'on se faisait pour ce petit garçon ?

— Je n'ai pas vu son père, alors j'ai supposé...

— As-tu réfléchi aux conséquences de ta *supposition*, Jennifer ? Au chagrin de la famille ? Tu n'as pas l'impression d'avoir des comptes à lui rendre ?

— Le père, j'ignorais son existence. Si j'avais *projeté* d'enlever Arthur, j'aurais peut-être fait – je ne sais pas, moi – des recherches, j'aurais essayé d'en apprendre un peu sur lui. Encore que, sans connaître son nom, je ne sais pas comment je me serais débrouillée.

— Tout le monde le connaît maintenant, non ? Le pays tout entier.

— En réalité, l'idée de faire une chose pareille est effroyable, j'aurais dû le filer, l'espionner.

— Vérifier les faits avant d'agir.

— J'ai agi sous le coup d'une impulsion. D'une impulsion généreuse dictée par les sentiments que j'éprouvais pour lui, qui s'étaient développés au fil des mois. J'avais les meilleures intentions du monde. »

Avant

Quand les policiers forcèrent la porte de l'appartement, ils trouvèrent Samantha assise, dos au mur, genoux repliés sous le menton, dans la chambre aux rideaux fermés, plongée dans l'obscurité.

Daz ne lui avait rien apporté, bien sûr. N'empêche qu'elle le balancerait pas, tant pis pour les conseils des autres. Ils avaient tous pris la tangente, même Bridget avait battu en retraite dans son immeuble après avoir aidé Samantha à rentrer chez elle. « Mamfa, avait crié Mark, tu peux pas te cacher ! Pas maintenant ! » Il pleurait sans essayer de s'en empêcher ; tout le monde avait entendu son coup de fil à la police. Entre sanglots et reniflements, il avait dû répéter mille fois son nom et l'adresse où il se trouvait. Elle ne l'avait encore jamais vu chialer, même si elle s'était moquée de lui parce que ses yeux brillaient dès qu'ils se posaient sur le bébé. Au début, ils étaient tous les deux comme ça. Un petit bout tellement mignon, tellement minuscule. À ce moment-là, il la rendait heureuse comme si elle avait fait quelque chose d'extraordinaire. La première fois qu'elle l'avait allaité, Samantha s'était sentie très fière, sachant que tout venait d'elle. Sauf que c'était devenu de moins en moins extraordinaire. Le souvenir remonta à la mémoire de Samantha, qui posa la main sur son sein, enfin, sur son torse – tout plat, à présent –, là où elle tenait le bébé. La tétée avait commencé à lui donner la nausée. Elle imaginait des atrocités, comme s'il était une espèce de petit monstre qui la suçait, chiait et hurlait. Pour eux, c'était n'importe quoi d'avoir un môme, hein ? Ils ne sortaient plus jamais. Cette baraque où elle était coincée vingt-quatre heures sur vingt-quatre avec le bébé. Sa foutue mère et son : « On est une famille maintenant, Samantha. » La vie de famille. Une mère. Tout ce dont elle avait rêvé se révélait pire qu'un cauchemar. Mieux valait rêver. Continuer à rêver.

« Il a disparu ! n'arrêtait pas de gueuler Mark au téléphone. J'sais pas depuis combien de temps. Des mois. Elle n'a pas toute sa tête. Mon fils a disparu. »

Daz cachait quelquefois de la came dans l'appartement. Elle en avait trouvé dans un sac en plastique fixé avec du ruban adhésif dans le réservoir de la chasse d'eau. Un coup de bol.

Alors elle s'attendait à une descente de la police et s'étonnait qu'elle tarde tant. Il devait être presque minuit quand elle entendit qu'on défonçait la porte.

On appuya sur l'interrupteur. La première chose à surgir de l'ombre fut un chien suivi par celui qui le tenait en laisse. Le clebs fouilla partout. Il trouva de la came dans un trou du matelas, autre chose sous les lattes du plancher dans un coin de la pièce, puis il alla flairer le reste de l'appartement. Il était intelligent. Une femme policier s'adressa à elle :

« Vous êtes bien Samantha Muldaney ? »

Après s'être essuyé le nez sur sa manche, la jeune fille leva les yeux.

« Vous me ramenez à l'Assistance publique ? »

*

Daz sortit une main de sous les couvertures et chercha à tâtons la télécommande par terre. Il l'agita en direction de la télévision avant de presser sur le bouton. Il aimait se réveiller avec la télé. Pour un jeune homme aussi lucide, il avait du mal, le matin ; il devait écouter des voix pendant une vingtaine de minutes pour arriver à se secouer et pour que ses yeux s'accoutument aux chemises éblouissantes et aux sourires rayonnants des présentateurs.

À peine celui du journal télévisé commença-t-il à annoncer les titres qu'il fut immédiatement en alerte et sauta du lit comme si on l'avait piqué avec un aiguillon à bétail.

« Merde, putain de bordel de merde !

— Qu'est-ce qui se passe, bébé ? marmonna la fille enfouie sous les couvertures.

— Faut qu'tu files, beauté, lui dit-il, repoussant les draps et ramassant ses vêtements éparpillés sur le sol. Va à l'école aujourd'hui, tu m'entends ? Tu n'es jamais venue ici. Tu n'as jamais été avec moi, d'accord ?

— J'veux pas y aller, à c'te putain d'école. J'peux pas rester avec toi, Daz ? Si t'es occupé, j'peux rester ici, dis ?

— Discute pas, beauté. Ça va chier, faut qu'tu débarrasses le plancher. »

Elle se leva à contrecœur.

« Et la fête de ce soir ? geignit-elle. Tu m'y emmènes toujours, hein ?

— Y en aura pas. T'es pas au parfum d'une putain de fête, tu m'entends ? TU M'ENTENDS ?

— C'est bon, j'ai pigé. »

Elle éclata en sanglots.

« C'est pas la peine d'être dégueulasse avec moi, j'ai rien fait de mal. »

Daz se précipita vers elle en la menaçant du poing, mais il n'alla pas au bout de son geste et, éclatant de rire, il se borna à tapoter la tête de la fille. Puis il lui entoura le visage de ses mains et embrassa ses larmes.

« Pleure pas, princesse. Je t'appellerai, d'ac ? Garde ton portable ouvert. Mais pas un mot sur où t'étais, même pas à tes potes. Pasque sinon… »

Il brandit à nouveau le poing et le laissa retomber sur les cheveux de la fille, qu'il ébouriffa.

« Pasque sinon j'serai dans la mouise. Alors tu la fermes, j'peux te faire confiance pour ça, beauté ? Oui ou non ?

— Sûr, Daz, répondit-elle avec un sourire tremblant. J'comprends. Appelle-moi plus tard.

— D'ac, beauté. »

Il la fit virevolter et lui flatta l'arrière-train.

« Maintenant, file à l'école. Et sois sage, recommanda-t-il en lui adressant un clin d'œil.

— T'aime.

— Moi aussi, ma nana préférée. »

Daz prépara deux sacs. Dans l'un, qui lui avait servi de cartable, il fourra des vêtements. L'autre était un véritable sac à dos, luxueux, qu'il avait arraché du dos d'un étudiant avec qui il avait eu une altercation. Il le traîna dans l'appartement, remplissant ses nombreuses poches de petits paquets et boîtes, bourrant celle du haut à zip de liasses de billets. Il devrait se mettre à l'ombre un moment.

C'était toujours à cause d'une conasse, hein ? Une girouette incapable d'encaisser. Il était déjà assez mouillé comme ça. S'il avait une chose à éviter à tout prix, c'étaient les emmerdes à propos de disparitions de mômes. On pouvait tout faire, à condition que ça n'implique pas de gosses. Il n'avait pas envie que ce genre d'histoire lui colle aux basques.

Daz ne prit pas la peine de fermer la porte à clé, il ne reviendrait jamais dans cet appartement. Jamais.

*

Une fois la nouvelle relayée par les médias, Mark demanda à sa mère d'éteindre télé et radio. Il bannit les journaux de la maison. Il comprenait pourquoi elle tenait à tout lire, à regarder l'histoire se déployer inlassablement et à tout écouter : débats, émissions où les téléspectateurs intervenaient en direct, interviews de la police. Elle les considérait comme des témoignages, mais il lui fit comprendre que c'était l'inverse. Les témoins à plein temps, c'étaient eux, et la prise en compte des idées ou avis des autres tenait plutôt de la trahison.

Ils avaient leurs opinions sur les mauvaises mères, les défaillances des services sociaux, l'injustice légale, la nocivité de la drogue, l'effroyable facilité avec laquelle on pouvait voler un enfant sans que personne le remarque ou s'en soucie. Ils n'avaient pas besoin d'informations pour que leur imagination batte la campagne ; ils ne pensaient qu'à ça. Pas une heure ne s'écoulait sans que l'horreur de la disparition de Sam et les possibilités encore plus abominables de ce qui risquait de s'être passé ensuite leur arrachent soupirs, sanglots, gestes de désespoir ou de colère.

« J'en arrive à espérer sa mort, dit Mark en pleurant sur l'épaule de Rita. À cause de tout ce qu'on pourrait lui avoir fait. Je préférerais qu'il soit mort. Qu'il ne souffre plus, m'man, j'espère qu'il est mort.

— Chut, souffla-t-elle tout en lui caressant les cheveux mouillés de ses propres larmes. Chut, mieux vaut pas y penser. Je comprends ce que tu veux dire, et c'est pas grave de le penser ni même de le dire, mais on doit garder espoir. On peut pas renoncer. Tiens le coup, mon grand. On doit tenir le coup. »

*

Doreen scrutait Arthur qui regardait la télévision. Elle alla chercher son café dans la cuisine au moment du journal, et tendit l'oreille. Ses yeux se remplirent de larmes. Un an de plus qu'Arthur, le pauvre petit bout ! À cette pensée, elle se sentit coupable de la façon dont elle se conduisait ces derniers temps. Si Jennifer lui avait menti au sujet de Neil, ce n'était pas la faute de l'enfant, n'est-ce pas ? Elle ne devrait pas laisser la distance entre sa fille et elle influencer la façon dont elle le traitait. Qui se souciait de l'identité de son père ? Après tout, c'était son petit-fils.

Elle revint s'asseoir à côté de lui dans le salon.

« Bouge un peu, mon ange ! »

Arthur jeta un coup d'œil à Doreen et posa la tête sur le bras de celle-ci tandis que son regard se tournait de nouveau vers la télévision.

« Bonjou, gand-maman », dit-il calmement, sans quitter l'écran des yeux.

Peu importait qui était son père, non ? Arthur était sain et sauf. Il ne courait aucun danger. On ne s'apprêtait pas à l'enlever.

« Bonjour, petit chéri », répondit-elle, embrassant ses cheveux.

*

Jennifer s'examina une fois de plus dans le rétroviseur. Elle avait l'air calme, à présent. Elle s'était remaquillée pour égaliser son teint et masquer le rouge autour de ses yeux.

« Tu ne risques rien, assura-t-elle à son reflet. Nous sommes en sécurité. »

Puis elle s'engagea dans l'allée de sa mère, descendit de la voiture et entra dans la maison.

« Coucou, c'est moi », cria-t-elle d'une voix joyeuse.

Maintenant

« Ta mère soupçonnait quelque chose, à ce moment-là ?

— Qui sait ? maugrée Jennifer. Je n'en ai pas la moindre idée. En fait, j'en doute. Elle m'a aussitôt annoncé la nouvelle, très naturellement : "Tu te rends compte, le petit garçon avait presque le même âge que notre Arthur !" Du coup, ce fut facile d'abonder dans son sens : "Oui, j'ai entendu ça à l'école, c'est affreux, j'espère que la police découvrira ce qui s'est passé." Mais je n'avais pas conscience que maman se demandait si je lui disais la vérité. Cela paraît ridicule, il me suffit d'en parler pour que tout ce qui m'a échappé – les éléments minuscules qu'elle essayait de reconstituer, que ce soit au sujet du père d'Arthur ou des photos de bébé et des documents inexistants – me saute aux yeux. En revanche, ça ne m'a jamais traversé l'esprit qu'elle doutait qu'Arthur soit mon fils. Je n'en reviens toujours pas.

— De ne pas avoir été aussi intelligente que tu pensais l'être ?

— Qu'elle ait cherché un moyen de... je ne sais pas, peut-être d'émousser ses sentiments pour moi ou de justifier leur absence. À mon sens, elle n'a jamais accepté que j'aie réussi cet exploit : lui donner un petit-fils.

— Ce n'est pas le cas.

— Oh que si ! Elle l'aimait, il l'aimait. Sauf qu'au lieu d'en être comblée, elle voulait faire éclater la bulle. Tout gâcher.

— Revenons au moment où on a annoncé la nouvelle.

— Je suis sûre qu'elle n'a pas cru que ç'avait un rapport quelconque avec Arthur, pas à ce stade.

— Qu'est-ce qui l'a fait changer d'avis ?

— Pendant quelques jours, elle a lu des articles sur le sujet dans les journaux. Elle s'intéressait surtout à la mère.

— Comme tout le monde.

— Il y avait de quoi, non ? La négligence, la drogue, les condamnations de tous les voisins qui la traitaient de mauvaise mère, même si aucun d'entre eux ne s'était donné la peine de signaler la disparition d'Arthur, pour peu qu'ils aient remarqué ce petit garçon ; ce qui ne les empêchait pas de se bousculer pour y aller de leurs : "Je savais bien que c'était une brebis galeuse." Quoi qu'il en soit, maman était surtout frappée par l'absence de photos d'Arthur après l'âge d'environ cinq mois – c'était son père qui en prenait et, comme il avait six mois quand sa mère l'a emmené, il n'en existait pas de plus récentes. Ça m'a soulagée, évidemment : les clichés étaient plutôt flous et, sur la plupart, il n'apparaissait que comme une tache minuscule. Même celui où il joue avec un hochet en forme d'éléphant, dont tous les journaux se sont servis, pourrait être celui de n'importe quel bébé devenu un petit garçon aux yeux noisette. Il n'avait que très peu de cheveux.

— Et ta mère trouvait cette absence de photos particulièrement… quoi ? poignante.

— J'en ai l'impression. Bien entendu, elle en a profité pour faire observer qu'elle n'était pas la seule grand-mère à être privée de photos de son petit-fils.

— Elle te l'a dit ?

— Plus ou moins. J'ai riposté qu'une comparaison entre un enfant délaissé et kidnappé et notre petit Arthur était monstrueuse.

— Jennifer, où en est ton sens du ridicule ?

— Il existe bel et bien. Et il est très développé. Ça n'a pas été une réponse facile, mais c'était… plus naturel. Cela correspondait à ce que j'aurais dit si je ne l'avais pas… s'il n'avait pas été…

— L'enfant volé dont vous discutiez ?

— En effet. Bon, c'est en lisant une énième histoire sur sa mère plongée dans l'enfer de l'alcool et de la drogue que Doreen a remarqué l'adresse de la cité. “Tu n'habitais pas loin à Londres, non ?” m'a-t-elle demandé. Après avoir regardé le plan du journal, j'ai répliqué : “Oui, tout près. C'est à côté de la station de métro où je descendais pour aller travailler. — Jennifer, tu connais sûrement l'endroit où on l'a enlevé, pourquoi est-ce que tu ne l'as pas dit ?” Je m'en suis tirée en lui assurant n'avoir pas entendu de quel coin du nord de Londres il s'agissait. N'empêche qu'elle était contrariée. En tout cas, c'est là qu'elle a perçu que je lui cachais quelque chose. Rien de plus au début. Puis on a montré des photos de son père, il y a eu des interviews et ainsi de suite… sans compter la coïncidence de la date avec celle de mon départ de Londres. En plus, elle avait vu Neil à ce moment-là d'après vous, elle devait donc déjà avoir des doutes puisqu'il ressemble si peu à Arthur. Elle savait que j'avais menti sur son teint, ses yeux, tout, quoi. À mesure qu'on diffusait d'autres informations, elle se demandait peut-être si la tromperie n'était pas nettement plus grave.

— Tu n'étais pas sa mère.

— Je ne lui avais pas donné le jour.

— Comment traitait-elle Arthur ?

— Mieux, en fait. De quoi m'induire en erreur. Elle était presque redevenue comme avant avec lui. Elle se mettait à genoux par terre pour jouer, faisait de véritables efforts, l'appelait tout le temps par des petits noms.

— Cela a continué ?

— Oui. Jusqu'à… eh bien, jusqu'à son départ en vacances. »

Avant

Où qu'elle posât le regard, il y avait des photos de l'enfant disparu. Les journaux s'interrogeaient sur son sort tandis que des émissions de radio utilisaient sa disparition comme une illustration de tous les maux imaginables de la société. Le pays entier connaissait les quelques clichés d'Arthur bébé, présentés en boucle dans chaque bulletin d'informations à la télévision.

La peur avait pris possession de Jennifer. Sa tête bourdonnait d'un chœur de voix courroucées et de froissements de papier. Il lui était impossible de fuir les autres quand ils discutaient de la disparition de Sam Folletti – le principal sujet de conversation dans la salle des professeurs, au bureau, au supermarché –, aussi veillait-elle à adopter le comportement requis. À force de contrôler ses expressions et ses paroles pour ne pas attirer l'attention, elle courait le risque de paraître indifférente. Certains collègues estimaient de toute évidence qu'une femme ayant un petit garçon à peine un peu plus jeune que celui qui avait disparu aurait dû réagir plus vivement à l'histoire. Si elle s'était relâchée un moment toutefois, ses réactions auraient été excessives, anormales. Au fil des jours,

Jennifer supportait de moins en moins de voir les photos ou d'entendre ce prénom et luttait en permanence pour ne pas être débordée par ses émotions privées d'exutoire, comme si elle pleurait la perte d'un amour illégitime. Un soir où Greg évoqua en passant « le petit Sam », Jennifer éclata en sanglots d'une telle violence qu'elle fut persuadée que ç'avait mis la puce à l'oreille de son ami, mais il se contenta de la serrer dans ses bras et de s'excuser : « Désolé, mon amour, je ne me doutais pas que tu en serais bouleversée. Calme-toi. Il ne s'agit pas d'Arthur, n'est-ce pas ? Ton petit garçon est en sécurité. Ne l'oublie pas, accroche-toi à ça, et espérons qu'on retrouvera Sam très vite, d'accord ? »

Au bout d'une semaine, en l'absence de nouvelles informations, les titres « Il faut retrouver le petit Sam » furent remplacés par « La honte d'une mère droguée » puis par « La souffrance d'un père ».

Mark apparut au journal télévisé, où il supplia qu'on lui donne des nouvelles. Il lut soigneusement une déclaration. Le lendemain, on montra une interview de lui : son manque de préparation ne l'empêcha pas d'être éloquent, tandis que son angoisse était d'une incontestable sincérité.

On commença à s'interroger publiquement sur l'efficacité de la police et des services sociaux. Comment était-ce arrivé ? Qui avait laissé faire ? Pourquoi l'ensemble des forces de police de Londres n'avançait pas ? Qui était responsable de la disparition du petit Sam ?

Jennifer voyait Sam sur chaque photo de Mark Folletti. C'était un beau jeune homme, aux épais cheveux noirs, à la mâchoire carrée, à l'expression intelligente. Désormais, tout le monde connaissait son histoire et, à en juger par sa physionomie, on était prêt à le croire capable de colère, voire de violence ; on y percevait aussi de la passion et de la pudeur ; on devinait qu'il pensait chacune de ses paroles. Et son visage était le portrait craché de celui de son petit garçon. La même forme, le même teint, en revanche les yeux étaient différents : ceux de l'enfant étaient plus ronds que ceux aux coins retombés du père. Ça le vieillissait, peut-être était-ce l'effet de l'angoisse.

Jennifer pensait à la souffrance qu'il avait dû éprouver pendant les mois et les années de séparation, et à son désespoir encore plus atroce depuis la médiatisation de la nouvelle. Insoutenable. Tenter de prendre contact serait cependant beaucoup trop risqué. Quand les choses se seraient tassées, quand les caméras se seraient éloignées, quand tout le monde aurait accepté l'idée qu'on ne retrouverait jamais Sam Folletti, peut-être parviendrait-elle à le rassurer. Mais la fin de sa supplique télévisée lui revenait en mémoire : « J'espère que vous m'écoutez où que vous soyez et que vous communiquerez les informations que vous détenez. Et j'espère que vous comprenez que rien, ni les faux espoirs, ni les impasses, ni le passage du temps, ne me fera renoncer à chercher mon petit garçon. »

Il la pourchasserait. Elle ne pouvait prendre ce risque.

L'histoire semblait profondément affecter Doreen. Au début, chaque fois qu'elle voyait Jennifer, elle lui parlait des dernières nouvelles du « petit Sam », puis elle cessa d'aborder le sujet, l'évitant dès que Jennifer, qui s'efforçait d'avoir l'air à la fois concernée et naturelle, lui en touchait un mot. Si Arthur était là, elle se concentrait sur lui. Si elle se retrouvait seule avec sa fille, elle donnait l'impression d'être ailleurs. Pourquoi ? Jennifer essaya de lui tirer les vers du nez.

« Tu vas bien, maman ?

— Évidemment. Pourquoi irais-je mal ?

— J'ai remarqué que tu étais un peu… un peu à plat, ces derniers temps. Tu as l'air, comment dire, préoccupée peut-être.

— Je me porte comme un charme.

— Tu as peut-être besoin d'une coupure. De vacances. Et si tu partais au printemps dans un bel endroit ? »

Sur le point de rejeter la proposition, Doreen se ravisa :

« Au fond, tu n'as pas tort.

— Je n'ai qu'à commander des catalogues et nous réserver quelque chose sur Internet.

— Non, voyons, tu n'as certainement pas envie de m'accompagner.

— Bien sûr que si. Rien que tous les trois.

— Pas question. Il se trouve que j'ai vraiment besoin de me changer les idées. Tu as raison, Jennifer, je ne me sens pas en forme. Ne fais pas cette tête, ce n'est pas grave. Je suis en bonne santé, mais ça me ferait du bien de… recharger mes batteries.

— Toute seule, tu es sûre ?

— Je le suis depuis si longtemps que je n'en souffre pas. D'ailleurs, je passerai dans une agence de voyages à la fin de la semaine. »

Pour autant que Jennifer le sût, sa mère n'était jamais partie en vacances depuis que son mari l'avait quittée. C'était positif, sans aucun doute, qu'elle l'envisage.

« Dans ce cas… je peux tout de même m'en occuper pour toi, tu sais, te dégoter un bon prix sur Internet. On y trouve des vols très bon marché.

— Des vols ! Je n'ai jamais pris l'avion de ma vie, il n'est pas question de commencer. C'est l'Eurostar qui me tente.

— D'accord, je vais t'y réserver une place.

— Non, j'aime regarder les photos et je préfère en parler à quelqu'un. Je m'en charge, merci. De toute façon, c'est une excellente idée. »

Et Doreen de se renverser dans son fauteuil comme si elle était satisfaite de sa décision sans pourtant exprimer le moindre plaisir à la perspective de ces vacances. Se sentant coupable, Jennifer hésitait à insister pour l'accompagner, mais Greg avait suggéré qu'ils partent avec Arthur pour Pâques. Ils songeaient à Venise.

« Paris, quelle chance tu as ! s'exclama Jennifer lorsque Doreen lui montra la brochure. C'est génial ! Tu as décidé ce que tu allais faire ? Il me semble qu'il faut acheter des billets à l'avance pour les expositions qui ont du succès.

— Je le ferai avant mon départ. Ce n'est pas pressé.

— Il ne te reste plus que deux semaines, tu sais. Et tu pars le jour de la fête des Mères ! Quel dommage, je m'étais dit que nous irions au restaurant tous ensemble.

— Je ne crois pas que ma présence ce jour-là t'enchanterait.

— Comment ça ? Au contraire, nous serions contents que tu sois là.

— Écoute, tout est réservé. Il est trop tard pour changer quoi que ce soit. »

Maintenant

« Ta mère projetait quelque chose ? »

Jennifer lâche un petit rire ironique.

« Pourquoi me poser la question ? Vous êtes au courant des moindres détails, non ? Vous savez exactement ce qu'elle avait en tête.

— Tu penses qu'elle a tout révélé à la police ? Qu'elle avait tout planifié ?

— Bien entendu. Pourquoi prétendre le contraire ? Comme par hasard, elle partait le jour de la fête des Mères, alors qu'elle savait que j'avais pris Arthur exactement un an auparavant. Comme par hasard, elle s'éloignait, à Paris, de façon à fuir les conséquences de son acte, à éviter de devoir les subir avec moi.

— Pourquoi cette mise en scène ? Pourquoi ne t'aurait-elle pas interrogée, si elle avait de réels sujets d'inquiétude ? Pourquoi ne serait-elle pas allée voir discrètement la police dès qu'elle s'était rendu compte qu'Arthur était Sam ?

— Le côté théâtral, ça lui convient plutôt bien. Et si elle ne l'a pas signalé aussitôt, c'est peut-être parce qu'elle accumulait des preuves et fouillait partout pour voir si l'extrait de naissance ou les photos de bébé existaient vraiment.

— Tu en as la preuve ?

— Un soir où j'étais sortie et où elle avait gardé Arthur, j'ai trouvé à mon retour l'ordinateur allumé alors que j'étais sûre de l'avoir éteint.

— Elle savait s'en servir ?

— Je lui avais appris les bases et elle aimait acheter sur Internet, mais elle ne le faisait jamais chez moi.

— Elle aurait pu trouver quelque chose ?

— Toute la question est là. Elle aurait su comment ouvrir mes dossiers de photos ou jeter un œil à mes CD-Rom et, contrairement à mes affirmations, aucun ne contenait de photos. Un indice. Quant au reste, elle avait des tas d'occasions d'examiner mes documents officiels et de découvrir qu'il n'existait ni extrait de naissance, ni carnet de santé, ni aucun papier au nom d'Arthur, puis d'effacer les traces. Rien de bien compliqué.

— Elle a dit quelque chose ?

— Je ne me souviens que d'une allusion. Nous étions au jardin public, où Arthur courait avec ses copains de la garderie, censés avoir le même âge que lui ou être un peu plus âgés. "Il est vraiment grand, non ? a-t-elle lancé tout à coup. Il dépasse tous les garçons de trois ans, pourtant il n'a que deux ans et demi, n'est-ce pas ?" Ce "n'est-ce pas" m'a frappée. Elle l'avait prononcé sur un ton bizarre. Je me suis bornée à abonder dans son sens, et le sujet a été clos. Mais ç'a peut-être été le signe pour moi que… je ne sais pas, le signe qu'elle savait ou croyait savoir. En tout cas, c'est resté gravé dans mon esprit.

— Elle t'a accusée ?

— Pas avant ce matin.

— Elle a attendu le dernier moment ?

— Exactement. Juste après avoir tout raconté à la police. C'est ce que je veux dire par théâtral.

— D'après la compagnie de taxis, elle avait réservé une voiture à sept heures pour aller à la gare.

— Oui, le train était à huit heures quinze. Elle a beau être toujours beaucoup trop en avance, elle n'aurait tout de même pas prévu de faire le pied de grue une heure. Elle s'est arrêtée chez moi en chemin et a demandé au chauffeur de l'attendre.

— Que s'est-il passé ?

— Arthur et moi étions levés, nous venions de terminer notre petit déjeuner. Je lui ai dit que j'étais ravie qu'elle soit venue. Je lui ai donné… enfin, j'ai essayé, les cartes qu'Arthur et moi avions fabriquées pour elle. Nous nous étions donné beaucoup de mal. En plus, j'avais emballé un flacon de parfum que je voulais lui offrir. Elle a refusé, ne serait-ce que de les regarder.

— Qu'est-ce qu'elle t'a dit ?

— Elle savait la vérité. Elle avait tout raconté à la police. Arthur était Sam. Je ne méritais pas d'être une mère. Elle était persuadée depuis toujours que je n'étais pas capable d'en être une. Elle aimerait voir la tête de Greg quand il apprendrait la nouvelle. La police allait débarquer d'un moment à l'autre.

— Et tu l'as crue ? Tu l'as prise au sérieux ?

— Tout collait. J'ai tenté, encore et encore, de lui expliquer, de présenter mon acte sous un jour… moins cruel. Peine perdue, ça ne l'intéressait pas. Son visage respirait la haine et une sorte de mépris. Sans parler de ses sempiternels reproches.

— Tu penses à David ?

— C'est elle qui y pensait. En permanence. »

Avant

Mark se rendait quotidiennement à la cité, comme pour y monter la garde. Le seul endroit où aller à part chez lui. Sa mère l'accompagna une fois, mais cela ne fit que la désespérer davantage parce qu'elle put ainsi se représenter le petit Sam, imaginer son enlèvement.

On le reconnaissait à cause de la télévision. On le dévisageait dans le métro. Lorsqu'il se retrouvait dans la rue, des gens du coin s'approchaient de lui et marmonnaient quelques mots d'indignation ou de compassion. La plupart pressaient le pas, la tête basse, bourrelés de remords de n'avoir pas remarqué la disparition de l'enfant ou gênés tout simplement. Au bout d'un certain temps, ils s'habituèrent à sa présence et le laissèrent tranquille.

Il était neuf heures en ce matin de la fête des Mères. Vu qu'elle ne tombe pas à date fixe, il s'était écoulé un peu plus d'une année depuis le rapt. Les médias et les Folletti n'en marquèrent pas moins le coup, c'était l'« anniversaire ». Rita donna des fleurs à Mark, qui les emporta à la cité. Il les attacha à la haie, entourant les tiges autour des feuilles pour les maintenir groupées. Ce n'était pas beau. Ça n'avait pas de sens.

Mieux valait offrir un bouquet à Rita et rester toute la journée avec elle. Comme il se mettait en route vers la station de métro, une voix s'éleva :

« Excusez-moi, jeune homme, zon peut passer ? »

Il se plaqua contre le mur. Une vieille femme aidait son amie, encore plus vieille, à avancer avec un déambulateur. Elle marchait d'un pas chancelant tout en apostrophant la plus jeune dans une langue étrangère. Celle-ci la rembarra, marmonnant « vieille imbézile » en anglais ; son regard croisa celui de Mark et elle haussa les sourcils comme pour l'associer à son exaspération. Elle donna un coup impatient au déambulateur, infime, mais il suffit à déséquilibrer son amie.

« Au zecours ! » s'écria-t-elle, tout en essayant de la remettre d'aplomb. Mark se précipita. Il releva la très vieille dame, qui ne parvint toutefois pas à reprendre appui sur le déambulateur. Elle fondit en larmes.

« Dézolée, zes idiotes de vieilles zambes ! dit-elle à Mark.

— Vous en faites pas, la rassura-t-il. C'est où que vous allez ?

— Oh ! s'exclama l'autre, pleine d'espoir, vous voulez bien m'aider à la ramener zez elle ? Z'est juste là, de l'autre côté de la rue, mais elle doit monter l'escalier. »

Mark soupira, il s'en serait bien passé.

« Oui, d'accord, répondit-il néanmoins. Allez, je vais vous accompagner. »

Le trio traversa en zigzaguant. Mark soutenait avec aisance la très vieille dame, et son amie les précédait en traînant le déambulateur. Ils s'engagèrent dans une ruelle adjacente à la boutique du marchand de journaux ; une fois qu'ils furent devant chez elle, la très vieille dame chercha ses clés dans sa poche. L'escalier était trop étroit pour deux personnes côte à côte, aussi Mark dut-il la hisser et la porter à moitié tandis que, très gênée, elle se bouchait les yeux en répétant :

« Zi gentil. Merci. Zi gentil. »

Sur le palier, son amie se faufila devant eux pour ouvrir la porte qui donnait sur un salon. Il y avait une kitchenette au bout de la pièce et une grande fenêtre sur le côté, au fond.

« Mettez-la zur ze ziège, z'il vous plaît. »

Mark installa doucement la vieille dame dans un fauteuil devant la fenêtre. Malgré la saleté de la vitre, elle offrait une bonne vue sur l'endroit où ils s'étaient tenus quelques minutes plus tôt ainsi que sur la cité. Il écarta le voilage. Les fleurs écarlates se détachaient des feuilles, on aurait dit une plaie.

« Vous fifez là ? demanda la plus âgée.

— Non, je connais… je connaissais quelqu'un qui…

— Une dasse de dhé ? le coupa l'autre. Pour vous remerzier. Z'il vous plaît.

— Non, merci bien, j'ai vraiment pas le temps.

— Zi, vous devez prendre un dhé ou du frai café polonais », intervint celle qui était assise.

Il protesta à nouveau, mais, face à l'insistance des deux femmes, il capitula en riant gentiment. Une demi-heure de moins à pleurer avec sa mère ne lui ferait pas de mal.

« C'est bon, je prendrai une tasse de thé. Pourquoi pas ?

— Je m'appelle Reina, se présenta la plus jeune, et zette pauvre invalide, z'est Marta.

— Enchanté de vous connaître. Moi, c'est Mark. »

Reina n'écoutait pas, elle s'agitait dans la kitchenette, où elle ouvrait les placards. Une conversation bruyante s'engagea entre les deux femmes : où donc les tasses et les sachets de thé étaient-ils rangés ? comment mettre la bouilloire en route ? D'une voix de stentor, Mark demanda à Marta :

« Comment vous vous sentez, maintenant ? Ça va ? »

Reina répondit à sa place :

« Oh, elle ze remettra, vous inquiétez pas pour elle. Zes jambes zont en très mauvais état. On va à la bremière messe pour éfiter la foule mais, à mon afis, elle pourra bas y retourner, zurement bas. »

Le visage ruisselant de larmes, Marta regardait par la fenêtre. Mark lui reposa la question, assez bas pour qu'elle soit noyée par le bruit de la bouilloire.

« Vraiment ? Vous allez bien ?

— Le bedit, expliqua-t-elle en sanglotant. Le bedit garçon. Bézonne me croit.

— Quel petit garçon ?

— Badi. Il est disbaru. »

Elle se mit à bredouiller entre ses larmes des bribes de phrases incompréhensibles pour Mark. Il pouvait s'agir de son fils, sans doute regardait-elle la télé comme tout le monde, mais cela semblait très personnel. Reina apporta le thé sur un plateau, qu'elle posa sur la table basse en plastique.

« Marta, ne recommence bas à bleurer comme ça ! Dézolée, jeune homme.

— Elle a parlé d'un petit garçon qui a disparu. Son fils ?

— Non, non, zon fils Michal vit en Amérique, il bourrait aussi bien avoir disparu, vu le bien qu'il lui fait !

Non, elle arrête pas de se dracasser et de s'embrouiller ; elle reste assise devant za fenêtre toute la journée à ze mêler de ce qui la regarde bas et à imaginer des zoses. »

Et Reina d'apostropher la vieille dame :

« T'es une vieille imbécile, pas frai, mon amie ?

— Vous n'êtes pas idiote, s'indigna Mark en s'adressant directement à Marta. Mon petit garçon a disparu, lui aussi. Il est perdu. Perdu pour moi. »

Il lui serra la main, dont la peau fine et parcheminée se fripa entre ses doigts :

« Vous n'êtes pas du tout idiote. »

Reina lui tendit une tasse et le dévisagea pour la première fois. Elle reposa brutalement la tasse sur le plateau, renversant du thé, et porta la main à sa bouche.

« Ze vous connais ! s'exclama-t-elle. Ze vous ai vu à la télé. Vous êtes le bère du bedit garçon qui a disparu. Vous êtes le bère.

— Ouais, c'est moi. J'suis célèbre maintenant, hein ? lança-t-il, l'air sombre.

— Regarde, regarde ! cria Reina à Marta. Z'est le bère du garçon qu'on a enlevé la semaine dernière.

— L'année dernière, rectifia Mark. On l'a enlevé l'année dernière.

— Non, non. Za z'est passé de l'autre côté de la rue, dans la zité. La semaine dernière, z'était dans les journaux. »

Reina ne lisait que la presse gratuite et jamais en détail, elle aimait se tenir au courant, même si elle regardait surtout les photos.

« Ze me rappelle. Z'était la semaine dernière, z'en suis sûre. Vous avez écouté les zottises de Marta…

— Non. Ils n'en ont parlé que la semaine dernière, mais ça fait plus d'un an qu'on l'a kidnappé. »

Reina s'empara du bras de son amie. Marta, qui ne pleurait plus, leva les yeux vers Mark.

« Alors. Fous allez me croire. Ville au fiolonzelle. Ze zais que z'est elle. Za foizine. Elle l'a enlefé le zour de la vête tes Mères, l'année dernière. Pour zûr. »

Ensuite, tout se passa à la vitesse de l'éclair. Reina et Marta participèrent à l'enquête ; elles se sentirent utiles et importantes ; on les traita comme des reines au poste de police. Marta décrivit le rapt ainsi que la réapparition de la fille au violoncelle au bout de quelque temps. Reina se souvint du petit ami. Les policiers découvrirent des e-mails vieux d'un an envoyés d'un ordinateur du département de musique à l'école et localisèrent Neil. Celui-ci leur raconta son étrange visite à Nottingham, qui remontait à un mois, et leur fournit l'adresse de Mme Kendall. Les policiers retrouvèrent la trace du permis de conduire de Jennifer. Ils se préparèrent à intervenir.

Maintenant

« Alors, elle a fini par aborder le sujet de David ? »

La vision de Jennifer s'est peut-être brouillée car il lui semble que l'expression de la psychologue est plus douce, elle ressemble à un faon. Ses cheveux qui se sont aplatis au fil des heures tombent sur son visage. Elle est beaucoup plus jolie comme ça, quel dommage de ne pouvoir le lui dire ! Ce n'est pas le moment.

En revanche, c'est celui des aveux. Rien ne pourra l'empêcher d'aller jusqu'au bout, c'est aussi essentiel que le récit qui l'a précédé. L'heure a sonné.

« Je vais vous parler de ça… de la raison pour laquelle je me suis livrée… maintenant. »

L'espace d'un instant, Stephanie joint à nouveau les mains avant de les cacher. Elle attend.

« J'ai été étonnée de la trouver à la porte tellement tôt. Je veux dire, elle savait qu'on serait debout – Arthur se levait toujours à l'aube et je m'y étais habituée –, mais son attitude indiquait que ce n'était pas une visite de courtoisie. Après avoir allumé la télé pour Arthur et vérifié qu'il allait bien, j'ai emmené maman dans la cuisine. J'ai essayé de lui donner les cartes pour la fête des Mères, elle m'en a empêchée. Puis elle a tout déballé : elle savait ce que j'avais fait, elle m'avait dénoncée à la police, elle partait pour Paris et ne voulait plus jamais me revoir. Malgré ma terreur, j'ai tendu les bras parce qu'elle me faisait de la peine. Son visage était à nu. Comme jamais auparavant, comme si elle ne parvenait plus à maîtriser ses expressions, ses sentiments. "Ne me touche pas, m'a-t-elle dit. Tu as tué David. Tu l'as tué." »

Stephanie pousse la boîte de Kleenex vers Jennifer et tend l'oreille pour écouter les explications entrecoupées de sanglots.

« C'est là que tout m'est revenu en mémoire. Il avait presque dix-huit mois, moi presque deux ans de plus. Le téléphone a sonné alors que nous étions dans le salon, elle est allée répondre. Je mangeais des bonbons d'une pochette-surprise et David en voulait. Je lui ai donné un des meilleurs, un de ceux que je préférais : un gros à la framboise. Je l'ai mis dans sa bouche qu'il ouvrait comme un oisillon. Il a commencé à le sucer. L'instant d'après, il s'est étranglé, peut-être parce qu'il avait essayé de l'avaler, et il est devenu tout rouge. En le regardant, j'ai compris qu'il se passait quelque chose de grave. Quoi ? Je n'en savais rien. Même si j'entendais maman parler au téléphone, j'étais incapable de bouger. À genoux devant moi, David m'agrippait avec ses menottes. Il était cramoisi, il avait les yeux exorbités, on aurait dit un monstre. Il y avait un tel désespoir dans son regard ! Je l'ai repoussé. J'avais peur. Il est tombé. Il a eu quelques convulsions puis il n'a plus bougé.

« Maman est revenue. Clouée sur place, je regardais fixement David qui gisait par terre. Elle m'a écartée et s'est agenouillée. Elle l'a pris dans ses bras, l'a secoué, a posé l'oreille sur son torse. Elle a crié : "Qu'est-ce qu'il a ? Qu'est-ce qu'il a ?" Incapable de répondre, je tenais toujours la pochette de bonbons. "Tu lui en as donné un ?" J'ai acquiescé. Elle a flanqué un coup dedans pour que je la lâche. Elle a enfoncé les doigts dans la gorge de David, l'a tenu par les pieds, tête en bas, l'a secoué et a appuyé le plat de la main sur son torse. C'était trop tard. Alors elle l'a redressé et, renversant la tête en arrière, elle a hurlé. C'est exactement ça. Elle a hurlé. À ce moment-là, une voisine, qui avait tout entendu, est entrée par la porte de service et a appelé une ambulance. Bien sûr, personne n'a rien pu faire.

« Plus tard, une fois qu'on avait réussi à le lui arracher et que papa – il était rentré – me tenait sur ses genoux, une des voisines qui venait de préparer une tasse de thé a demandé : "Comment c'est arrivé, chère Doreen ? — Il a trouvé un des bonbons de Jennifer par terre. — Quelle tragédie ! Quel épouvantable accident ! La pauvre petite !" se sont-ils désolés. Mais quand ils sont partis elle a dit à papa sans me regarder : "Ce n'était pas un accident. Elle l'a tué. — Voyons, ma chérie, bien sûr que c'était un accident, a protesté papa. Jennifer ne ferait jamais de mal à son frère. Elle ne s'est pas rendu compte. — Dans ce cas, c'est ma faute, c'est ça ? Je n'aurais pas dû les laisser seuls, c'est ce que tu veux dire ?" Et il n'arrêtait pas de répéter : "Absolument pas, je dis simplement que c'est un accident. Un horrible accident, horrible." En vain. Elle ne voulait ni le reconnaître ni me regarder. Après, elle s'est efforcée de ne plus me regarder du tout. Après, elle n'a plus jamais adressé la parole à l'amie avec qui elle parlait au téléphone, ni à aucun de nos voisins. Elle a fait le vide autour d'elle.

« Tant de choses s'expliquaient. Son attitude envers moi, sa façon de me reprocher d'être responsable de la perte de David, de ses amis, de sa vie. Son refus de déménager voire de repeindre la maison, parce qu'elle aurait eu le sentiment de trahir David ou de l'abandonner. Son incapacité, tant d'années après, à m'imaginer mère. Et puis je n'en ai pas eu conscience, mais je lui ai présenté Arthur comme un substitut. Elle a dû prendre ça pour une sorte de dédommagement de ma part, comme si je lui donnais ce petit garçon pour me racheter d'avoir pris la vie de son fils. "Tu ne connais pas toute la vérité, me serinait papa. Si seulement j'avais connu celle qui expliquait tout !" »

C'est à la mère de Bambi que Stephanie fait penser, à présent. Ses yeux, immenses, sont limpides. Elle tapote le bureau comme s'il s'agissait des mains de Jennifer, d'ailleurs elle finit par en serrer une entre les siennes tandis que celle-ci ajoute :

« Je lui ai donné le bonbon. Elle me recommandait toujours de partager, et je n'imaginais pas que… je ne savais… je ne pouvais pas savoir.

— Jennifer, écoute-moi, tu n'es pas une meurtrière, murmure Stephanie. Ta mère a eu tort de t'accuser, c'était un accident. Tu n'es pas responsable de la mort de David. »

Jennifer regarde leurs mains sur la table. Celles de Stephanie, plus grandes, ont des doigts rougeâtres et la peau desséchée ; les ongles laqués d'un vernis incolore sont limés au carré. Une alliance brille à son annulaire. La vue de sa propre main, petite et blanche, nichée dans cette paume, lui donne l'impression d'être une petite fille.

« Vous êtes une harpe, vous savez, constate-t-elle.

— Quoi ? Tu veux dire ma…

— Votre musique. Oui, et c'est très rare, je ne me rappelle pas la dernière fois que j'ai entendu quelqu'un émettre les sons d'une harpe.

— Une harpie plutôt », riposte Stephanie en riant.

Elle n'en est pas moins ravie, c'est plus fort qu'elle.

« Une harpe, c'est aussi un bébé. On la tient intimement, entre ses jambes, comme un violoncelle, continue Jennifer. C'est un instrument que j'aime entendre, mais ça ne m'arrive presque jamais. Vraiment, je ne me rappelle pas la dernière fois que… »

La diversion est tellement tentante, la tonalité de la harpe si irrésistible qu'elle a envie d'enlacer Stephanie et de pleurer dans son cou.

Il y a de l'absolution dans l'air. C'est hors de question, l'histoire n'est pas terminée. Jennifer dégage ses mains. Elle se redresse et reste figée jusqu'à ce que Stephanie, déçue, répète :

« Tu comprends, Jennifer ? Tu n'es pas responsable de la mort de David. Tu n'as rien fait de mal.

— Je le sais, martèle la jeune femme d'une voix plus dure qu'elle ne le voulait. J'avais trois ans, je croyais être une gentille petite fille, comment serait-ce ma faute ? Je vous l'ai dit, ce n'est pas le crime que j'ai commis. »

Après cette rebuffade, la mère de Bambi lance un regard d'une cruauté qui ne lui ressemble pas. Elle pianote sur le bureau.

« Bon, l'enlèvement d'Arthur n'est pas un crime à tes yeux et tu n'es pas venue ici pour t'accuser du meurtre de ton frère, alors qu'est-ce que tu as fait, Jennifer ? »

Stephanie hausse le ton :

« Qu'est-ce que tu as fait à Arthur ? » crie-t-elle en postillonnant.

La jeune femme se borne à secouer la tête. La psychologue tape sur la table avant de se lever, expulsant l'air entre ses dents serrées. On frappe à la porte, elle s'en approche. On lui tend un bout de papier. Elle retourne vers son siège tout en le parcourant. Voilà qu'elle semble nerveuse, un renard effrayé qui tremble sous l'éclat bleuté du regard de Jennifer.

« Jennifer… » commence-t-elle.

Apparemment, elle connaît la suite parce que tout est dans sa voix : l'horreur, la compassion, la mise en garde.

« Nous venons de parler au chauffeur de taxi qui a pris ta mère, ce matin…

— Je dois vous dire ce qui s'est passé après la révélation de maman à propos de David, l'interrompt Jennifer. C'est la raison de ma présence ici. »

Fête des Mères n° 2

Les yeux rivés sur la poudre incrustée dans les rides du visage de Doreen, Jennifer ne l'écoutait plus, tant elle était fascinée par sa bouche qui, maculée d'un rouge à lèvres rose, s'ouvrait et se refermait sur des dents jaunies. Voilà pourquoi la nourriture l'obsède, pensa-t-elle. L'idée que je puisse m'étouffer comme David n'a cessé de la hanter.

Jennifer eut l'impression de suffoquer, peut-être parce que c'était l'ombre d'une preuve de l'amour de sa mère. La prise de conscience que cette unique marque d'affection maternelle avait été dénaturée au point de la rendre malade suscita en elle une émotion et une colère qui lui coupèrent presque le souffle. Elle fit un effort de concentration.

« Pourquoi est-ce que tu pleures ? demandait sa mère. Quelle raison as-tu de pleurer ? »

Jennifer prit les mains de Doreen dans les siennes.

« Tu m'as vraiment aimée quand j'étais petite. Tu avais peur de me perdre, moi aussi. C'est pour ça que tu hachais ma nourriture et m'interdisais de déjeuner à la cantine… tu craignais que je ne m'étouffe. »

Se dégageant, Doreen éclate presque de rire.

« C'est la seule chose qui te passe par la tête ? Je viens de t'annoncer que je sais que tu as volé Arthur. Je viens de t'accuser d'avoir tué ton propre frère, mon bébé. Je te dis que tu es aussi incapable d'être une mère que d'être une fille. Incapable, tu m'entends ? »

Comme le ton montait, les deux femmes se rappelèrent qu'Arthur se trouvait dans la pièce voisine. Jennifer alluma le lecteur de CD pour couvrir leur dispute et tenta de répondre calmement, ce qui fit chevroter sa voix davantage encore :

« Je comprends très bien que tu sois bouleversée. Je ne pouvais pas t'avouer la vérité au sujet d'Arthur, tu dois l'accepter. Il m'était impossible de t'impliquer de quelque manière que ce soit. J'ai confiance en toi, la question n'est pas là, mais cela aurait augmenté les risques d'être découverte. De le perdre. Il est à moi. C'est ton petit-fils. J'ai introduit ce petit garçon dans ta vie parce que je pensais que c'était ce qu'il y avait de mieux pour lui, pour toi, pour moi. Ce que tu m'as dit au sujet de David… ç'a du sens, maintenant. Un sens atroce. Du reste, il me semble presque m'en souvenir. Tu dois cependant te rendre compte que tu l'as transformé en quelque chose qui n'en avait aucun. Tu as perdu ton fils à cause d'un horrible accident, tu en as été tellement déprimée et désespérée que tu as aussi perdu ta fille. À présent, je le comprends, maman, mais je suis toujours là. Nous pouvons en parler. Nous pouvons essayer d'améliorer les choses. »

Le *mi* mineur d'Elgar en était au passage mélodieux, le premier adagio. Tout était d'une magnifique fluidité, porteur d'un immense espoir.

« J'ai prévenu la police, intervint Doreen. Ce matin, à l'instant, j'ai appelé le numéro qu'on donnait au journal télévisé. J'ai révélé ce que tu avais fait, alors ils vont arriver d'une minute à l'autre, tu m'entends ? Ils vont prendre l'enfant et le rendre à qui il appartient. Ils vont vouloir te parler, mademoiselle, ils en auront très envie.

— Tu n'as pas fait ça. Tu ne veux pas perdre Arthur.

— Ah non ? Tu m'as amené un enfant volé. Une insulte envers moi et la mémoire de David.

— Comment est-ce possible ? Je n'ai pas eu le droit d'avoir des souvenirs de lui ! Si nous en avions parlé quand j'étais petite, si tu – je ne sais pas – t'étais fait aider, t'étais confiée à des gens, je pourrais honorer sa mémoire. Pas vrai ? Au lieu de quoi, tu m'accuses d'un meurtre que je n'avais pas l'âge de commettre. Au lieu de quoi, ta manière de me prouver que tu m'aimais était tellement cinglée et perverse que j'en ai chopé ces foutus troubles du comportement alimentaire.

— Tu ne m'écoutes pas, siffla Doreen. Mon amour pour toi s'est évanoui dès l'instant où tu as tué mon fils. Ce qui m'inquiétait, c'était qu'on rejette la faute sur moi. Je t'ai protégée pour qu'on ne t'accuse pas, je n'ai parlé de ce que tu avais fait ni aux voisins ni à qui que ce soit, sauf à ton père. »

La musique parvint à sa première acmé.

Doreen prit une profonde inspiration avant de vider son sac :

« On rejetait la responsabilité sur qui, à ton avis ? Qui avait laissé ses enfants seuls assez longtemps pour que le bébé ramasse un bonbon et meure étouffé ?

Qui s'est montrée négligente, qui s'est montrée incapable ? J'ai pris ça sur mon dos, je n'allais pas recommencer, nom de Dieu ! Toi ou ta vie, je m'en fiche pas mal, j'ai refusé qu'on m'accuse une fois de plus. Voilà. »

Ce ne sont que des mots, se rassura Jennifer. Des mots creux. Elle donnait pourtant l'impression de les penser et d'avoir vraiment téléphoné à la police. La fête des Mères, ses vacances, Doreen avait tout planifié. On lui prendrait Arthur. Doreen ne l'avait jamais aimée, ne l'aimerait jamais. Elle perdrait Gregory. Le bonheur et la stabilité – pour la première fois de sa vie elle mangeait, dormait, riait –, tout ce qu'elle avait obtenu au prix de tant d'efforts allait se volatiliser.

Doreen continuait à déblatérer. Jennifer avait beau faire de nouveau la sourde oreille, la voix au ton fielleux et vibrant de désespoir de sa mère lui parvenait. Ça l'empêchait d'entendre la musique, or elle adorait ce passage où la sonorité du violoncelle était impérieuse, où les cordes et les bois reprenaient sa mélodie.

Il n'y aurait pas de concert. Elle ne jouerait pas. De toutes les pertes que sa mère était sur le point de lui infliger, c'était celle qui lui semblait la plus tragique.

Laissant malgré elle échapper un cri de colère, Jennifer serra les poings avec une telle force que ses ongles imprimèrent des croissants dans ses paumes. Cela ne rimait à rien de lutter contre elle-même. Il était vital qu'elle écoute la musique monter à son deuxième sommet, elle devait réduire sa mère au silence. Ses mains se levèrent et entourèrent le cou de Doreen. Elle ferma les yeux avant d'appuyer ses pouces contre la trachée dont la peau était d'une extrême finesse. Elle sentit des doigts s'agripper à ses poignets, des coups de pied dans ses mollets, les tendons du cou se raidir sous sa pression. Enfin, elle entendit la musique. Juste après le drame, les ultimes mesures qui rétablissaient l'équilibre et la sérénité. Une berceuse au violoncelle d'une tendresse exquise.

Jennifer ouvrit les yeux. Elle ne regarda pas le visage de Doreen lorsqu'elle l'étendit sur le sol. Au lieu de vomir comme elle en avait envie, elle éteignit le lecteur de CD et réfléchit aux mesures à prendre.

« Comment ça va, mon chéri ? demanda-t-elle à Arthur, assis devant la télévision, tenant son épée préférée sur son cœur.

— Très bien, maman », répondit-il.

Par la fenêtre, Jennifer aperçut le taxi qui patientait. Elle ferma la porte du salon, attrapa son sac suspendu à la rampe d'escalier et sortit après avoir verrouillé celle de l'entrée. Serrant sa robe de chambre, elle frappa à la vitre du chauffeur.

« Je vais l'emmener à la gare, ce n'est pas la peine d'attendre. »

Elle ouvrit son porte-monnaie.

« Elle vous doit combien ? »

Ses voisins immédiats, qui étaient partis jusqu'à la semaine suivante, lui avaient laissé leur clé pour qu'elle nourrisse le chat. À cette heure-là, un dimanche matin, il fut facile de traîner le corps, ni vu ni connu, d'une porte de service à l'autre. Au cours de l'année passée, elle était devenue plus vigoureuse ; Doreen, elle, semblait déjà se ratatiner. Incapable d'abandonner sa mère sur les carreaux glacés de la cuisine, elle l'allongea sur le canapé du salon, plongé dans la pénombre, les rideaux tirés. Elle plaça les deux cartes de fête des Mères, celle d'Arthur et la sienne, dans ses mains encore tièdes et la recouvrit d'un plaid qui se trouvait sur un fauteuil. Personne ne chercherait dans cette maison, du moins d'ici un certain temps. Le chat s'enroula autour de ses chevilles tandis qu'elle fermait la porte du salon et retournait à la cuisine pour verser des croquettes dans son bol.

Jennifer rentra chez elle, monta dans sa chambre et s'assit sur le lit.

Comment parviendrait-elle à renoncer à lui ?

Pourquoi ne pas partir sur-le-champ, se procurer une nouvelle voiture, se cacher pendant le temps qu'il faudrait ? Elle changerait à nouveau le prénom du garçon. Même si Doreen avait tout raconté aux policiers, ils ne sauraient par où commencer leurs recherches. Jennifer ouvrit son ordinateur où étaient enregistrées toutes les photos d'Arthur et commença à supprimer toutes celles de lui qui se trouvaient dans la chambre. Sauf que Doreen en avait une flopée chez elle, Gregory quelques-unes sur son portable, sans compter celles de Kathy qui l'avait pris avec ses fils. On les trouverait, cela ne servait à rien. Reposant l'ordinateur sur le lit, elle appela Arthur :

« Monte t'habiller, chéri. On sort. »

Après avoir enfilé rapidement un jean et un teeshirt, elle se rendit dans la salle de bains où elle lava au savon liquide ses mains tremblantes, qu'elle sécha soigneusement.

Arthur la rejoignit pour se brosser les dents. Dès qu'il eut terminé, il se tourna vers elle.

« Nickel, le dragon ! » rugit-il.

Elle se pencha et sentit son haleine avec plaisir.

« Bravo ! »

Ses mains tremblaient toujours quand elle l'habilla. Un maillot de corps et un slip assortis portant l'effigie de Thomas le petit train. Il était irrésistible comme ça. Elle lui embrassa l'épaule. Un tee-shirt rayé à manches longues. Un pantalon bleu en velours côtelé. Des chaussettes rouges. Il passa ses bras autour de son cou et lui rendit son baiser.

« Descends, lui dit-elle. On doit se préparer.

— J'ai mis mes chaussures, cria-t-il du rez-de-chaussée. Prêt.

— J'arrive, chéri. Une minute. »

Elle vida un tube de vaseline dans une des vieilles boîtes de pellicule photo qu'elle gardait à cet effet. Elle s'en enduisit les mains, utilisant une telle quantité de produit qu'il en resta une couche luisante sur ses paumes et qu'il s'incrusta sous ses ongles.

Elle fourra la boîte dans son sac et descendit l'escalier quatre à quatre. À peine eut-elle boutonné le manteau d'Arthur qu'elle le serra de toutes ses forces dans ses bras comme pour prendre l'empreinte de son corps. Elle essaya d'insuffler tout son amour dans un ultime câlin, un lent baiser sur sa joue, un long regard dans ses grands yeux noisette. L'idée de l'inquiéter par un adieu, ne serait-ce qu'une seconde, lui était insupportable. Pourvu qu'il ne se souvienne pas d'elle ! Pourvu qu'il ne l'oublie jamais !

Comme elle l'étreignait, Jennifer fut soudain happée par un puissant désir que son enfant adoré ne se retrouve dans les bras de personne d'autre. Il était encore possible de lui ôter la vie puis de se suicider. Il était encore possible de tout arrêter.

Est-ce là que mène l'amour ?

Maintenant

Stephanie observe ce qui semble être d'interminables minutes de silence.

« Arthur...

— Vous croyez vraiment que j'ai fait quelque chose à Arthur ? l'interrompt d'une voix stridente Jennifer, incrédule. Après tout ce que je vous ai raconté ? Après toutes mes explications ? Pourquoi suis-je ici ? Comment pouvez-vous penser ça ? »

Sa perplexité est tellement sincère que Stephanie ne sait comment réagir. Poussant un soupir, Jennifer se détend et ajoute :

« Arthur va bien. Il est avec Kathy. C'est là que je l'ai conduit. »

Stephanie et le policier posté devant la porte échangent un regard. Il secoue la tête.

« Il n'y a personne chez Kathy, affirme la psychologue.

— Ils sont partis pour la journée. Au zoo de Birmingham. Ils sont sûrement rentrés. »

Jennifer consulte sa montre.

« J'étais censée aller le chercher il y a vingt minutes. »

Stephanie se dirige rapidement vers la porte.

« Vous lui… Vous lui direz que maman lui envoie tout son amour, n'est-ce pas ? S'il vous plaît, laissez-le chez Kathy pour l'instant. S'il vous plaît, ne l'emmenez pas… Le choc serait trop brutal. Laissez-le passer la nuit avec les jumeaux, il en sera ravi. Et dites-lui… dites-lui que sa maman l'aime. »

On abandonne Jennifer en larmes sur sa chaise, le policier en faction détourne les yeux. Quelqu'un lui apporte du thé et des petits gâteaux. Elle attend. Elle boit à petites gorgées. Elle grelotte.

Stephanie revient. À l'évidence, elle est partagée entre l'envie de toucher Jennifer et celle de ne pas s'approcher d'elle. Elle finit par se rasseoir sur son siège, même si elle n'a qu'un simple message à lui transmettre.

« On l'a trouvé. Et il va très bien. Le zoo lui a beaucoup plu.

— Il veut me voir ?

— Il ne peut pas rester là-bas, Jennifer. Chez Kathy, je veux dire. Il doit partir, à présent. Tu comprends ?

— Je ne peux pas… Je ne peux même pas…

— Je suis dans l'incapacité d'organiser ça », répond Stephanie.

*

Mark raccroche. Il suffoque sous l'effet d'énormes sanglots ; un bruit anormal et effrayant. Il tremble de tous ses membres et tente de se retenir à la petite table du téléphone, qui manque de s'effondrer sous son poids.

« Qu'est-ce qu'il y a ? demande Rita, s'agrippant à son bras. Marco, qu'est-ce qu'il y a ? »

Il pivote. Son regard est brouillé de larmes. Il parvient à reprendre son souffle et à lâcher :

« On l'a retrouvé ! On l'a retrouvé ! Il est vivant. Il va bien et… oh, m'man, il va bien, il va bien !

— Oh, mon Dieu ! Mon bébé. Merci, mon Dieu, merci, mon Dieu. »

Mark la soulève et la fait tournoyer dans la cuisine jusqu'à ce qu'ils passent du rire aux larmes, sans qu'il soit possible de distinguer l'un des autres.

« Il revient quand ? veut-elle savoir, une fois qu'il l'a enfin reposée. Quand c'est qu'on nous le ramène ?

— Je dois obtenir une décision de justice, mais on m'a promis que ce serait très rapide. Ensuite, oui, il reviendra. Sam revient à la maison. »

*

Dans la cellule de la police, au cours d'un sommeil entrecoupé, Samantha fait son rêve récurrent.

Étendue sous l'arbre balayé par la pluie, elle attend comme si souvent auparavant que la précieuse goutte glisse de la feuille. Cette fois, elle tombe. Cette fois, Samantha ne se détourne pas. La goutte s'écrase sur sa langue, elle la goûte aussitôt, la sent inonder sa bouche et, dès qu'elle l'a avalée, dévaler dans le boyau de ses entrailles, parcourir le réseau de ses veines, escalader ses ramifications nerveuses, se propager dans tout son corps jusqu'à la remplir complètement. Une révélation d'une clarté et d'une pureté extraordinaires. Le sentiment de triomphe et la sérénité l'emportent une fraction de seconde avant la disparition de l'arbre.

Et puis la vérité éclate. Un miroir éclaboussé de sang, une fumée suffocante. La vérité ne comble pas le trou en son centre. Elle ne la rassure pas. Elle n'offre aucun espoir. La vérité – perverse, ignoble, abjecte – ne lui ménage aucune cachette.

Samantha se réveille et vomit dans le gobelet que la femme policier a posé près de la couchette. Les genoux repliés sur sa poitrine, elle se balance en pleurant et en hurlant. C'est plus qu'elle ne peut supporter. Que ne ferait-elle pour renvoyer la goutte sur la feuille, pour rester dans l'oubli. Indignée, écœurée, elle a l'impression d'avoir été trahie. Le pire, c'est qu'elle sait que c'est faux. Le pire, c'est qu'elle sait ce qu'elle a fait.

*

Les mains jointes se braquent délibérément sur Jennifer.

« Ta mère ne nous a rien dit, elle n'a jamais pris contact avec nous, déclare Stephanie avec une grande douceur. Durant tout cet entretien, tu as présumé que nous tenions nos informations d'elle. Peut-être qu'elle en a eu l'intention, mais elle n'a pas dépassé ce stade. »

Un coup assené par une main de fer gantée de velours.

« Alors… dans ce cas… comment… ? »

Et Jennifer de fondre en larmes.

« Pourquoi a-t-elle organisé ses vacances ? Et pourquoi m'avoir dit qu'elle était allée vous voir ? Pourquoi m'avoir sorti toutes ces horreurs ?

— Pour t'impressionner ? suggère Stephanie. Pour t'effrayer ? Pour te faire chanter ? Pour que tu te sentes redevable envers elle ? Parce qu'elle était bouleversée et avait besoin de s'échapper ?

— Comment… étiez-vous au courant de ses vacances ?

— Elle avait remis une clé à sa voisine ainsi que son programme de voyage. Le dernier numéro qu'elle a appelé de son téléphone, c'est celui de la compagnie de taxis, laquelle a corroboré les renseignements de la voisine… jusqu'au retour du chauffeur, qui a affirmé n'avoir pas reçu le prix de la course jusqu'à la gare. Bien entendu, nous avons fouillé sa maison, sans rien y découvrir de suspect, hormis les photos de Sam, qui ont confirmé ce que nous savions. À vrai dire, nous avions peur qu'elle n'ait emmené Sam, mais elle n'avait organisé son voyage que pour une personne. En outre, tu n'as jamais fait de demande de passeport pour lui, n'est-ce pas ?

— Elle ne vous a donc pas parlé de Neil. Comment vous avez su qu'il fallait le contacter ?

— Le père de Sam a mené sa petite enquête de son côté. On t'a vue prendre Sam, Jennifer. Une femme du quartier. Elle a beau avoir essayé de prévenir sa mère et s'être confiée à certains de ses amis, personne n'a voulu l'écouter. Personne ne l'a crue. Heureusement, ce matin, Mark Folletti l'a entendue parler d'un enfant disparu et il a compris qu'il s'agissait de son fils. Il a rencontré les seuls habitants de ce quartier de Londres qui se parlent les uns aux autres.

— Comment m'ont-ils reconnue ?

— Grâce à ton violoncelle. Le jour où tu es revenue chercher tes affaires, tu étais vêtue du même imperméable bleu que le jour où tu as enlevé Sam. Et tu portais ton violoncelle. Ç'a été facile de trouver quelqu'un qui se rappelait une femme correspondant à cette description.

— J'aurais dû le faire transporter en camionnette. Un risque que je n'ai pas voulu prendre, de crainte qu'il ne s'abîme. Comme c'est bizarre que ce soit à cause de mon violoncelle ! Mon seul trait distinctif. »

Être quelconque n'avait pas suffi. Pourtant il ne lui semblait pas attirer les regards quand elle trimballait son instrument.

« C'était comme marcher avec un enfant, je n'imaginais pas qu'on remarquerait quelque chose d'aussi banal.

— Pas tant que ça puisqu'il a permis de t'identifier.

— Je suis contente que ce soit Mark qui m'ait filée. Si j'avais su, je l'ai déjà dit, qu'il avait un père, quelqu'un qui l'aimait, ç'aurait tout changé. Je ne suis pas contente qu'on me l'enlève, mais je suis contente que ce soit son père qui l'ait retrouvé.

— Ta mère ne nous a rien révélé, Jennifer. Nous ne l'avons jamais rencontrée, elle n'est jamais venue nous voir, ça te fait quel effet ? »

Dans le vestibule de sa mère pour la dernière fois, alors qu'elle passait chercher Arthur après le travail, Jennifer est frappée par le silence. L'horloge a beau être toujours au-dessus du buffet, le balancier est immobile. Quand s'est-il arrêté ? Si elle ne se souvient pas de l'avoir entendu depuis son retour, elle n'a pas davantage remarqué l'absence de bruits. Scandait-il toujours les battements de son cœur le jour où, un an auparavant, elle avait embrassé sa mère dans le vestibule aux murs vert gui après en avoir franchi le seuil avec Arthur ? Le mouvement lui manque, les aiguilles indiquent quatre heures moins vingt. Elle lâche la poignée et reproduit leur position avec ses mains. Un geste d'ouverture qui lui semble exprimer une supplique ou peut-être un désespoir. Elle tente de chasser l'impression que sa mère a conçu cette panne pour la désarçonner.

« Ça te fait quel effet ? répète Stephanie.

— Je me sens mieux », répond Jennifer en pleurant.

Stephanie hausse son sourcil gauche. Elle y réussit très bien, avec le droit aussi d'ailleurs. Adolescente, Jennifer s'était entraînée devant la glace, mais elle n'y était jamais parvenue sans grimaces. La psychologue s'était-elle exercée ou était-ce naturel ?

« Peut-être qu'elle ne me condamnait pas complètement d'avoir pris Arthur. Peut-être qu'elle cherchait à me faire peur ou qu'elle m'en voulait de l'avoir trompée – ça, je peux le comprendre. En revanche, elle ne vous a rien dit. Elle ne m'a pas dénoncée. Du coup… j'ai comme l'impression qu'elle tenait à moi d'une certaine façon. Un peu. Au fond de son cœur. »

Le regard de Stephanie est redevenu impénétrable. Aucun animal ne lui vient à l'esprit, bien qu'elle ait perdu son humanité. Elle n'émet pas le moindre son. Jennifer se rend compte qu'elle est jaugée. Plongeant les yeux dans ceux de la psychologue, elle lui adresse un sourire triste.

« J'ai agi en pleine connaissance de cause. Elle ne vous a rien révélé au sujet d'Arthur… de toute façon, ce n'est pas pour ça que je l'ai fait. C'est pour qu'elle la boucle. C'était pour entendre la musique. Aussi cinglé que ça paraisse, vous savez que je ne suis pas folle. Je n'ai pas d'excuse et je n'en présenterai pas. Je l'ai tuée. Je le regrette mais c'est comme ça. Voilà, c'est tout. »

Stephanie a l'air extrêmement fatiguée. Ses cheveux lui tombent sur les oreilles et elle a un regard de chien battu. Une musique grave, désolée s'échappe d'elle.

« Si c'est tout, pourquoi tu as mis la journée à l'avouer ?

— Il fallait que quelqu'un soit au courant pour Arthur. Des soins et de l'amour dont il a été entouré. Parce que… nous avons parlé des gros titres plus tôt, hein ? Et je vous ai dit que je croyais que les gens seraient soulagés que ce soit moi qui l'ai pris et lui ai donné la vie qu'il méritait. Bien sûr, je me doute qu'on n'écrira pas à la une ON A RETROUVÉ L'ENFANT DISPARU, SAUVÉ PAR UNE HÉROÏQUE VIOLONCELLISTE, ce sera plutôt ON A RETROUVÉ L'ENFANT DISPARU QUI VIVAIT AVEC UNE MEURTRIÈRE. Je serai la nouvelle criminelle. Sauf que l'histoire ne se résume pas à Arthur et moi. Je voulais qu'une personne la connaisse de bout en bout. À présent, vous savez tout.

— Merci bien, dit Stephanie, d'un ton ironique.

— Comme ça, vous avez tous les éléments pour rendre un jugement.

— Je ne suis pas ton juge, Jennifer.

— Vous pouvez juger la façon dont je m'en suis sortie. Vous pouvez juger… de ma sincérité. De mon honnêteté. De mon amour pour Arthur. Quelle bonne mère j'ai été.

— Là, tu te trompes de personne. Je suis très mal placée pour juger si une femme est une bonne mère.

— Au contraire, je suis sûre que vous avez compris mon histoire, pas vrai ? Pas vrai ?

— Je m'y suis efforcée. Et je continue. »

L'air satisfait, Jennifer pose les mains sur ses genoux et s'aperçoit qu'elles sont sèches.

« Je peux avoir mon sac, s'il vous plaît ? J'ai besoin d'hydrater ma peau. »

Stephanie demande qu'on le lui apporte.

« En fait… »

Le visage de Jennifer s'éclaire.

« Ma mère m'a donné autre chose : l'habitude de prendre soin de ma peau. »

Elle ouvre son sac, que les policiers ont vidé. Il n'y reste que le pot de vaseline, mais la doublure d'un des côtés est déchirée. Elle y glisse la main et en sort un bout de papier, arraché d'un carnet. Elle le brandit. Il s'agit d'un dessin d'enfant représentant un bonhomme : énormes yeux ronds, pas de nez, cheveux hérissés, bras et jambes arqués, multiples doigts et orteils. Jennifer s'effondre. Stephanie le lui prend et le plie.

« Mets-le dans ta poche. Garde-le soigneusement, recommande-t-elle.

— Merci. »

Après l'avoir fourré dans la poche arrière de son jean, Jennifer commence à s'hydrater les mains. Quand Stephanie la quitte, elle fait pénétrer le produit avec des mouvements lents et cadencés. Une tâche qui l'absorbe entièrement.

« Elle est ailleurs, constate le policier lorsque Stephanie passe devant lui.

— Quelque chose comme ça », répond-elle.

Et il raconterait aux collègues qu'il retrouverait plus tard au pub que, même s'il ne pouvait le jurer, le glaçon lui avait paru au bord des larmes.

Fête des Mères n° 3
En Prison

Ici, la plupart des femmes sont des mères. Un grand nombre sont célibataires. Plus de la moitié ont des enfants d'âge scolaire, comme l'a précisé la directrice dans son discours de vendredi. Elles le savaient déjà. « Ouais, on est toutes des maters », avait marmonné d'un ton las une voisine de Jennifer. Certaines ont tué leurs enfants, d'autres les ont maltraités, à moins qu'elles n'aient laissé un autre le faire sous leurs yeux ou en détournant le regard. Jennifer en connaît deux qui ont vendu leur fils ou leur fille à des copains maquereaux armés de caméras. Certaines continuent de clamer leur innocence, d'autres n'hésitent pas à affirmer que ce n'est pas leur faute, que c'est injuste.

Jennifer les ignore parce que, dès son arrivée, il y a presque six mois, elle s'est aperçue que, contrairement à ses espoirs, l'indifférence était un luxe auquel elle devait renoncer. Elle est envahie d'émotions incontrôlables. Elles surgissent, remontent à la surface et lui donnent de telles démangeaisons qu'elle est obligée de foncer à la salle de gym pour courir sur le tapis de course jusqu'à ce que la fatigue de ses muscles les jugule.

C'est bizarre, les tapis de course : ils ont beau ne vous emmener nulle part, on progresse malgré tout. La semaine précédente, elle en a fait la remarque à sa conseillère, qui l'a notée avant de la féliciter : « Bien vu, Jennifer », sur le même ton que celui qu'elle emploie pour s'adresser aux filles à l'esprit lent quand celles-ci se rappellent l'ordre des étapes de la gestion de la colère.

Pas mal de femmes savent très bien ce qu'elles ont fait et estiment qu'elles méritent d'être là parce que c'est la loi. Elles sont assez nombreuses pour que Jennifer ait l'impression d'avoir des amies, qui ont acquis un peu de jugeote. Aucune d'entre elles n'a molesté d'enfant. Si elles s'en sont prises à quelqu'un, c'est à leur mari ou compagnon, ou, parfois, à la maîtresse de ces derniers. Dans l'ensemble, elles ont volé, recelé, trafiqué ou fraudé. Leurs motifs vont du louable au risible. Presque toutes sont tellement traumatisées ou perturbées que Jennifer s'interroge : à quel point leur état doit-il empirer avant qu'on les place dans l'aile psychiatrique ? *Je suis la seule matricide*, a-t-elle écrit dans sa première lettre à Stephanie. *Du coup on me regarde avec suspicion. Et non sans envie.* La psychologue comprendrait la légère ironie de sa remarque, à la différence de la surveillante avec qui elle avait abordé le sujet : « C'est un peu scabreux, non, Jenny ? » l'avait-elle rabrouée. Jennifer n'avait jamais demandé qu'on lui donne ce diminutif.

Elle ne se sent pas moralement supérieure aux bourreaux d'enfants, tant s'en faut, les hiérarchies lui déplaisent depuis toujours. C'est l'idée qui est insupportable, car elle les imagine aussitôt en train de molester Arthur et ça lui donne des envies de meurtre.

Une première pour elle : Doreen, elle n'a pas eu envie de la tuer, elle a dû le faire pour la réduire au silence. Dans le cas de ces femmes, il s'agit de bien autre chose, aussi veille-t-elle à les éviter.

L'absence de détachement n'en finit pas de la surprendre. Avant le procès, elle avait plus ou moins planifié son comportement : la distance, le silence, l'impassibilité. Elle s'était représentée isolée dans un désert. On l'avait d'abord enfermée à Holloway[1], où la plupart des détenues ne font que passer, et elle avait presque réussi à se forger un état d'indifférence dans un environnement où cris, sanglots et crises d'hystérie ne cessaient jamais.

À peine l'avait-on déplacée dans une prison ouverte que le vacarme l'avait assourdie. La musique s'échappait de certaines femmes où qu'elles aillent, s'attardait dans leur sillage et s'imposait à Jennifer. À l'heure des repas au réfectoire, l'entrechoquement des plateaux et les invectives étaient plus faciles à tolérer que les notes grinçantes qui l'assaillaient. Aussi passe-t-elle beaucoup de temps avec ses écouteurs sur les oreilles – Stephanie l'a aidée à obtenir ce droit pour éviter un transfert dans l'aile psychiatrique –, ce qui lui permet d'écouter des morceaux de son choix au lieu de subir la cacophonie.

Même ainsi, l'indifférence est impossible. Une prison n'est pas une cloche de verre privée d'air, c'est un flacon bouché rempli d'un liquide gazeux dont les bulles tourbillonnent, ricochent les unes contre les autres, tentent en permanence de s'élever puis, sans crier gare, forment l'espace d'une seconde des

1. Centre de détention de haute sécurité, situé à Londres.

tableaux, qui rappellent à Jennifer des peintures, des statues ou des histoires, avant de se dissiper. Depuis qu'elle n'est plus obligée de les écouter, elle prend davantage de plaisir à observer les détenues qui sont toutes des archétypes ; ici on s'efforce de commémorer le monde extérieur. L'Infanticide regarde par la fenêtre à barreaux. L'Épouse Jalouse, assise sur son lit, déchiquette un Kleenex à coups d'ongle rageurs. Cassandre tend le doigt et prédit une catastrophe déjà survenue, les Cassandre ne manquent pas. Sans oublier les Suicidées, deux depuis son arrivée.

Elle est stimulée, horrifiée, effrayée, distraite. La violence du lieu lui rappelle celle de l'école : l'essentiel des conversations est puéril ; on y pratique les mêmes jeux, épreuves de force, humiliations, provocations et fourberies. La Brute, la Sorcière et la Séductrice jouent toutes leur rôle. De temps à autre, Jennifer perçoit la même vibration fugace tissée d'empathie et de camaraderie. Les Trois Mousquetaires. Elle est toutefois mieux armée qu'à l'époque. Les femmes de son entourage ont choisi « action », à moins qu'on ne le leur ait imposé, et elles sont en train d'accepter « vérité ». « Gage », c'est comme une croûte de tourte. « Bise » est populaire. Une fois, avant d'avoir une cellule individuelle, Jennifer a surpris deux corps enlacés sur la couchette du bas : une fille avait la bouche collée au sein d'une femme qui la caressait. La Vierge à l'Enfant.

Si on s'oubliait suffisamment, si l'envie vous taraudait, on pouvait trouver sa mère ou son bébé, voire son homme. Les Amants. C'est une maison de sœurs qui miment le bonheur en famille.

Jennifer a beau ne pas chercher d'amant, elle se masturbe beaucoup plus qu'auparavant, même quand elle était célibataire. Le bouchon sur le flacon provoque une telle concentration d'appétits sexuels et de désirs qu'elle en sent la pression, toutes les fibres de son corps se tendent à en être douloureuses. La Putain. C'est la première fois qu'elle se trouve aussi nerveuse.

Elle fait partie d'un nouveau quatuor. À part une des violonistes plutôt bonne, les autres sont loin d'avoir son niveau, si bien que Jennifer propose des morceaux qu'elles sont capables de jouer. Les Quatre Grâces. Elles ont participé au concert d'amateurs de la prison, intercalées entre une femme chantant *I'm Every Woman* et un duo de musique country. Jennifer avait choisi Vivaldi : toutes le connaîtraient sans le savoir, cela leur donnerait le sentiment d'être reliées, peut-être même d'être intelligentes, et la musique résonnerait magnifiquement dans la salle. Elles eurent droit à une ovation debout. Certaines femmes fondirent en larmes ; il se forma un petit groupe qui devint les Pleureuses.

Aucun des membres du quatuor n'a commis un crime aussi barbare que le sien. À mains nues. Rien n'est plus barbare hormis poignarder, matraquer ou torturer. Elle se répète qu'aucune pensée d'homicide n'avait précédé son acte. Elle n'avait rien prémédité. Cette violence à mains nues ne l'a pourtant pas gangrenée. Si elle a fermé les yeux, une insigne lâcheté, c'était pour éviter de voir les conséquences de sa violence. Elle se regarde dans le miroir brisé pendant d'interminables minutes. La Dame de Shalott. Elle ne ressemble pourtant pas à une meurtrière. C'est compliqué.

Et son crime l'est aussi puisqu'il est double. Deux crimes inédits que personne d'autre ici n'a commis ; c'est tout juste si elle n'est pas célèbre.

Jennifer a du mal à se nourrir. Elle a beau n'avoir pas vraiment repris ses anciennes habitudes, elle est maigre et ne peut se targuer du moindre ventre. Elle tient le coup uniquement pour ne pas laisser tomber Arthur.

Il y a eu un moment très bizarre et inattendu. Un mois auparavant, Jennifer était allée se faire couper les cheveux. C'était le jour de formation pour les filles du centre de détention pour mineurs, adjacent à la prison. Après lui avoir fait un shampooing, l'une d'entre elles l'avait installée devant la glace pour la coiffer. « Comme les miens, hein ? avait-elle lancé tout en s'activant. Blond lavasse, j'appelle ça. » Elle avait examiné une mèche d'un œil expert. « J'peux pas encore faire de couleur. T'as qu'à revenir dans quelques mois et tu me serviras de cobaye pour un balayage. » Jennifer avait entendu le son hésitant d'une clarinette. Levant les yeux, elle avait croisé le regard de la fille dans le miroir. Samantha la dominait, les bras arrondis au-dessus de sa tête. L'Ange de la Vengeance.

Furieuse, la surveillante s'était empressée d'arracher les ciseaux à Samantha.

« Bon Dieu, qui a laissé ces deux-là se rencontrer ! avait-elle vociféré. Grouille, on doit sortir d'ici, mademoiselle Muldaney. »

La surveillante avait entouré les épaules de la jeune fille pour l'entraîner, mais, comme elle l'avait précisé plus tard à la directrice :

« Elles n'avaient pas bougé. Elles se regardaient en chiens de faïence, bouche bée.

— Vous avez senti de l'agressivité ?

— Aucune.

— Qu'est-ce que vous avez fait ?

— J'ai dû tirer Samantha Muldaney pour la ramener au centre de détention pour mineurs.

— Et Mlle Kendall ?

— Une autre lui a coupé les cheveux. Elle a refusé de parler de l'incident, en tout cas avec moi.

— C'est inadmissible qu'elles soient dans la même prison, merde, comment c'est arrivé ?

— Il n'y avait pas de place pour Muldaney à Londres, sans doute qu'on a pensé qu'elle serait mieux ici. Ni l'une ni l'autre n'est dangereuse, on a dû transférer la fille sans vérifier.

— Nous l'avons vraiment échappé belle. Il va falloir faire plus attention aux procédures de transfert. Veuillez en informer leurs conseillères et veiller à ce qu'elles ne se croisent plus.

— Bien, madame la directrice. »

Jennifer n'avait pas eu peur sur le moment. À présent, elle est sûre qu'il n'y avait aucune raison d'avoir peur. C'était plutôt Samantha qui avait eu l'air effrayée. La mèche de cheveux avait glissé de ses doigts ; elle tenait les ciseaux mollement, sans mauvaise intention. Elles étaient toutes les deux sous le choc. L'Épreuve de force.

Samantha ne ressemble pas aux autres bourreaux d'enfants, peut-être grâce à l'intervention de Jennifer. Elle ne nie pas son forfait. Et Jennifer n'a pas éprouvé une envie de meurtre en la voyant. Ce qui lui a mis la puce à l'oreille, c'est la forme des yeux de la fille quand elle a levé le bras. S'ils étaient bleu clair comme ceux de Jennifer, ils avaient la forme de ceux d'Arthur. Ils lui avaient rappelé Arthur le jour où elle l'avait pris, l'instant où elle l'avait posé sur le palier, juste avant qu'il éclate en sanglots.

Il y a deux ans aujourd'hui.

Au-dessus de son lit, elle a collé le dessin d'Arthur. On lui a interdit de garder la moindre photo. Elle pleure, rien qu'un peu, tous les soirs, uniquement à cause de lui. Quand le désir de le toucher devient insoutenable et qu'elle imagine son poids sur ses genoux, la façon dont il se blottissait contre sa poitrine, l'odeur de ses cheveux après une matinée passée à jouer dehors, elle ne se précipite pas vers le tapis de course. Non, elle se pelotonne et se berce. Autant de sensations qui doivent se consumer, faute de quoi elles la dévoreront. Et elle doit en être heureuse. Si les souvenirs d'Arthur n'étaient que pilule amère, ce serait une trahison. Elle s'efforce d'en savourer la douceur et la beauté. De penser à lui, non à son absence. D'entendre les notes qui s'échappaient de lui. De ressentir de l'amour plutôt que des regrets.

Deux enveloppes sont posées sur la table devant Jennifer. Elle les a gardées pour aujourd'hui. Lorsque les femmes qui ont un parloir iront voir leurs enfants, elle les ouvrira.

À l'extérieur

« Qu'est-ce que t'es malin ! Quel petit malin t'es ! »

Mark regarde sa mère déplier la carte que Sam a fabriquée à la crèche. Il y va trois jours par semaine, ceux où Mark travaille et où Rita nettoie des bureaux, en ville. *Joyeuse fête des Mères* figure au-dessus d'une jonquille faite avec un morceau de boîte d'œufs et du papier de soie jaune. À l'intérieur, Arthur a recopié *Mémé* et écrit son prénom. Rita ne voulait pas qu'il l'appelle grand-maman, sûrement pas, alors qu'il ne cesse de raconter ce qu'il faisait avec sa grand-maman, alors que ça lui donne des frissons de penser à ce qui s'est passé.

Pendant les premiers mois après qu'ils l'avaient récupéré, il s'asseyait devant la table, dessinait pour « maman » et commençait à signer ses œuvres comme l'autre le lui avait appris. Il traçait le A et le r, puis s'arrêtait là. Mark n'en revenait pas qu'un gosse de trois ans soit capable d'écrire. La première fois qu'elle le vit signer ainsi, Rita tressaillit et s'apprêta à le corriger. Mark l'en empêcha : « Non, laisse-le. Ça partira tout seul, vaut mieux pas le perturber. » Il avait raison bien sûr, mais ça la mettait en rogne qu'il ne se rappelle même pas son prénom. Elle tenta de faire contre mauvaise fortune bon cœur et, un soir, une fois Sam couché, elle dit à Mark :

« T'avais un oncle Arthur – en fait, c'était mon tonton. Le frère de mon papa, qu'est mort à la guerre. Tu te souviens que je parlais de lui ?

— Tout le monde a un oncle Arthur, pas vrai ? C'te genre de nom, c'est fait pour.

— C'est pas trop moche comme prénom, pas vrai ? »

Les yeux de Mark s'embuèrent.

« Ç'aurait pu être pire, tu sais.

— J'comprends ce que tu veux dire, m'man, fit Mark, qui sourit. On aurait pu l'appeler Rupert. Ou Cedric.

— Doux Jésus ! Imagine. Elle aurait pu… on aurait pu l'appeler Horace ! Ou alors, c'était quoi déjà, le nom de ce docteur qu'on avait, quelque chose d'affreux – ah oui, Crispin.

— Mon Dieu ! T'as pas tort, ce prénom n'est pas si vilain. »

La transition d'Arthur à Sam, aussi douce qu'elle fût pour le petit garçon, chagrinait néanmoins profondément Mark : « Non, c'est les bonbons d'Arthur », protestait l'enfant si son père feignait d'avaler ses pastilles en chocolat. « Arthur fait ça », insistait-il lorsque Mark voulait l'aider à compléter un puzzle. « Sam trésor, t'aimerais… » commençait sa grand-mère, et il l'interrompait : « Arthur ! » Rita, qui craignait que l'enfant ne s'habitue jamais à son vrai prénom, faillit se confier à son fils. De peur de le contrarier, elle s'abstint.

Un jour, ce fut terminé. Le petit garçon se mit à écrire S-a-m au bas de ses dessins. Lui demandait-on comment il s'appelait qu'il répondait Sam. Il cessa de reprendre son père ou sa grand-mère.

Il ne disait toutefois jamais : « Sam fait ça » ni : « C'est à Sam. » L'acceptation de son identité en tant que Sam coïncida avec celle d'être un sujet ; il abandonnait ainsi les derniers vestiges du langage de bébé. Mark en fut soulagé – l'enfant savait qui il était – en même temps qu'étreint de regrets. Le bébé que Samantha avait emmené était à jamais perdu pour lui. Tous les progrès qui faisaient entrer Sam dans l'enfance lui rappelaient cette perte. « Vis le présent. Nous devons en profiter, maintenant », lui répétait sa mère. Et il comprenait qu'elle ressentait la même chose.

Mark guettait le moment où son fils ne vivrait plus que dans le présent. Ici et maintenant. « Au moins, il se souviendra de rien », affirmait-il à Rita, une pensée qui le traversait douze fois par jour. Les médecins et les psychologues l'avaient tous dit. Les mômes ne se rappellent pratiquement rien avant trois ans, l'âge de Sam quand on l'avait retrouvé. Au début, il avait réclamé sa mère en pleurant tous les soirs ; cela avait failli achever Mark, qui avait laissé Rita s'en occuper. Des semaines s'étaient écoulées avant qu'il se sente capable de s'approcher du lit de son fils, de le prendre dans ses bras et de le rassurer : « Tout va bien, papa est là. Papa est là. »

Il n'avait pas le souvenir d'avoir embrassé son père. Tout ce qu'on racontait sur les Italiens, toujours à se papouiller, qui adorent leurs gosses, c'était de la foutaise. En tout cas, pas tous. Du coup il compensait, exactement comme au moment de la naissance de Sam, sauf que c'était plus compliqué. Un soir où l'enfant ne se calmait pas, il ajouta : « Maman t'aime. Maman t'envoie tout son amour et de gros baisers. » Cela parut consoler Sam, aussi recommença-t-il tous les soirs. Quand Rita l'entendit, elle fut furieuse contre lui : « Tu parles de laquelle ? De quelle foutue "maman" tu parles ? » La moutarde monta au nez de Mark, il lui dit qu'il était temps de cesser d'être jalouse et de comprendre pour qui il disait tout ça.

Dans l'ensemble, ça se passe bien. Ils ne se sont pas beaucoup disputés. C'est normal, hein, que les choses soient un peu difficiles pendant un moment ? Et Sam va bien. Sam est heureux. Sam est un petit trésor.

Mark a reçu une lettre de Samantha. Il a aussitôt reconnu l'écriture ronde, appliquée, et, bien sûr, il y avait le cachet de la poste. Elle écrivait pour demander pardon. Dix fois sur un côté de la feuille. Elle disait qu'elle s'en sortait bien. Elle apprenait les soins de beauté comme elle en avait toujours eu envie. La coiffure et tout ça. Elle était clean mais n'en avait pas la sensation. Elle disait qu'elle ne pourrait jamais se racheter auprès de Sam ou de lui, jamais. Elle envoyait son amour à Sam, même si elle comprenait qu'il ne valait plus rien. Elle terminait par une phrase bizarre comme quoi elle aurait préféré que quelqu'un l'ait enlevée, elle aussi, se soit occupé d'elle, l'ait aimée.

Il a une boîte que la police lui a donnée après le procès. L'autre – Jennifer – avait insisté pour qu'on la lui remette. Lorsqu'on la lui avait tendue, il l'avait ouverte, avait regardé à l'intérieur et découvert qu'elle était remplie de photos et de dessins de Sam ainsi que d'un album de photos. Il l'avait refermée. C'était au-dessus de ses forces de découvrir tout ça.

Aujourd'hui, le jour de la fête des Mères, un an après le retour de Sam, Mark pense qu'il devrait y jeter un coup d'œil. Rita emmène le petit garçon au jardin public, Mark se prépare une tasse de thé, pose la boîte sur la table de la cuisine et s'assied devant.

En prison

Jennifer ouvre la première lettre. Comme c'est un courrier interne, elle devine qu'elle est de Samantha. *Je n'allais pas te faire de mal, j'étais sous le choc que ce soit toi, j'avais vu ta photo dans le journal. Je crois que je dois te remercier*, continuait-elle, *d'avoir pris mieux soin de Sam que moi. De l'avoir protégé. Je ne méritais pas de le garder. J'étais une mère abominable. Tu ne peux savoir à quel point je m'en veux, mais je ne te reproche rien.*

Jennifer réfléchit à ce pardon, inopportun, qu'elle n'a pas cherché. Elle n'en a pas besoin. Lorsqu'elle examine les petits cercles au-dessus des i que Samantha a tracés, elle se rend compte que c'est l'écriture d'une enfant.

Elle décide de lui répondre. Elle ne s'étendra pas, elle se contentera de lui préciser qu'elle n'a pas eu peur, absolument pas. Peut-être ajoutera-t-elle que Samantha a toujours la vie devant elle et pourra, un jour, être une excellente mère. Ça lui remontera peut-être le moral. Qu'elle accepte que c'est en partie sa faute est une bonne chose, en revanche ce serait destructeur de perdre son temps à ruminer les condamnations des autres.

L'aumônier avait essayé d'aborder le sujet du pardon avec elle. « Je lui ai pardonné », avait-elle assuré, ayant Samantha en tête. Il l'avait comprise de travers et l'avait regardée comme si elle était folle, voire perverse.

« Vous lui avez pardonné ? avait-il demandé, incrédule.

— À la mère d'Arthur, je veux dire, pas à la mienne. Vous pensez au pardon des autres, c'est ça ? Là, ce n'est pas de mon ressort, je ne suis responsable que de mon pardon. »

Un sourire patient et soulagé avait étiré les lèvres de l'aumônier.

« Je parlais du pardon de Dieu et de Notre-Seigneur Jésus.

— Vous croyez que Dieu et le Seigneur Jésus dépenseraient du temps et de l'énergie à réfléchir au pardon qu'ils devraient m'accorder ?

— Pour Dieu, toutes les âmes, tous les êtres ont de l'importance, Jennifer. Personne n'est insignifiant. Dieu aime chacun d'entre nous.

— Dans ce cas, il ne lui sera pas difficile de me pardonner, n'est-ce pas ? »

Le sourire était devenu contraint.

« Nous devons chercher le pardon de Dieu plutôt que l'imaginer, avait-il répondu.

— Ne compliquons pas les choses », avait conclu Jennifer.

Après cet entretien, elle avait veillé à cocher les carrés des formulaires qui étaient suivis de *Je ne veux pas de visites de…*

L'autre enveloppe contient un faire-part de naissance. Stephanie a eu un garçon, Samuel John. Aucun mot personnel. Elle avait dû hésiter longtemps avant de l'envoyer. Jennifer imagine les longs doigts en suspens au-dessus de la boîte aux lettres, le temps de se demander si c'était une bonne idée. Jennifer est convaincue que ses conversations avec la psychologue ne sont pas étrangères à la venue au monde du bébé, même si c'est impossible à vérifier. Jennifer considère que leurs échanges épisodiques, en grande partie à sens unique, et les efforts déployés par Stephanie en sa faveur sont une manière incohérente de la remercier.

Les remerciements ne riment pas à grand-chose. La maternité est une tâche qui ne lui a jamais pesé. Elle est contente pour Stephanie. Elle se la représente, les cheveux ébouriffés, bovine et docile, en train d'allaiter son bébé dans son lit. Son petit garçon.

Jennifer n'en a cure. Samuel, c'est un joli prénom. On trouve des amis dans les lieux les plus inattendus, se dit-elle.

À l'extérieur

Dans la boîte, outre les documents de l'année qu'Arthur avait passée avec Jennifer, il y avait toutes les fables de celle-ci sur la *Première Année de Bébé*. Sans compter son dossier médical, les comptes rendus de ses progrès à la garderie, d'innombrables dessins et modèles réduits qu'il avait faits avec elle ou à la crèche et le journal de la jeune femme. À en croire son avocat, elle aurait pu le récupérer après le procès, or elle avait insisté pour qu'on le lui remette.

Mark ouvre le cahier relié de cuir et commence à lire.

Elle y écrivait presque tous les jours. Les faits et gestes du petit garçon. Ses allées et venues. Son alimentation. Ses tenues. Son acquisition de mots nouveaux et son emploi de phrases amusantes. Jusqu'à quel nombre il comptait. Le prénom de chacun de ses amis.

L'album contenait des centaines de photos. Parfois, l'enfant se concentre sur un jeu, mais, sur la plupart, il sourit. L'air radieux, il brandit un cadeau d'anniversaire encore emballé. Un sourire rayonnant aux lèvres, il serre dans ses bras une gigantesque chaussette de Noël. La tête rejetée en arrière, il rit tout en montrant du doigt quelque chose ou quelqu'un hors du champ de l'appareil. Il fait des grimaces avec des copains ou prend la pose avec des épées et des pistolets.

Jennifer a ôté toutes les photos où elle apparaissait. Il y en avait peu ; Doreen n'en avait pris aucune, quant à Greg, il n'avait photographié la mère et l'enfant que sur la fin. Mark réussit toutefois à l'imaginer grâce aux meubles et à ce qu'elle a accroché aux murs. Il aperçoit des vases de fleurs sur des tables en arrière-plan, des étagères bourrées de livres dans le salon, d'innombrables jouets. Son violoncelle est posé contre le manteau de la cheminée, le trépied du pupitre dépasse sur une photo de Sam déguisé en Spiderman. Sur d'autres, Sam tire la langue tandis qu'il se balance très haut, Sam mange un gâteau, Sam, l'air dubitatif, est assis sur les genoux d'un père Noël, Sam joue dans le jardin avec un ballon de foot, Sam essaie d'attraper un Frisbee.

Mark lit tout le journal. Jennifer, qui s'interroge sur ses capacités à être une mère. Jennifer, qui a peur qu'on ne la découvre. Jennifer, qui ose écrire qu'elle aime Arthur plus que tout être au monde.

Il fouille dans le carton. Il empile des images et des collages sur la table. Il trouve des vêtements enveloppés dans du papier brun, sans doute à la taille de Sam deux ans auparavant, au tout début : un maillot de corps en coton blanc, un tee-shirt brodé d'un corsaire et un cardigan tricoté main aux boutons en écaille. D'une housse portant l'indication « premier sous-vêtement de grand garçon d'Arthur », il sort un minuscule caleçon décoré de camions aux couleurs vives. Au fond du carton, il brasse des paillettes, des boules de papier de soie, de la poudre étincelante, quelques feuilles sèches détachées de leur support. Il a l'année perdue plein les mains. Jennifer s'est efforcée de lui rendre son fils.

En prison

Les détenues ont le droit de garder leur matériel pour travaux manuels dans leurs cellules. Ni ciseaux ni colle, mais du papier, du carton, des bouts de ficelle ou de ruban, des cure-pipes. Jennifer se sert de modèles afin de pouvoir découper tout ce dont elle a besoin lors des ateliers surveillés. Les fleurs sont prévisibles, tout le monde en fait, aussi en garde-t-elle quelques-unes parce qu'il y aura toujours une femme qui n'aura pas d'autre idée. Elle a une boîte pleine de silhouettes d'instruments de musique : violons, guitares, clarinettes, trompettes. Une autre où elle garde des formes géométriques pour les motifs abstraits répétitifs ainsi que des oiseaux et des reptiles dans le style d'Escher[1], destinés aux mosaïques. Les femmes en raffolent. « Ça me donne le vertige ! s'est exclamée l'une d'elles. C'est génial, Jen ! » On lui passe très souvent commande pour des cartes d'anniversaire qu'une détenue enverra chez elle ou donnera à une copine sur place. On apprécie son talent.

1. Maurits Cornelis Escher (1898-1972), artiste néerlandais, connu pour ses gravures sur bois et lithographies représentant des constructions impossibles.

Elle s'attelle à la fabrication d'une carte. Elle prend du papier crème fait main qu'elle gardait à cet effet. Il est plus joli déchiré, l'irrégularité de la bordure montre la superposition des couches. Il déborde un peu du carton bleu foncé sur lequel il est fixé afin que la couleur n'apparaisse pas. Les paillettes sont exclues. Il s'agit d'un modèle copié d'un livre dont elle respecte toutes les caractéristiques anatomiques. Des traits au fusain dessinent l'abdomen, le thorax, la tête, les trompes, les antennes. Elle termine le papillon avec des gestes sûrs. On dirait qu'il vient d'être épinglé.

Les autres reviennent du parloir, moroses. Elles l'attendent toujours avec tant d'impatience ! Qu'est-ce qui pourrait être à la hauteur de leurs espoirs ? De retour dans leurs cellules, elles n'ont plus conscience que de la distance croissante qui les sépare de l'amour.

Les visites ont beau faire du bien aux enfants, elles aggravent sûrement les choses. C'est déjà tellement dur de savoir qu'ils grandissent sans vous que prendre conscience de ce qu'on a manqué une fois tous les quinze jours ou tous les mois doit flanquer le bourdon.

Jennifer a fait quelques folioscopes, ces livrets agrafés composés d'une quarantaine d'images à peine différentes, qui, effeuillés rapidement, créent l'illusion du mouvement. Dans l'un, le petit garçon qu'elle a dessiné à la dernière page grandit et devient adulte à mesure qu'on tourne les autres : short et tee-shirt, uniforme, jean et sweat-shirt, complet-veston ; les cheveux d'abord bouclés sont ensuite en brosse, puis longs jusqu'aux épaules, enfin coupés devant et sur les tempes. La silhouette de la première page est celle d'un beau jeune homme.

Ça doit produire le même effet de voir ses enfants se développer par étapes. Une dislocation. Une succession de chocs. Dans l'imagination de Jennifer, Arthur change progressivement, son évolution est harmonieuse.

Kathy lui a rendu visite une fois, elle essaiera de repasser bientôt. Stephanie est venue plus d'une fois et ne reviendra sans doute pas de sitôt à cause du bébé. Gregory a écrit une lettre à Jennifer avant le procès ; il refuse de la voir. Il a parlé d'indignation. Tu n'es pas la femme que je croyais. Impossible de continuer à cause de la duplicité. Impossible de supporter les photographes postés devant chez lui tous les matins.

Branleur, a-t-elle pensé après avoir pleuré. Voilà le problème avec un amour de ce genre. Il aurait voulu qu'elle se déboutonne et lui révèle qui elle était, il est furieux qu'elle ne se soit pas confessée à lui. Si elle l'avait fait, il l'aurait été encore plus. Ce n'est pas comme si elle avait menti pour le tromper. La plupart des gens n'avaient pas plus tenté de la comprendre que lui parce que ç'aurait bouleversé de fond en comble leur conception du monde, et peu en avaient l'énergie. Pendant un certain temps, elle regretta la musique de Gregory, l'élégance feutrée de ses notes fortes et graves qui la plongeaient en pâmoison et lui donnaient à croire qu'il serait toujours là pour la rattraper si elle tombait. Heureusement, elle ne disposait que de quelques mois de souvenirs ; dès qu'ils furent épuisés, Greg et ses notes s'estompèrent assez facilement.

Quoi qu'il en soit, elle a deux amies de plus qu'auparavant, sans compter celles parmi les détenues qui le sont devenues. Ces deux-là, Kathy et Stephanie, lui sont restées fidèles malgré son acte, à cause de lui, parce qu'elles sont convaincues de son amour pour Arthur, parce qu'elles comprennent les raisons de son mensonge, parce que l'autre chose qu'elle a faite ne leur inspire pas de haine.

Jennifer lève le papillon pour vérifier qu'il est bien sec et solide. Elle ouvre la carte, son stylo argenté est en suspens au-dessus du bleu. Quelle phrase écrire aujourd'hui ? *Joyeuse fête des Mères* ? *Félicitations* ? *Bienvenue sur terre* ? *Je pense à toi* ?

Et à qui est-elle destinée ? Doreen, Stephanie, Samantha, Arthur, elle-même ? Jennifer l'ignore. Elle sait simplement que le petit garçon lui manque. Personne n'a jamais émis de sons d'une telle douceur. Elle a été sa mère pendant un an. Elle le sera toujours. Son cœur déborde.

À l'extérieur

Rita et Sam reviennent du jardin public, portant un sac rempli de débris pour faire un collage. Une collection hétéroclite composée de brindilles, de feuilles vertes arrachées à des massifs et de quelques glands écrasés. Ce n'est vraiment pas la saison. À peine Sam découvre-t-il la boîte posée sur la table qu'il y plonge. Il montre à Rita les photos de lui « quand j'étais petit », fait rouler sur la table le camion qu'il avait confectionné avec des boîtes de céréales et fait une démonstration de *Jack et le Haricot magique* quand on tire sur une ficelle. « J'ai fait tout ça à la crèche, mais je m'en rappelle pas bien, j'étais trop petit », dit-il.

Mémé regarde papa.

« Ça va, mon grand ? »

Papa a les yeux rouges.

« Très bien. C'est formidable. Tout… Tout est là. L'année entière. Plus encore », répond-il.

Papa dit à Sam de s'agenouiller sur la chaise et de brandir son dessin préféré parce qu'il va prendre une photo.

« Qu'est-ce que tu fais, Marco ? » demande Mémé.

Le vrai prénom de papa, c'est Marco. Tout le monde l'appelle Mark, sauf Sam, qui l'appelle papa. Sam aussi a un autre prénom, mais il a du mal à se rappeler tout ça, maintenant. Il avait une maman, qui n'est pas là. Mémé dit que papa et elle sont sa maman, désormais. C'est pas vrai puisqu'elle lui envoie toujours des baisers bonsoir.

« On prend une photo pour maman ? »

Papa sourit.

« Je vais l'envoyer à quelqu'un, une dame qui s'est occupée de toi et ne t'a pas vu depuis longtemps. Tu veux bien choisir un dessin ?

— Hé, regarde ! »

Sam aperçoit dans la boîte le hérisson fabriqué avec des feuilles. Il a de jolies couleurs. Il est fripé. Voilà ce qu'il avait voulu ramasser dans le jardin public pour faire un collage. Il le sort de la boîte en prenant soin de ne pas perdre plus de feuilles.

« Voyons, tu n'y penses pas… » se fâche Mémé.

Papa ne l'écoute pas.

« Un grand sourire, mon chéri. »

Sam lève le dessin jusqu'à son menton et adresse, dans l'éclair du flash, son plus beau sourire à la dame qui s'est occupée de lui.

PAPIER À BASE DE FIBRES CERTIFIÉES

Le Livre de Poche s'engage pour l'environnement en réduisant l'empreinte carbone de ses livres. Celle de cet exemplaire est de :
350 g éq. CO_2
Rendez-vous sur
www.livredepoche-durable.fr

Composition réalisée par DATAGRAFIX

Achevé d'imprimer en mai 2013, en France par
CPI Bussière à Saint-Amand-Montrond (Cher)
N° d'imprimeur : 2002845.
Dépôt légal 1re publication : juin 2013.
LIBRAIRIE GÉNÉRALE FRANÇAISE – 31, rue de Fleurus – 75278 Paris Cedex 06

31/6446